www.ingramcontent.com/pod-product-compliance
Lightning Source LLC
LaVergne TN
LVHW050951051026
849532LV00005B/1801
* 9 7 8 9 3 6 9 0 8 8 5 8 4 *

افسانے عہدِ نو کے

(حصہ : ۴)

(رسالہ 'چہار سو' سے منتخب افسانے)

ادارہ چہار سو

Afsane Ahd-e-Nau ke - Part-4 *(Short Stories)*
by: Idara Chaharsu
Edition: March '2025
Publisher:
Taemeer Publications LLC (Michigan, USA / Hyderabad, India)

ISBN 978-93-6908-858-4

کتاب	:	**افسانے عہدِ نو کے** (حصہ:4)
مرتب	:	**ادارہ چہار سو**
صنف	:	فکشن
ناشر	:	تعمیر پبلی کیشنز (حیدرآباد، انڈیا)
سالِ اشاعت	:	۲۰۲۵ء
صفحات	:	٦٤

فہرست

(۱)	چھاپ	یٰسین احمد	6
(۲)	دربارِ فن	نیلم احمد بشیر	10
(۳)	آسیب	نجم الحسن رضوی	13
(۴)	سرد رات کا گرم سفر	نجیب عمر	17
(۵)	ایک نشانی اور	شاہد جمیل	20
(۶)	روشنی کی طلب میں	احسان بن مجید	22
(۷)	موتی	سید نصرت بخاری	24
(۸)	تلاش	گلزار	26
(۹)	دی سٹون ایج	گلزار	30
(۱۰)	دلدل	شہناز خانم عابدی	32
(۱۱)	لَو سٹوری	شمشاد احمد	36
(۱۲)	ناآسودگی	عمران مشتاق	38
(۱۳)	غیرت	اشتیاق سعید	40
(۱۴)	چھت سے گرنے والی	عبد اللہ جاوید	43
(۱۵)	سن ۲۰۰۹	پروین عاطف	48
(۱۶)	بے منزل	محمد سعید شیخ	52
(۱۷)	پانچ بج کر بیالیس منٹ	فیروز عالم	58
(۱۸)	بخشش	احسان احمد شیخ	61

چھاپ

یٰسین احمد

۹ر نومبر ۲۰۱۱ء روانگی، سنگاپور سے چینائی، قیام چینائی میں والدین کے ساتھ ۱۰ر نومبر ۲۰۱۱ء روانگی چینائی سے حیدر آباد قیام حیدر آباد میں ۱۱ر نومبر ۲۰۱۱ء تسمیہ خوانی کی تقریب میں شرکت ۱۲ر نومبر ۲۰۱۱ء قیام تفریحی و تاریخی مقامات کی سیر ۱۳ر نومبر ۲۰۱۱ء قیام شاپنگ ۱۴ر نومبر ۲۰۱۱ء روانگی حیدر آباد سے چینائی قیام والدین کے پاس ۱۵ر نومبر ۲۰۱۱ء روانگی چینائی سے سنگاپور۔

مندرجہ بالا پروگرام چینائی کی وزیر اعلیٰ جے للیتا کا نہیں ہے۔ بنگال کی ممتا بینرجی کا بھی نہیں ہے اور نہ کانگریس کی صدر سونیا گاندھی کا ہے۔ یہ پروگرام تو عائشہ صدیقی کا ہے۔ عائشہ صدیقی کا شمار VIPS میں نہیں ہوتا لیکن وہ کوئی عام لڑکی جیسی بھی نہیں ہے۔ آج صبح میرے ای میل پر اُس کا پروگرام موصول ہوا تھا۔ ناشتہ کے دوران جب میں نے اس پروگرام کو پڑھا تو چھوٹے بچوں نے کھانے کی میز کو تھپتھپا کر خوشی کا اظہار کیا تھا' سوائے انصار کے... میرے دونوں جوان بھائی اجمل اور امان کے چہروں پر بھی میں نے معنی خیز مسکراہٹ دیکھی تھی۔ لیکن امی کے چہرے پر ناگواری کے جذبات ابھر آئے تھے۔ وہ اس وقت گرم گرم ماش دال کی پلیٹ پر ہرا دھنیا اور ہری مرچ کی کترن سجا رہی تھیں۔

امی نے غصے سے بھابی کو دیکھا اور کہا۔ ''حامد کو کیا ضرورت تھی اُس کو دعوت دینے کی۔ اگر وہ نہ آئے تو کیا تقریب ادھوری رہے گی...؟''

بھابی کیا جواب دیتیں؟ بھابی کو بھی آج ہی معلوم ہوا تھا کہ تسمیہ خوانی کی تقریب میں عائشہ بھی شرکت کر رہی ہے۔ حامد نے اُس کو مدعو کیا تھا۔ بھابی تو اپنے بچوں کے ساتھ دس دن پہلے آ گئی تھیں تا کہ تقریب کی تیاری کر سکیں۔ بھابی تو چپ رہیں لیکن انصار بول پڑا۔ ''دادی ماں! دیکھنا اب وہ سارا ماحول خراب کر کے جائے گی۔ گندی مچھلی ہے وہ....!''

''شٹ اپ!'' بھائی نے اپنے بچے کو ڈانٹا۔ ''کتنی بار کہا ہے کہ بڑوں کے بیچ نہیں بولتے...!''

ہم سب جانتے تھے کہ انصار اور عائشہ میں ایک لمحہ بھی نہیں بنتی۔ جب بھی موقع ملتا انصار اُس کے خلاف بولنے لگتا۔ جیسے ہم عمر کے دو بچے آپس میں الجھ گئے ہوں۔ اس وقت ۲۸ برس کی عائشہ ۱۳ برس کی ہو جاتی اور ۱۳ سال کا انصار ۲۸ سال کا ہو جاتا۔ انصار کی بات دادی ماں کے دل کو لگی تھی۔ اُن کے چہرے پر ناگواری کے آثار جھلملائے اور انہوں نے کہا۔ ''انصار ٹھیک کہتا ہے۔ ایک مچھلی سارے تالاب کو گندہ کر دیتی ہے۔ یہاں پر جوان لڑکیاں اور لڑکے بھی ہیں۔ تم حامد کو فون کرو اور کہو کہ اس کو آنے سے منع کر دے۔ تقریب کی وجہ سے یہاں مہمانوں سے گھر بھر جائے گا۔ اُس کو کہاں ٹھہراو گی!''

دادی ماں نے آخری فقرے مجھ کو مخاطب کر کے کہے تھے۔ میں بولی۔ ''دادی ماں! اب اُس کو روکنا مناسب نہیں۔ بد اخلاقی ہوگی ہماری۔ وہ ہوائی جہاز کے ٹکٹ خرید چکی ہے۔ کینسل کرائے گی تو ہزاروں کا نقصان ہوگا۔ رہا سوال عائشہ کے رہنے کا۔ میں اُس کو اپنے کمرے میں رکھ لوں گی۔ چھ سات دنوں کی بات ہے۔''

دادی ماں خاموش ہوگئیں۔ اس گھر میں مَیں واحد فرد تھی جس کی بات دادی ماں مان لیا کرتی تھیں۔ ورنہ خاندان بھر میں اُن کا سکہ چلتا تھا۔ ایک بار جو کہہ دیتیں تو پھر کیا مجال کہ ان کی بات رد کرے۔ میں اُن کے گود میں پلی بڑھی تھی۔ اسی محبت کے آگے وہ ہتھیار ڈال دیتی تھیں۔ امی نے گرم گرم ماش کی دال کی پلیٹ اُن کے سامنے رکھ دی تو دادی ماں کی توجہ بٹ گئی۔ ناشتہ میں ماش کی دال ان کی کمزوری تھی۔ پھر ہمارے ہاں ماش کی دال ایک منفرد طریقے سے بنائی جاتی تھی جو خاندان میں کہیں اور نہیں بنتی تھی۔ دادی ماں اکثر کہتی تھیں کہ جب وہ گھر چلایا کرتی تھیں تب ہفتہ میں تین چار دفعہ ماش کی دال بناتی تھیں۔ دادا جی کی بھی یہ مرغوب غذا تھی۔

۹ر نومبر ۲۰۱۱ء

آج عائشہ کی آمد تھی اور بھیا کی بھی... عائشہ چینائی سے آ رہی تھی اور بھیا سنگاپور سے۔ دونوں کے فلائٹس میں صرف ڈیڑھ گھنٹہ کا وقفہ تھا۔ اس لئے پروگرام یہ بنا تھا کہ عائشہ کے آنے کے بعد ہم لوگ بھیا کے لئے ائرپورٹ پر رکے رہیں گے۔ عائشہ کا فلائٹ ٹھیک وقت پر لینڈ کیا تھا۔ وہ ہشاش بشاش باہر آئی۔ ہمیشہ کی طرح اس وقت بھی اس کی کھلی کھلی زلفیں شانوں پر لہرا رہی تھیں۔ اس کی زلفیں گھنی نہیں تھیں لیکن سجانے کا انداز دلکش تھا۔ ڈھیلے ڈھالے کرتے اور جینز میں تھی۔ ایک کندھے سے لیپ ٹاپ اور دوسرے کندھے سے بڑا سا پرس لٹک رہا تھا اور ٹرالی پر دو سوٹ کیس' جس کو دھکیلتے ہوئے وہ باہر آئی تھی۔ مجھ سے اور بھابی سے بغل گیر ہوئی اور پھر شرارت آمیز انداز میں مسکراتے ہوئے انصار کو دیکھنے لگی۔ انصار ماتھے پر کئی بل ڈالے' ہاف پینٹ کی جیبوں میں دونوں ہاتھ چھپائے دوسری طرف دیکھ رہا تھا۔

''ہاو آر یو؟ ناٹی بوائے...؟''

انصار نے کوئی جواب نہیں دیا بلکہ غصہ سے چہرہ سرخ ہو گیا۔ بھابی تیز لہجے میں بولیں۔ ''انصار! عائشہ آنٹی کیا پوچھ رہی ہیں تم نے جواب نہیں دیا۔''

انصار نے غصے سے انگریزی میں کہا۔ ''میں ناٹی نہیں ہوں...!''

عائشہ اُس کو چھیڑنے پر تلی ہوئی تھی۔ ''ہاں تم ناٹی نہیں ہو' تم ہنی ہو۔ سوئٹ ہو' ڈرالنگ ہو... آئی ایم سوری...!''

گھنٹہ ڈیڑھ گھنٹہ تو ہم کو گزارنا ہی تھا۔ ہم وہیں ٹھہرے باتیں کرتے رہے۔ لیکن میں بے چینی محسوس کر رہی تھی کیونکہ جو بھی اُدھر سے گذرتا مڑ مڑ کر عائشہ کو دیکھتا۔ اس نے کئی قسم کے تیز سینٹ اپنے جسم پر اسپرے کر رکھے تھے۔ خوشبوؤں کا ایک سیلاب تھا جو اس کے بدن سے بہہ رہا تھا۔ انسانوں پر کیا منحصر ہے' سانپ بھی خوشبو کے دیوانے ہوتے ہیں اور عائشہ سانپوں کو متوجہ کر کے ایک انجانے سے حظ سے ہمکنار ہو جاتی تھی۔ اس کی ایسی ہی کئی عادتیں تھیں جو بھیا اور بھابی کو بھی ناپسند تھیں۔ اس کے باوجود عائشہ ان کو عزیز تھی۔ اُس سے ہمدردی بھی تھی۔ کیونکہ عائشہ اُن کے نزدیک مظلوم لڑکی تھی جو زندگی سے چومکھی جنگ کر رہی تھی۔ راہ کی اَن گنت دشواریوں کے باوجود اپنا راستہ آپ بنا رہی تھی۔ بھیا نے اپنے فلیٹ کا ایک بیڈروم اس کو کرایہ پر دے رکھا تھا۔ جس کا وہ ہر ماہ چار سو ڈالر کرایہ ادا کرتی تھی۔ تین سال پہلے وہ ایک کرایہ دار کی حیثیت سے آئی تھی لیکن اب قریبی رشتہ دار جیسا خلوص استوار ہو گیا تھا۔ ان تین برسوں میں بھابی نے عائشہ کی کتابِ زندگی کے سارے اوراق پڑھ لئے تھے۔ بچپن سے ہی عائشہ کو اپنی پسند کا ماحول نہیں ملا تھا۔ باپ شرابی اور ظالم۔ ماں ناخواندہ۔ بھائی کم عمر۔ وہ اس ماحول سے فرار چاہتی تھی۔ آسمان کو چھونا چاہتی تھی۔ لیکن ماں اور بھائی کی محبت پیروں کی زنجیر بنی رہی۔ سخت محنت کی۔ ایم بی اے میں ٹاپ کیا۔ ایک کمپنی سے کال آ گیا۔ کمپنی سنگاپور میں Ships کے فاضل پرزے فراہم کرتی تھی۔ کمپنی کا مالک بھی ٹاملین تھا۔ تنخواہ کم تھی۔ لیکن فرار کی راہیں کھل گئی تھیں۔ وہ چینائی سے سنگاپور آ گئی۔ یہاں اُس کی زندگی کا دھارا بدل گیا۔ زندگی میں آگے پیچھے کوئی نہ تھا۔ نہ سکھ کا ساتھی اور نہ غم کا۔ ایسے حالات میں بھیا اور بھابی کا ساتھ اُس کے لئے اہمیت رکھتا تھا۔

چھ ماہ قبل میں سنگاپور گئی تھی۔ تقریباً ایک ماہ تک وہاں رہی۔ عائشہ کو بہت قریب سے دیکھنے کا موقع ملا۔ بھیا اور بھابی نے اس کے متعلق مجھ کو کچھ نہیں بتایا۔ لیکن انصار نے عائشہ کی ساری کمزوریوں کا ڈھنڈورا خوب زور وشور سے پیٹا۔ جس اسکول میں پڑھتا تھا اُس سے بہت ہی قریب عائشہ کا آفس تھا۔ وہ اسکول سے آتے جاتے عائشہ کو دیکھتا رہتا۔ ذہین تھا اور پھر ایک ایسے شہر میں پیدا ہوا' بڑھا اور پڑھ رہا تھا جہاں کے بچے اپنی عمر سے دس بارہ سال آگے رہتے ہیں۔ عائشہ اُس کو ایک آنکھ نہ بھاتی تھی۔ اسی نے بتایا تھا کہ عائشہ ایسی ہے' عائشہ ویسی ہے۔ اس کے کئی بوائے فرینڈ ہیں۔ کمپنی میں کام کا بہانہ بنا کر اُن کے ساتھ گھومتی پھرتی رہتی ہے۔ اپنے باس کے ساتھ فلمیں دیکھنے جاتی ہے۔ تین تین موبائیل رکھتی ہے۔ کوئی فون بجتا ہے تو سمجھ جاتی ہے کہ کس کی کال ہے' باس کی' بوائے فرنڈس کی یا پھر اپنی ماں کی کال ہے۔ ہر وقت موبائل منہ سے لگا رہتا ہے۔ باتھ روم میں بھی فون لے کر جاتی ہے۔ سوتی ہے تو اطراف بڑے بڑے ٹیڈی بیئر اور فون رکھے رہتے ہیں۔ ٹیڈی بیئر ساتھ لے کر سونا اس کی بچپن کی عادت تھی جو اب کمزوری بن گئی تھی۔ ٹیڈی بیئر پہلو میں نہ ہو تو نیند نہ آتی۔ ٹیڈی بیئر خواب آور گولیاں تھیں اُس کے لئے۔ انصار کے لئے یہ سب چیزیں مضحکہ خیز تھیں۔ وہ جم کر مذاق اُڑاتا تھا۔

سوا گیارہ بجے بھیا کا فلائٹ آ گیا۔ ہم گھر پہنچے تو رات آدھی سے زیادہ ڈھل چکی تھی۔ سبھی افراد بستروں میں دبک گئے تھے۔ لیکن اجمل اور امان عائشہ کو دیکھنے کے اشتیاق میں جاگ رہے تھے۔ امان نے اس کو دیکھ کر شرارت سے دھیمے انداز میں سیٹی بجائی تھی اور اجمل نے میرے کان میں جھک کر کہا۔ "Marvellous"۔

''شٹ اپ!'' میں نے مسکراتے ہوئے اس کو ڈانٹا اور عائشہ کو اپنے کمرے میں لے آئی۔

۱۰ر نومبر ۲۰۱۱ء

صبح ہو رہی تھی۔ میں بستر چھوڑنے کے لئے پر تول رہی تھی کہ عائشہ ایک جھٹکے سے اپنے بستر سے اٹھ بیٹھی۔ اپنے سوٹ کیس سے کپڑے اور تولیا نکال کر باتھ روم میں گھس گئی تھی۔ میرے باتھ روم کے نکلنے سے پندرہ بیس منٹ پہلے وہ فریش ہو کر میری منتظر تھی۔ وہ دادی ماں سے ملنا چاہتی تھی۔ اُن کے لئے کچھ تحائف بھی لائی تھی۔ گھر کے بیشتر افراد ابھی محو خواب تھے۔ لیکن امی جاگ گئی تھیں اور کچن میں ناشتے کی تیاری میں لگی ہوئی تھیں۔ دادی ماں فجر کی نماز سے فارغ ہو کر چوکی پر ہی بیٹھی ہوئی تھیں۔ وہ نماز کے فوری بعد ہلکا پھلکا ناشتہ کرنے کی عادی تھیں۔ حسبِ معمول ایک کپ دودھ' ابلا ہوا انڈا اور تھوڑا سا خشک میوہ وہ کھا چکی تھیں۔

ان کے کمرے کی کھڑکی کھلی ہوئی تھیں۔ باہر ہلکی ہلکی دھند پھیلی ہوئی تھی۔ فضا میں رچی ہوئی خنکی خوشگوار لگ رہی تھی۔ باہر سے آنے والی ٹھنڈی ہوا کے تازہ جھونکے کمرے میں سرسراتے تو ایسا لگتا تھا جیسے کسی نے دھیمے گیت پر ربط بجا دیا ہو۔ ہم کو ان کے کمرے میں روح پرور تازگی کا احساس ہوا۔ ہم دونوں کو دیکھ کر وہ مسکرائیں۔ مجھ کو تعارف کی ضرورت محسوس نہیں ہوئی۔ عائشہ نے اپنے دراز قد کو ذرا سا خم دے کر مودبانہ انداز میں دادی ماں کو سلام کیا۔ میں نے دیکھا کہ ان کا چہرہ یکلخت بدل گیا ہے۔ انہوں نے فوراً اپنی آنکھیں بند کر لی تھیں۔ وہ باطہارت بیٹھی تھیں اس لئے اپنی طہارت کو ٹوٹنے سے بچا لیا تھا۔ اُن کی جگہ کوئی مرد ہوتا تو اپنا ایمان خراب کر بیٹھتا۔

دادی ماں نے فوراً اپنے جسم سے نماز کی چادر نکالی اور بنا کچھ کہے عائشہ کو اوڑھا دیا۔ ان کا یہ عمل اتنا زود اثر تھا کہ عائشہ کے چہرے پر بے ساختہ سرخی پھیل گئی۔ سرخی جو لجا کی علامت تھی۔ جو عفت وحیا کی علامت تھی۔ اب عائشہ کا بڑے بڑے کھلے گریباں والا کرتا چادر میں چھپ گیا تھا۔

''کیسی ہو...؟'' دادی ماں کے لہجے میں پیار امنڈ آیا تھا۔ عائشہ اُردو نہیں جانتی تھی۔ مادری زبان تامل تھی۔ انگریزی میں عبور رکھتی تھی لیکن بھابی کا دن رات کا ساتھ ہونے کی وجہ سے اُردو کے چھوٹے چھوٹے جملے بول بھی لیتی اور سمجھ جاتی تھی۔

اس نے رکتے رکتے جواب دیا۔''اچھی...ہوں...!''

عائشہ نے تحائف کا پیکٹ کھولا۔ایک پیکٹ میں خشک میوے تھے۔بادام'اخروٹ'نمکین پستہ اور منقہ...دوسرے پیکٹ میں ایک عمدہ حریری حجاب تھا۔میں نے ایسا حجاب سنگاپور میں دیکھا تھا۔جو ملیشیا کی مسلمان عورتیں استعمال کرتی تھیں۔اس نے اپنے ہاتھوں سے دادی ماں کو حجاب پہنا دیا۔دادی ماں کی شخصیت یکدم بدل گئی۔وہ اب اس شہر کی نہیں مہاتر محمد کے دیش کی لگیں۔دادی ماں باغ باغ ہوگئیں۔

اس دن وہ گھر کے ہر فرد سے ملی۔وہ سب کے لئے کچھ نہ کچھ تحفہ لائی تھی۔کسی کو تحفہ دینا ہو تو دو باتوں کا خیال رکھنا ضروری ہوتا ہے۔تحفہ لینے والا کا مزاج اور تحفہ دینے والے کی نیت۔عائشہ نے ان دونوں باتوں کا خیال رکھا تھا دراصل وہ بھابی کے توسط سے ہمارے گھر کے ہر فرد کے مزاج سے واقف ہوگئی تھی۔یہاں آتے ہی وہ سب سے گھل مل گئی جیسے برسوں سے شناسائی ہو۔

۱۱رنومبر۲۰۱۱ء

علی الصبح میری آنکھ کھلی اور میری نگاہ عائشہ کے بستر پر پڑی۔اُس کا بستر خالی تھا۔میں ہڑبڑا کر اٹھ بیٹھی۔فوری دماغ میں یہی خیال آیا کہ شاید جوگنگ کے لئے نکل گئی ہو۔میں پریشان سی ہوگئی۔اجنبی شہر'اجنبی لوگ اور اجنبی گلیاں۔یہ سنگاپور نہیں تھا۔وہاں عورت نیم برہنہ حالت میں بھی قریب سے گذر جائے تو کوئی نگاہ نہیں اٹھتی اور یہاں سات پردوں میں بھی کوئی عورت گذرتی ہے تو سینکڑوں ہوسناک نظروں کے تیر سے گھائل ہو جاتی ہے۔

میں کمرے سے باہر نکلی۔دالان میں امی فجر کی نماز کی تیاری کر رہی تھی۔مجھ کو دیکھ کر انہوں نے پوچھا۔''کیا تلاش کر رہی ہو...؟''

''وہ،...عائشہ کمرے میں نہیں ہے۔''میں نے پریشان ہو کر بتایا۔

امی مسکرائیں۔''وہ تمہاری دادی کے کمرے میں ہے...!''

میں دادی ماں کے کمرے میں پہنچی۔وہاں پہنچ کر میں ٹھٹک کر رک گئی۔عائشہ'دادی ماں کے ساتھ نماز پڑھ رہی تھی۔عائشہ اور نماز...!دو متضاد باتیں..ایسا میرے ذہن نے کبھی سوچا بھی نہ تھا جو آج میری آنکھیں عملی طور پر دیکھ رہی تھیں۔

۱۲رنومبر۲۰۱۱ء

یہ دن ہم نے شہر دیکھنے میں گزرا۔سب سے پہلے تاریخی مکہ مسجد دیکھی۔یہ وہی مکہ مسجد تھی جس کا سنگ بنیاد رکھتے وقت منادی کی گئی تھی کہ مسجد کا سنگ بنیاد وہی رکھے جس نے کوئی نماز قضا نہ کی ہو۔رعایا میں سے کوئی آگے نہ آیا۔تب حکمران وقت آگے آیا اور سنگ بنیاد رکھتے ہوئے کہا کہ نہ مجھ سے تہجد کی نماز چھوٹی ہے اور نہ کوئی نماز میں نے قضا کی۔

پھر ہم نے چار مینار دیکھا۔چار مینار کی بلندی سے شہر کا نظارہ بہت ہی دلکش تھا۔لگتا تھا جیسے سارا شہر سمیٹ کر آ گیا ہو۔اس شہر کے بانی نے دُعا کی تھی کہ''مرا شہر لوگاں سو معمور کر'' آج یہ شہر انسانوں کے سمندر میں تبدیل ہوگیا ہے۔چار مینار دیکھنے کے بعد ہم سالار جنگ میوزیم دیکھنے چلے گئے۔بڑی کشادہ عمارت میں سجے ہوئے نوادرات دیکھتے دیکھتے ہم تھک گئے۔شام بھی ہونے لگی لیکن پورا میوزیم دیکھ نہ پائے۔عائشہ ہر چیز کو بڑے غور سے'انہماک سے دیکھ رہی تھی۔اس کا چہرا وفور شوق سے تمتما رہا تھا۔تھکن کی رمق بھی اُس کے چہرے پر نظر نہ آ رہی تھی۔ہماری خاطر اُس کو بھی میوزیم سے باہر آنا پڑا۔رات کا کھانا ہم لوگوں نے ایک ہوٹل میں کھایا اور پھر گھر لوٹے۔

۱۳رنومبر۲۰۱۱ء

اگلی صبح بھی عائشہ کا بستر خالی ملا۔لیکن میں کل کی طرح پریشان نہیں ہوئی۔سمجھ گئی کہ وہ دادی ماں کے کمرے میں ہوگی۔جب سے آئی تھی تب سے اُس کا صبح کا وقت دادی ماں کے کمرے میں گزر رہا تھا۔حالانکہ زبانِ یار من ترکی و من ترکی نمی دانم والا معاملہ تھا۔پھر بھی دونوں کے درمیان مکالمے چلتے رہتے تھے۔ایک دوسرے کا مافی الضمیر آسانی سے سمجھ بھی جاتے۔عائشہ کو یہاں آئے ہوئے صرف چار پانچ دن ہوئے تھے لیکن وہ اس طرح گھل مل گئی تھی جیسے ہم سب کو برسوں سے جانتی ہو۔عائشہ میں غیر محسوس طور پر تبدیلی آ رہی تھی اور اب مجھ کو احساس ہو رہا تھا کہ بزرگوں کا وجود کیا اہمیت رکھتا ہے۔دادی ماں نے روزِ اوّل ہی سے عائشہ کے ذہن کو بدل دیا تھا۔وہ کمی'وہ محرومی اور وہ ناآسودگی کا احساس جو بچپن سے عائشہ کے وجود میں روپوش تھا یہاں آ کر زائل ہوگیا تھا۔

ناشتہ کے بعد آج پھر ہم باہر نکلے۔لیکن یہ شہر اب بے حد پھیل گیا ہے'بے ہنگام ٹرافک کا اژدھام'عوام میں ٹرافک کے شعور کا فقدان'جگہ جگہ سگنل کی زیادتی اور اسپیڈ بریکوں کے کثرت کی وجہ سے ہم اپنے پروگرام پر عمل نہ کر سکے۔صرف گولکنڈہ اور سات گنبد دیکھنے میں دن نکل گیا۔اس کے باوجود ہم خوش تھے۔عائشہ خوش تھی جو بھی دیکھا تھا وہ بہت تھا۔عائشہ جذباتی ہو رہی تھی۔بار بار مجھ سے کہتی۔''یہ دن اس کی زندگی کے بہترین دن ہیں۔زندگی بھر ان گھڑیوں کو وہ بھول نہ سکے گی۔''

ان گھڑیوں کو عائشہ بھول سکے گی یا نہیں؟ میں نہیں جانتی لیکن اُس نے میرے گھر والوں کے دل جیت لئے تھے۔جب یہاں وہ آنے والی تھی تب دادی ماں اور امی نے اس کو آنے سے روکنا چاہا تھا لیکن اب وہی عائشہ کے جانے پر مغموم تھے۔

۱۳رنومبر۲۰۱۱ء

یہ دن پروگرام کے مطابق نہ گذر سکا۔ناشتہ کے بعد لاڈ بازار چلے گئے۔وہاں عائشہ نے چوڑیاں خریدیں۔پھر ہم نے گلزار حوض کی دو تین جیولرس کی دُکانوں کو کھنگال ڈالا۔موتیوں کے زیورات خریدنا تھا لیکن اصلی موتی جو کبھی بصرہ سے آتے تھے اب عنقا تھے یا پھر قوت خرید سے باہر۔دو تین نقلی موتیوں کے ہار خرید کر ہم خوش ہوگئے کہ اس بازار پر کیا منحصر ہے'سارا شہر'بلکہ ساری دُنیا نقلی مال سے پٹی پڑی ہے۔

شام کی فلائٹ سے اس کو چینائی جانا تھا۔ چینائی میں ایک رات ماں باپ کے پاس قیام تھا اور پھر دوسری صبح چینائی سے سنگاپور روانگی تھی۔ شام ہونے کے بعد وہ گھر کے سبھی افراد سے ملی اور پھر ائرپورٹ جانے کی تیاری میں مصروف ہوگئی۔ اپنا سوٹ کیس لے کر وہ جب کمرے سے باہر نکلی تو ہم سب حیرت ذدہ رہ گئے۔ وہ عائشہ نہیں اور کوئی لڑکی تھی۔ نہ جسم پر ڈھیلا ڈھالا مہین لباس' اور نہ بال کھلے ہوئے۔ نہ جسم سے خوشبو کا سیلاب امنڈ رہا تھا اور نہ چہرے پر کریم' غازہ اور لپ اسٹک کی تہہ۔ دادی ماں کی نماز کی چادر میں اس نے اپنے آپ کو مکمل طور پر چھپا لیا تھا۔ دادی ماں کی شخصیت کا جادو اب اُس کے سر چڑھ کر بول رہا تھا۔ مجھ کو یوں لگا کہ دادی ماں کا ماضی لوٹ آیا ہے اور وہ اپنے روایتی لباس میں حیدر آباد سے سنگاپور جا رہی ہیں۔

☆

دربارِفن

نیلم احمد بشیر

ٹیلنٹ ہنٹ ٹیم خوش تھی کہ ان کے باس شہر یار صاحب کو ان کی دریافت اس قدر پسند آئی تھی۔شہر یار صاحب کی ہمیشہ سے ہی خواہش ہوتی تھی کہ انمول، گمشدہ ہیروں کو تلاش کریں اور انہیں عوام کے سامنے لاکر ان کے فن کی پہچان کروائیں۔ان کا ٹی وی پروگرام میوزک سٹوڈیو اس لحاظ سے بہت فعال تھا۔آئے دن اس میں قابل فنکار متعارف کروائے جاتے اور ناظرین کو صحتمند تفریح فراہم کی جاتی۔میوزک سٹوڈیو پروگرام کی مقبولیت کا گراف اوپر سے اوپر ہی جارہا تھا جس کی وجہ سے ساری ٹیم اور سپانسرز بہت خوش تھے۔

''ونگاں چڑھالو کڑیو میرے داتا دے دربار دیاں۔۔۔'' کیا خوبصورت گیت تھا اور اِسے گانے والی ملتان کے ایک نواحی علاقے کی لوک فنکارہ صغریٰ کتنی سچی اور سچی گلوکارہ محسوس ہوتی تھی۔انہوں نے جب اسے سر پہ دوپٹہ اوڑھے، اپنے ساتھی موسیقار اور ڈھول والے کے ساتھ داتا دربار کے قریب کھڑی مکمل سپردگی کی حالت میں آنکھیں بند کرکے گاتے دیکھا تو یوں لگا جیسے داتا صاحب سیڑھیوں سے نیچے اتر کر اسے شاباشی اور تھپکی دینے چلے آرہے ہیں۔آبنوسی رنگت والی صغریٰ جذب ومستی کی کسی انوکھی وجدانی کیفیت میں، دنیا ومافیہا سے بے خبر داتا کی فقیرنی بنی جھومتی ہوئی گاتے گاتے تقریباً ناچ اٹھتی تو زائرین اسے محبت، دلچسپی اور عقیدت سے دیکھنے لگتے۔''That's It'' ہمیں ایسی ہی کسی فنکارہ کی ضرورت تھی، اس کا یہ گانا میوزک سٹوڈیو کے چارٹس پر ایک نئی تاریخ رقم کرے گا۔تم دیکھتے جاؤ۔۔۔اب میں اس کا کرتا کیا ہوں۔شہر یار صاحب بہت خوش تھے اس لئے ترنگ میں آکر نہ جانے کیا کیا کہتے چلے گئے۔

سٹوڈیو کے سٹاف نے اسے اور ساتھی موسیقار اور ڈھولچی کو بڑی عزت واحترام سے سٹوڈیو بلوایا۔پسینے میں بھیگے کپڑوں کی بساند لیئے جب وہ تینوں ملتانی فنکار ائیر کنڈیشنڈ گاڑی کی مخملیں سیٹوں پر بیٹھے تو انہیں لگا وہ کسی اور ہی دنیا میں پہنچ گئے ہیں۔سٹوڈیو آفس کے ڈائننگ ایریا میں گھومنے والی کرسی پہ بیٹھ کر چکن تکے، نان کھائے، ٹھنڈی یخ کوک کی بوتلیں پیتے وہ دل ہی دل میں رب کا شکر منا رہے تھے کہ اس نے انہیں آج کہاں سے کہاں لا بٹھایا تھا کیونکہ ان کی روز کی آمدنی میں تو کسی سستے ہوٹل کی دال روٹی کے سوا کچھ خرید کر کھایا نہ جاسکتا تھا۔

''دیکھئے بی بی آپ کو پتہ نہیں کہ آپ لوگ اس لوک موسیقی کے ذریعے اپنے ملک اور علاقے کی تہذیب کی پروموشن کیلئے کتنا اہم اور بڑا کام کر رہے ہیں۔ہم آپ کے فن کی بہت قدر کرتے ہیں آپ کا گانا ٹی وی پر چلوانا چاہتے ہیں، اسی لئے ہم نے آپ کو یہاں بلوانے کی تکلیف دی ہے۔'' شہر یار صاحب نے بڑی محبت سے کہا تو صغریٰ کی آنکھیں کچھ بھیگنے سی لگیں۔

''یہ کچھ ایڈوانس آپ رکھ لیں'' ایک سٹاف ممبر نے آگے بڑھ کر ہزار ہزار کے نوٹ ان کے میلے، گیلے سے ہاتھوں پر رکھ دیئے۔

''ارے یہ کیا بے ادبی ہے؟''۔شہر یار صاحب نے اکاؤنٹنٹ کو ڈانٹتے ہوئے کہا اور پانچ پانچ ہزار کے نوٹ جیب سے نکال کر انہیں تھما دیئے۔

''جب گانا ٹی وی پر چلے گا تو دیکھنا آپ کتنی مشہور ہوجائیں گی۔صغریٰ بی بی۔یہ لیں کوک پئیں۔کوک''۔شہر یار صاحب نے ٹھنڈے ٹھار کوکا کولا کی بوتل خالی گلاسوں میں انڈیل کر ان میں برف کی ٹکڑیاں دھیرے سے گھما دیں۔سفید سفید برف اور مشروب کے آپس میں ٹکرانے سے ایک عجیب دلکش سی آواز پیدا ہوئی جیسے دو خوبصورت ٹھنڈے برفیلے جزیرے آپس میں آن ملے ہوں۔صغریٰ نے لبوں سے گلاس کو دھیرے سے چھوا اور سارا مشروب ایک ہی بار میں غٹا غٹ پی گئی۔اُسے اندازہ نہیں تھا کہ وہ کتنی پیاسی تھی۔اس کے دل میں خوشی کے چھوٹے چھوٹے انار سے پھوٹنے لگے۔سب سے پہلے تو میں اپنے کوارٹر کے مالک مکان کو کرایہ ادا کروں گی۔اسکی روز روز کی بک بک کچھ دن کے لیے تو بند ہو ہی جائے گی۔اس نے دل ہی دل میں سوچا۔پھر اپنے بچوں کو خرچ بھجواؤں گی تا کہ میری بہن انہیں بوجھ سمجھنا چھوڑ دے۔اسے اپنے بچوں کی شدت سے یاد آئی جو اس نے اپنی بہن کے گھر چھوڑے ہوئے تھے۔شوہر تو بھٹہ مزدوری کرتے کرتے جوانی میں ہی دق کا شکار ہوکر لقمہ اجل بن چکا تھا۔اب سارے خاندان کا بوجھ اکیلی صغریٰ کو ہی اٹھانا پڑ رہا ہے۔بڑی ہی عُسرت اور تنگدستی میں دن گذر رہے تھے۔

سارا دن عجیب عجیب مشینوں پر اس کا گانا ریکارڈ ہوتا رہا۔اسکی آواز کو توڑ موڑ کر نئے روپ دیئے گئے۔نئے نئے سازوں کی آمیزش کی گئی تو اسے اپنا ہی گانا پہلے سے زیادہ خوبصورت اور اچھا لگنے لگا۔یہ لوگ کتنے لائق تھے۔بالکل جادوگر لگتے تھے۔اس کے سادہ سے گانے کو کیسے انہوں نے اتنی انوکھی اور نوکیلی خوبصورت شکل دے دی تھی۔اس نے اپنے دوپٹے کے کونے سے بندھے پانچ ہزار کے نوٹ کو پیار سے ٹٹولا اور تسلی کر کے اپنا گانا سننے لگی خوشی سے اس کا انگ انگ ناچ رہا تھا۔

گھر پہنچ کر وہی ہوا جس کا اسے ڈر تھا۔مالک مکان نے پانچ ہزار رکھ لینے کے بعد اسے بے نقط سنانا شروع کردیں۔

''ان پانچ ہزار کا میں کیا کروں؟ یہ تو پچھلے کھاتے میں جائیں گے۔ابھی تو تیرے ذمے اور دو مہینوں کا کرایہ رہتا ہے۔یہ تجھے بتا رہا ہوں کہ اگر اگلے پندرہ دنوں میں تو نے سارا کرایہ ادا نہیں کیا تو تجھے نکال باہر کروں گا۔سمجھی؟'' مالک مکان دانت پیستا ہوا اپنے اوپر والے حصے کی طرف چل دیا جہاں

دوسرے کچھ کرایہ دار بھی رہتے تھے۔

یہ علاقہ داتا دربار سے متصل تھا۔ پرانے پرانے گھروں کو گرا کر نئی نئی کئی منزلہ عمارات تعمیر کر کے مالکان خوب کرائے اکٹھے کر رہے تھے۔ زائرین کے رش کی وجہ سے اس علاقے میں لوگوں کی ہمیشہ آمد و رفت رہتی۔ ملنگ، فقیر، جوگی یہاں ڈیرے ڈالے رکھتے اور داتا کی نگری آباد رہتی۔ صغریٰ بھی یہاں گا کر چار پیسے کما لیتی اور صبر و قناعت سے وقت گزار لیتی تھی۔

''ملک صاحب میں جلد ہی آپ کا کرایہ ادا کروں گی۔ آپ بس تھوڑا سا انتظار کر لیں''۔ اس نے سیڑھیاں چڑھتے مالک مکان کو آہستہ سے کہا۔

''تھوڑا سا انتظار کس بات کا کروں بھئی۔ تیرا گاؤں سے کوئی منی آرڈر آنا ہے کیا؟'' ملک صاحب نے جلے بھنے انداز میں جواب دیا۔

''صغریٰ چپ رہی۔ اور دل ہی دل میں ہنس دی۔ کیا بتاتی کہ اس کا واقعی ایک بہت بڑا منی آرڈر آنے والا ہے۔ وہ عنقریب بہت مشہور ہونے والی ہے۔ ٹی وی پہ اس کا گانا چلے گا تو سب اُسے جان جائیں گے۔ ملک صاحب کو بھی پتہ چل جائے گا کہ میں اتنی گئی گذری بھی نہیں' بہت بڑی فنکار ہوں، آرٹسٹ۔۔۔ اس ملک کی تہذیب کو عزت بخشنے والی اس کے دل میں شہریار صاحب کی باتیں گونجنے لگیں۔

صغریٰ بہت دن انتظار کرتی رہی مگر شہریار صاحب کے میوزک سٹوڈیو کی طرف سے کوئی نہیں آیا۔ اسے علم نہ تھا کہ شہریار صاحب بڑے آدمی تھے، مصروف رہتے تھے۔ اس نئے گانے کی لانچ کیلئے انہیں کتنے انتظامات کرنا تھے۔ سپانسر شپ، سیٹ ڈیزائننگ، لے آوٹ، ویڈیو ریکارڈنگ کی تفصیلات سبھی کچھ ان کے اپنے ذمے تھا۔ نئے نغمے کی لانچ کے لیے وہ کسی کمپنی کے محتاج تو نہ تھے مگر ٹی وی پر چلوانے کے لیے، سپانسرز اکٹھا کرنا اور ریٹنگ گیم میں سب میوزک پروگراموں کو مات دینا بھی تو ایک اہم مشن تھا۔ ان کی پوری ٹیم شب و روز محنت سے میوزک تیار کر رہی تھی۔

اگلے ہفتے جب مالک مکان نے پھر کرائے کا تقاضہ کیا تو صغریٰ نے لجاتے لجاتے اسے کہہ ہی دیا کہ اسکا گانا ٹی وی پہ آنے والا ہے۔ اس کے بعد وہ انہیں ہر مہینے وقت پر کرایہ دے دیا کرے گی۔ انہیں انتظار نہ کرنا پڑے گا۔

''لو اور سنو۔۔۔ اس کا گانا ٹی وی پہ چلے گا۔'' ملک صاحب ہنستے ہنستے دہرے ہو گئے اور اپنے ملازم کی کمر پر زور سے دھپا رسید کیا ملازم بھی تائید میں کھی کھی کرنے لگا۔ صغریٰ کی آنکھوں میں آنسوؤں نے آگ سی لگا دی وہ کچھ کہے بغیر خاموشی سے اپنے ناخنوں سے زمین کریدنے لگی۔

اس کے گھر میں سوائے ایک چارپائی اور چند معمولی برتنوں کے کچھ بھی نہ تھا مگر اب اس کا جی چاہا کہ وہ بھی ایک چھوٹا موٹا ٹی وی لے لے۔ آخر خود کو ٹی وی پہ گاتے دیکھنے کو کس کا جی نہ چاہتا ہو گا۔ ''میرا اپنا ٹی وی ہو گا تو اپنے آپ کو جی بھر کے ٹی وی پہ گاتا دیکھ سکوں گی۔ وہ دل ہی دل میں سوچ کر مسکرا دی۔

پہلی تاریخ کے آتے ہی ملک صاحب نے کرائے کے تقاضے کیلئے اس کا دروازہ پیٹنا شروع کر دیا۔ صغریٰ گھبرا کر باہر نکلی اور سر پہ چادر درست کر کے حواس مجتمع کیے۔

''سلام ملک صاحب۔'' ابھی اس نے منہ ہی کھولا تھا کہ یکایک اسے اپنے ساتھ والے گھر سے آواز سنائی دی۔ ''ونگاں چڑھا لو کڑیو میرے داتا دے دربار دیاں۔''

''میرا گانا ملک صاحب، میرا گانا ٹی وی پہ چل رہا ہے۔'' وہ دیوانہ وار بھاگ کر آگے بڑھی اور ہمسائے کے گھر کی کھڑکی میں کھڑی ہو گئی۔ لوہے کی سلاخوں کے پیچھے سے ٹی کی سکرین بالکل صاف دکھائی دے رہی تھی ملک صاحب بھی خاموشی سے اس کے پیچھے جا کر کھڑے ہوئے مگر ٹی وی کو دیکھتے ہی ان پر زور زور سے ہنسنے کا دورہ سا پڑ گیا۔

''یہ تو ہے؟ صغریٰ یہ تیرا گانا ہے؟''

''تیرا کہیں دماغ تو نہیں خراب ہو گیا؟'' وہ اور زور زور سے ہنسنے لگے۔ صغریٰ نے بھی سانس روک لی۔ گانا تو اسی کا تھا مگر۔۔۔ وہاں تو ایک خوبصورت، ماڈرن کپڑے پہنے، نوجوان لڑکی سٹول پہ بجی نظر آتی تھی، نازک یوں جیسے کوئی جاپانی گڑیا ہو۔ اس کے بڑے بڑے پر کشش ہونٹوں پر سرخ سرخ لپسٹک اُسے کس قدر دلآویز بنا رہی تھی۔ اس کے پہلو میں چمٹا بجاتے مشہور لوک فنکار اپنے لمبے لمبے بالوں کو جھلائے، چمکدار کپڑوں میں جھوم جھوم کر جاپانی گڑیا کا ساتھ دے رہے تھے۔ صغریٰ کے حلق میں کچھ پھنسنے سا لگا۔ اسے کتنی آرزو تھی اس لوک فنکار کے ساتھ گانے کی، مگر افسوس قدرت نے اسے کبھی ایسا موقعہ ہی نہیں دیا۔ چمٹے والے بڑے فنکار کو اس نے کئی بار فنکشنوں سے نکل کر بڑی سی، بلکہ بہت بڑی سی گاڑی میں بیٹھ کر جاتے دیکھا تھا۔ واقعی وہ اس قابل کہاں تھی کہ وہ اس جیسی مسکین صورت غریبنی، جاہل سی گلوکارہ کے ساتھ گائے وہ تو اب باہر کے ملکوں میں جا کر گاتے ہیں۔۔۔ جاپانی گڑیا کے ساتھ وہ کتنا سج رہے تھے۔۔۔ اسے اپنے ملبوس اور شکل و صورت سے خود ہی شرم سی آنے لگی۔ اس کا گانا کس قدر خوبصورت، مدھر اور رسیلا لگ رہا تھا۔ صغریٰ بُت بنی ٹی وی سکرین کو دیکھتی چلی گئی۔ ملک صاحب نے جس روز اس کا معمولی سا گھریلو سامان اٹھا کر گلی میں پھینک کر اسے بے دخل کیا، بارش زوروں سے برس رہی تھی۔ صغریٰ کو یوں لگا جیسے پوری کائنات میں وہ تنہا ہے اور اسکا کوئی نہیں۔ مگر پھر اس نے آسمان کی طرف دیکھا تو اسے یہ دیکھ کر اطمینان ہوا کہ سارا آسمان اس کے کرب میں مبتلا تھا اور آنسو بہائے چلا جا رہا تھا۔ وہ کتنی دیر بارش میں گری زمین پہ پڑی سسکتی رہی۔

یکایک اسے پیٹ میں بھوک کا طوفان اٹھتا محسوس ہوا۔ اسے یاد آیا اس نے صبح سے کچھ کھایا نہ تھا مگر اب کہاں سے کھاتی، گھر تو تھا نہیں۔ کسی نہ کسی طرح سے خود کو دھکیلتی اٹھ کھڑی ہوئی اور ہولے ہولے قدم بڑھاتے داتا صاحب کے لنگر خانے کی قطار میں جا کھڑی ہوئی۔ اپنی باری کا انتظار کرتے اس

نے دیکھا، سامنے کی دکانوں سے لڑکیاں بڑے شوق اور مسرت سے رنگ برنگی چوڑیاں خرید کر پہن رہی ہیں۔ صغریٰ کے لبوں پہ ایک اطمینان بھری مسکراہٹ کھیل گئی۔ اپنے حصے کا کھانا لے کر وہ زمین پر گرا ہوا اخبار بچھا کر بیٹھ گئی اور چاول اور دال ملا کر کھانے لگی۔ کھانے کے بعد اس نے اخبار کا گولہ سا بنایا اور ایک طرف پڑے کوڑے کے ڈھیر پہ اچھال دیا۔ اسے پڑھنا کہاں آتا تھا اگر آتا تو اسی اخبار میں چھپی خبر پڑھ کر وہ حیرت زدہ ضرور ہو جاتی جس میں لکھا تھا کہ ''ونگاں چڑھالو کڑیو'' کی خوبصورت نوجوان گلوکارہ شہرت کی بلندیوں پہ پہنچ چکی ہے۔ اسے لاکھوں روپے کی آمدنی ہوئی ہے اور ایک مشہور بھارتی اداکارہ نے اسے اپنی اگلی فلم کے لیے سائن بھی کر لیا ہے۔

آسیب

نجم الحسن رضوی

مگراس گھر میں تو آسیب کا اثر ہے!

کیا بکتے ہو؟ ارشد کو غصہ آ گیا۔ بڑی تگ ودو اور تلاش کے بعد تو اسے ایک آئیڈیل مکان نظر آیا تھا۔ سرسبز درختوں کے جھنڈ میں تقریباً آدھا چھپا ہوا، کھپریل کی چھت والا دومنزلہ گھر۔ اس کے بیرونی گیٹ پر آہنی تالا لٹکا ہوا تھا۔

ارشد کو کسی ایسے ہی مکان کی تلاش تھی جہاں اس کی اماں اس کے بغیر بھی پورے اطمینان سے رہ سکیں۔ ان کی عمر ساٹھ کے قریب ضرور تھی مگر اس کے باوجود وہ خاصی فعال تھیں۔ انہوں نے بڑی سرگرم زندگی گزاری تھی اور برسوں تک ایک گرلز اسکول کی نہایت مقبول ہیڈ مسٹریس رہی تھیں مگر اب وہ ریٹائر ہو چکی تھیں پھر بھی ان کی ہمت جوان تھی اور وہ اپنے سارے کام خود اپنے ہاتھ سے کرنا چاہتی تھیں۔

ارشد ان کا لاڈلا بیٹا تھا۔ اس کے باپ کی وفات کے بعد انہوں نے اسے تن تنہا پوری توجہ اور محبت سے پالا تھا۔ ارشد خود بھی اپنی اماں سے بہت مانوس تھا۔ وہ کبھی بھی ان سے جدا ہونے کو نہ سوچتا مگر پھر اچانک اس کے دو قریبی ساتھی باہر چلے گئے اور انہیں بہترین ملازمتیں مل گئیں۔ اب اس کے دوست نے اس کے لیے بھی چکّر چلایا تھا۔ ارشد کو امید تھی کہ وہاں اسے کافی اچھی نوکری مل جائے گی اور اب اسے پندرہ دن کے اندر اندر وہاں پہنچنا تھا۔

اماں نے یہ خبر پورے صبر و تحمل سے سنی۔ انہیں پتہ تھا کہ ارشد کا شاندار مستقبل اسے پکار رہا ہے لہٰذا انھوں نے اپنی فکر چھوڑ کے بیٹے کے لیے خیریت کے ساتھ منزل تک پہنچنے کی دعائیں مانگنی شروع کر دیں۔ مگر ارشد جانے سے پہلے اماں کے لیے رہنے اور دیکھ بھال کے تمام ضروری انتظامات مکمل کرنا چاہتا تھا۔ اس نے ان کے لیے ایک کل وقتی آیا کا بندوبست کر لیا تھا جو چوبیس گھنٹے ان کے ساتھ رہتی۔ اس کے علاوہ باہر کے کاموں کے لیے ایک لڑکے کا بھی بندوبست ہو گیا تھا مگر اب اسے ایک گھر کی تلاش تھی۔ پرانا گھر بہت بڑا تھا اور ذرا آبادی سے دور۔۔۔ لیکن اب وہ ایسے مکان کی تلاش میں تھا جو نسبتاً چھوٹا ہو مگر پوری طرح محفوظ۔۔۔ اور کسی بارونق علاقے میں۔۔۔

ارشد نے بہت سے مکان دیکھے تھے اور پراپرٹی ایجنٹوں کی مدد سے بہت سی نئی پرانی بستیوں میں بے شمار گھروں اور فلیٹوں کا معائنہ کیا تھا مگر ابھی تک وہ مثالی گھر اس کی پہنچ سے دور تھا۔ لیکن ایک شام اچانک ایک پراپرٹی ڈیلر کی گاڑی میں سڑک سے گزرتے ہوئے اسے وہ مکان نظر آیا۔ ہرے بھرے درختوں نے اس مکان کے آگے ایک دیوار سے بنا رکھی تھی مگر اس کی لال چھت دور سے نظر آتی تھی۔ ارشد کو وہ مکان پہلی نظر میں پسند آ گیا۔ وہ بیچ شہر میں بھی نہیں تھا اور آبادی سے الگ تھلگ بھی نہیں۔۔۔ اس کے احاطے کی دیواریں خاصی اونچی تھیں اور جالی دار بیرونی گیٹ کو عشق پیچاں کی بیلوں نے چھپا رکھا تھا۔ مکان میں رہائشی کمرے اوپری منزل پر تھے اور نچلی منزل پر ڈرائنگ روم اور کچن وغیرہ تھے۔ گیٹ کی جالی سے احاطے کے اندر کا لان بھی نظر آتا تھا۔ اس نے سوچا، اماں تو اس لان میں اپنا باغبانی کا شوق بھی جاری رکھ سکیں گی۔ کتنا پسند ہے انھوں پودوں کی نگہداشت کرنا۔

ارشد نے گیٹ پر لٹکے ہوئے تالے کو گھورتے ہوئے پراپرٹی ڈیلر سے پوچھا۔ کیوں بھائی؟ یہ گھر نہیں مل سکتا، خالی معلوم ہوتا ہے؟

کیا۔۔۔؟ پراپرٹی ڈیلر حیرت سے بولا۔ یہ مکان لیں گے آپ؟ توبہ کریں جی یہ تو بھوت گھر ہے۔ اسی وجہ سے، کب سے خالی پڑا ہے۔ راتوں میں کمروں میں روشنیاں جلتی ہیں اور طرح طرح کی آوازیں آتی ہیں!

بکواس۔۔۔ ارشد کو اس بات کا یقین نہیں آیا۔

اس نے کہا۔۔ آپ میری بات کا یقین نہیں کرتے تو اور لوگوں سے پوچھ لیں، سب کا یہی کہنا ہے۔ اس کے بارے میں تو اتنی باتیں مشہور ہیں کہ رات تو رات دن میں بھی کوئی اس کے پاس سے نہیں گزرتا!

اتفاق سے اسی شام ایک پارٹی میں ارشد کی ملاقات روزنامہ ''مشہور'' کے نیوز ایڈیٹر نسیم احمد سے ہو گئی جو اس کا دوست تھا۔ اس نے خیریت پوچھی تو ارشد نے کہا۔ خیریت کہاں بھائی، اماں کے لیے ایک مکان کی ضرورت ہے، بس اسی کی تلاش میں گھن چکّر بنا ہوا ہوں، مجھے بیرونی سفر پر جانا ہے مگر چاہتا ہوں کہ اماں کو کسی محفوظ جگہ منتقل کر دوں!

تو؟ نسیم نے پوچھا۔

تو کیا، کوئی ڈھنگ کا گھر ہی نہیں ملتا، ایک مکان نظر آیا تھا، گلشن میں مگر۔۔!

مگر کیا؟ نسیم احمد نے اسے سوالیہ نگاہوں سے دیکھا۔

لوگ کہتے ہیں اس میں آسیب ہے اور کوئی اس کے قریب نہیں پھٹکتا، کب سے بند پڑا ہے! ارشد بولا۔

کیا؟ نسیم احمد نے قہقہہ مار کے کہا۔ تم بھی ایسی خرافات پر یقین رکھتے ہو؟

ہرگز نہیں۔ ارشد نے کہا۔ مگر پتہ تو چلے کس کا مکان ہے اور کب سے خالی ہے؟

نسیم احمد نے کہا۔ یہ کام تم مجھ پر چھوڑ دو، کیا علاقہ بتایا تم نے؟ گلشن

نا،ٹھیک ہے وہاں رضوان رہتا ہے، اپنا کرائم رپورٹر۔۔اس کے سپرد کرتا ہوں یہ معاملہ، جیسے ہی بات کچھ آگے بڑھی میں تمہیں اطلاع دوں گا،فکرمت کرو!

اور اسکی بات ٹھیک ہی نکلی کیونکہ ابھی چوبیس گھنٹے بھی نہیں ہوئے تھے کہ نسیم احمد کا فون آیا۔۔۔لوبھئی تمہارا آدھا کام تو سمجھو ہوگیا!

یعنی؟ارشد حیران ہو کے بولا۔

نسیم احمد نے کہا۔ رضوان نے اس شخص کا پتہ چلا لیا ہے جس کا یہ مکان ہے۔کوئی محمد حسین صاحب ہیں!

توان سے کہاں ملاقات ہوسکتی ہے؟ارشد نے پوچھا۔

یہ بتانے کے لیے رضوان شام کو یہاں آئے گا،تم بھی میرے دفتر پہنچ جاؤ!

پھر جب ارشد نسیم احمد کے دفتر پہنچا تو رضوان وعدے کے مطابق وہاں موجود تھا مگر اس کے ساتھ ایک اور صاحب بھی تھے۔

آپ محلّے کے کونسلر ہیں، وسیم صاحب۔۔رضوان نے کہا۔ یہ محمد حسین صاحب سے واقف ہیں!

نسیم احمد نے ان مخاطب ہو کے کہا۔ارشد میرا بہت گہرا دوست ہے اوراسے محمد حسین صاحب کا مکان چاہیے کرائے پر!

کیا۔ وہ مکان اور کرائے پر۔ وسیم صاحب پیٹ پر پتلون کستے ہوئے بولے۔۔۔ یہ تو بہت مشکل ہے۔ میں سمجھتا تھا آپ اس مکان کے بارے میں کچھ اور باتیں پوچھنا چاہتے ہیں!

یعنی کیا باتیں؟نسیم احمد نے پوچھا۔

رضوان نے لقمہ دیا۔ وہی بھوت پریت کی باتیں۔وسیم صاحب کا خیال ہے کہ وہ ساری باتیں سچ ہیں!

کیا؟ارشد اچھل پڑا۔آپ بھی؟

جی ہاں۔۔وسیم صاحب بولے۔اس میں شک کی کوئی گنجائش نہیں، محلّے والوں نے خود دیکھا ہے، بالائی منزل کے دریچوں سے کسی کو جھانکتے ہوئے۔راتوں میں وہاں سائے اور پرچھائیاں چلتی پھرتی نظر آتی ہیں۔

مگر وہ تو بند پڑا ہے کب سے۔۔!ارشد نے کہا۔

وسیم صاحب نے جواب دیا۔ میں جانتا ہوں محمد حسین صاحب جب سے گئے ہیں اس مکان میں کوئی کرایہ دار نہیں آیا!

نسیم احمد نے پوچھا۔محمد حسین صاحب۔یعنی مالک مکان۔۔۔وہ کہاں چلے گئے؟ وہ باہر چلے گئے۔ وسیم صاحب نے جواب دیا۔اپنے بیٹے اور بہو کے پاس۔۔کینیڈا یا شاید امریکا۔یہاں اکیلے رہ کے کیا کرتے!

ارشد نے پوچھا۔مکان انھوں نے کرائے پر کیوں نہیں اٹھایا؟

وسیم صاحب نے کہا۔ میں نے بہت کہا تھا مگر انہیں ڈر تھا کہ کرایہ دار اس قبضہ کرے گا میں نے انہیں بہت سمجھایا مگر وہ مانے نہیں!

کمال ہے انہیں اس کی فکر بھی نہیں ہوئی کہ خالی مکان کی اگر دیکھ بھال نہ کی گئی تو وہ خراب بھی ہوسکتا ہے۔نسیم احمد نے کہا۔

وسیم صاحب نے جواب دیا۔مکان کی صفائی، ستھرائی اور دیکھ بھال کے لیے انھوں نے ایک کمپنی کو ٹھیکہ دے رکھا ہے جس کے کارندے ہفتے میں ایک بار وہاں جاتے ہیں!

نسیم احمد نے پوچھا۔تو کیا گھر کی چابی اسی کمپنی کے پاس ہے؟

وسیم صاحب نے کہا۔ بڑے گیٹ کا تالا تو ہمیشہ بند رہتا ہے،صرف پچھلے چھوٹے دروازے کی چابی کمپنی کے پاس ہے!

سوال یہ پیدا ہوتا ہے کہ۔۔۔ارشد بولا۔۔کمپنی کے کارندے ہفتے جب وہاں جاتے ہیں تو کبھی انہیں گھر کے اندر کسی غیر معمولی کیفیت کے بارے میں کوئی اندازہ نہیں ہوا؟

وسیم صاحب نے کہا۔ان سے جب بھی پوچھا گیا انھوں نے یہی بتایا کہ وہ ہمیشہ دن کے وقت وہاں جاتے ہیں مگر کبھی وہاں انہیں کوئی غیر معمولی بات نظر نہیں آئی۔۔ویسے ان کا داخلہ صرف مکان کی نچلی منزل تک ہے، اوپر کا حصہ بند ہی پڑا رہتا ہے!

نسیم احمد نے کہا۔۔۔ یار رضوان ذرا مکان کی دیکھ بھال کرنے والی کمپنی سے رابطہ کرو، ہوسکتا ہے انہیں مکان کو کرائے پر اٹھانے کے لیے کوئی ہدایت ملی ہو!

وسیم صاحب نے کہا۔آپ کوشش کر دیکھئے ویسے میرا خیال ہے کہ اس کرائے پر دینے کا تو سوال ہی پیدا نہیں ہوتا۔محمد حسین صاحب تو قطعی اس کے حق میں نہیں تھے۔۔ویسے آپ کو بھی کیا پڑی ہے کہ خواہ مخواہ ایک آسیب زدہ مکان کے لیے اتنے پاپڑ بیلیں،کوشش کریں تو اس علاقے میں کوئی اور مکان مل جائے گا!

وسیم صاحب چلے گئے تو ارشد سے رضوان سے پوچھا۔کیا آپ اب بھی اس مکان کے بارے میں سنجیدہ ہیں۔

ارشد نے کہا۔۔۔یار مجھے کچھ تجسس سا ہو گیا ہے اگر وہ مکان واقعی آسیب زدہ ہے تو پھر لمّاں کو تو وہاں نہیں رکھوں گا مگر ذرا تفتیش تو کریں کہ ماجرا کیا ہے؟

نسیم احمد نے کہا۔۔ہاں بھئی یہ تو بڑے مزے کی اسٹوری بن رہی ہے،اس پر تو ایک فیچر ہونا چاہیے:''خالی مکان میں آسیب کا ڈیرہ، مالک مکان کی طرف سے بدروحوں کے استقبال کے لیے ہر ہفتے گھر کو سجایا جاتا ہے''۔ یہ سرخیاں کیسی رہیں گی۔وہ ہنس کے بولے۔

رضوان دوسرے دن ہی ''دیکھ بھال'' نامی کمپنی کے منیجر کو پکڑ لایا جس کے ذمے اس مکان کی صفائی ستھرائی کا کام تھا۔اس کا نام منیر احمد تھا۔

نسیم احمد نے کہا۔ کیوں بھائی اب تک کتنے لوگ کا ہارٹ فیل کرا چکے ہیں وہاں؟

کیا مطلب؟منیر احمد نے سوالیہ نگاہوں سے انہیں دیکھا۔

بھئی آپ کی کمپنی کے کارندے ہر ہفتے وہاں جاتے ہیں، تعجب ہے اب تک ان کی کسی بھوت سے مڈبھیڑ نہیں ہوئی۔ ڈر کے مارے کوئی مرا ور انہیں اب تک؟

منیر احمد نے کہا۔ اچھا بھوت پریت۔۔۔ سچی بات یہ ہے کہ ہمارے لوگوں نے تو وہاں اب تک کچھ نہیں دیکھا۔ دن میں تو وہاں سناٹا ہی رہتا ہے، البتہ رات میں سنا ہے کہ۔۔۔!

رضوان نے کہا۔۔۔ وہ تو ہم نے بھی سنا ہے مگر اب ہم خود اپنی آنکھوں سے وہ سب کچھ دیکھنا چاہتے ہیں!

پھر؟ منیر احمد نے اسے سوالیہ نگاہوں سے دیکھا۔

پھر کیا۔۔۔ ارشد بولا۔۔۔ ہمیں اس گھر کی چابی چاہیے، ہم اندر جائیں گے!

گھر کے اندر؟

اور کیا!

دن کے وقت یا۔۔۔؟

رات میں۔۔۔ رضوان بولا۔ ذرا پتہ تو چلے وہاں اندھیرے میں کون آہیں بھرتا ہے!

اچھا۔۔۔ مگر چابی دینے کے لیے مجھے اجازت لینا پڑے گی۔ ویسے اگر میں یہ پوچھوں کہ اس سے آپ کو کیا فائدہ ہوگا، وہ مکان تو آپ کو نہیں مل سکتا!

کوئی بات نہیں۔۔۔ ارشد نے کہا۔۔۔ ہم بس یونہی تجسس کی خاطر!

اور اب وہ اس مکان کے اندر تھے۔ کمپنی کا کوئی آدمی رات کے وقت وہاں آنے کو تیار نہ ہوا مگر رضوان نے ارشد کا ساتھ دینے کا عہد کر رکھا تھا۔ وہ دونوں پچھلے دروازے سے اندر داخل ہوئے تو عقبی صحن میں پام کے چوڑے چوڑے پتوں کی سرسراہٹیں گونج رہی تھیں۔ برآمدے میں ایک جالی دار دروازے میں ایک اور تالا بند تھا جسے کھول کر وہ گھر میں داخل ہوئے۔ یہ شاید ڈرائنگ روم تھا۔ خاصا سجا ہوا۔ ارشد نے ٹارچ سنبھال رکھی تھی۔

رضوان نے کہا۔ بڑا سجا سجایا کمرہ ہے۔ کہیں بھی گرد و غبار، بے ترتیبی، گندگی کا نام و نشان نہیں۔ دیواروں پر مصوری کے نمونے سجے تھے۔ ارشد نے ٹارچ کی روشنی ادھر اُدھر گھمائی تو اچانک برابر ہی میں اسے ایک کشادہ زینہ نظر آیا جو اوپر جاتا تھا۔ پھر روشنی کا دائرہ ایک چہرے پر جا کے رکا۔ یہ کسی نوجوان کی تصویر تھی اور ارشد کو لگا جیسے چہرے پر روشنی پڑتے ہی نوجوان نے اپنی پلکیں جھپکائیں۔ ارشد کا دل دھک سے رہ گیا۔ اس نے اپنی ٹارچ کا رخ آگے کی طرف پھیر دیا مگر وہاں ایک اور تصویر تھی۔ ایک جوان عورت کی۔۔۔ وہ ارشد کو دیکھ کے مسکرائی۔ ارشد کو اپنی پیشانی پسینے سے بھیگتی ہوئی محسوس ہوئی۔ اس وقت رضوان نے آگے بڑھ کے کہا۔۔ ذرا ٹارچ کی روشنی آگے کی طرف پھینکو، دیکھیں اور اوپر کیا ہے؟ ارشد نے ٹارچ لہرائی تو زینے کی پوری دیوار تصویروں سے جگمگا اٹھی۔ چہروں کی قطار۔ کئی مرد اور عورتیں۔ درمیان میں ایک گروپ فوٹو تھا جس پر روشنی پڑتے ہی لگا جیسے سب لوگ اٹھ کے کھڑے ہو گئے۔ ان کے آگے کرسیوں پر دو معمر چہرے تھے۔ راکھ کی رنگت کی داڑھی والا ایک آدمی اور نیلی ساڑھی والی ایک عورت۔

رضوان نے کہا۔۔۔ یہ تو خاندانی تصویروں کی گیلری معلوم ہوتی ہے یار۔۔۔!

ارشد نے کہا۔ مگر تم نے محسوس کیا جب اس تصویر پر روشنی پڑی تو اس آدمی نے آنکھیں جھپکی تھیں۔

رضوان بولا۔۔۔ مجھے تو ابھی یوں لگا جیسے میرے قریب ہی کسی نے گہری سانس لی ہو۔ خوف کی ایک یخ بستہ لہر نے دونوں کو تقریباً منجمد کر دیا۔ اچانک کمرے میں تاریکی مزید گہری ہو گئی اور ٹارچ کی روشنی کا نحیف سا پیلا دائرہ ذرا آگے سرک کے ایک چہرے پر تھرتھرایا۔ چہرہ وہی تھا جو انہوں نے چند لمحے پہلے دیکھا تھا۔ راکھ کی رنگت جیسی داڑھی والا۔ اسکی آنکھیں انگاروں کی طرح دہک رہی تھیں۔ قریب تھا کہ ارشد کے ہاتھ سے ٹارچ چھوٹ جاتی، آواز آئی۔۔۔ آؤ زینے کے اوپر چلے آؤ! رضوان! دہشت سے کانپتے ہوئے پیچھے ہٹا مگر ارشد نے اسے دھکا دیا۔۔۔ آگے بڑھو!

اوپر کا دروازہ کھلا تھا۔ وہ دونوں آواز کا پیچھا کرتے ہوئے اوپر والے کمرے میں داخل ہوئے۔ کمرے میں ایک طرف سجی سجائی مسہری تھی اور دوسری طرف کتابوں کے ریک اور الماریاں۔۔۔ بیچ میں صوفے رکھے تھے اور شیشے کی مستطیل میز پر چائے کے برتن سجے تھے۔ آتش دان پر موم بتی جل رہی تھی۔

میں تمہارا ہی انتظار کر رہا تھا۔۔۔! ملگجی داڑھی والے نے کہا۔ اس نے سفید کرتا اور شلوار پہن رکھا تھا اور گلے میں سرمئی چادر تھی۔

بیٹھ جاؤ! بوڑھے نے کہا اور خود بھی اطمینان سے ایک صوفے پر بیٹھ گیا۔ ارشد اور رضوان بھی بیٹھ گئے۔ بوڑھا انہیں کچھ دیر خاموشی سے دیکھتا رہا، پھر بولا۔ تم مجھے دیکھ کر خوفزدہ ہوئے یا حیران؟

ارشد نے کہا۔ حیران زیادہ ہیں!

بوڑھا مسکرایا۔۔۔ میرا بھی یہی خیال تھا، تو سنو، یہ میرا گھر ہے اور میں یہاں اکیلا رہتا ہوں، کافی دنوں سے، اور کسی کو یہاں آنے کی اجازت نہیں، تمہارے بارے میں اطلاع ملی تھی کہ تم لوگ کچھ لکھنا چاہتے ہو، میں تمہیں اس کام سے باز رکھنا چاہتا تھا، اس لیے تمہیں یہاں آنے کا موقع دیا۔ یہ سمجھو کہ کمپنی والوں کی سفارش پر تمہیں خصوصی اجازت دی گئی ہے، پہلی اور آخری مرتبہ۔۔۔!

کیا مطلب جناب۔۔۔ ارشد نے پوچھا۔۔ آپ ایسے کیوں رہتے ہیں؟

بوڑھے نے تنک کے کہا۔ یہ میرا گھر ہے اور میں اس میں جیسے چاہے رہوں، کسی کو اس سے کیا؟

ارشد نے کہا۔نہیں میرا مطلب تھا کہ آپ کے بارے میں تو مشہور ہے کہ اپنے بچوں کے پاس کینیڈا چلے گئے ہیں!

بوڑھے نے کہا۔ اصل میں میرے بیٹے اور بہوئیں سب باہر ہی رہتے ہیں، باری باری سب چلے گئے۔تم نے ان کی تصویریں زینے پر دیکھی ہوں گی!

اور آپ کی بیگم۔۔؟ رضوان نے سوال کیا۔شاید ہم نے ان کی تصویر بھی زینے پر دیکھی تھی!

وہ مر چکی ہے۔۔۔بوڑھے نے جواب دیا۔بچوں کے جانے کے بعد وہ صرف ایک سال زندہ رہی، پھر اس نے بھی مجھے اکیلا چھوڑ دیا!

وہ دونوں خاموش رہے۔ بوڑھے نے پھر کہا۔مگر یہ میرا پرابلم ہے اس سے میں ہی نمٹوں گا، میں تو کسی سے شکایت نہیں کرتا پھر یہ سارے لوگ محلے والے، دوست، عزیز، رشتے دار۔ آخر کیوں نہیں جینے دیتے۔ ہر وقت سب کو یہی فکر رہتی تھی کہ میں کب اپنے بیٹوں کے پاس جا رہا ہوں، وہ کب مجھے اپنے یہاں بلا رہے ہیں، مجھے چڑاتے تھے سب کے سب، لہٰذا میں نے ایک فیصلہ کیا۔۔اور اب میں یہاں رہتا اپنے بیٹوں کے پاس کینیڈا میں رہتا ہوں، امریکہ میں عیش کر رہا ہوں، انگلستان کے مزے لوٹ رہا ہوں، یہ بھی ایک طرح کا کھیل ہے!

کیسا کھیل؟ ارشد نے پوچھا۔

بوڑھے نے کہا۔یہی کہ میں یہاں ہوں بھی اور نہیں بھی ہوں، کسی کو نہیں معلوم، سوائے دو ایک گہرے دوستوں کے جو میرے راز دار ہیں!

اس نے چائے کی کیتلی پر سے اونی غلاف اتارا اور پیالیوں میں چائے انڈیلی۔۔تم بھی یہی سمجھنا کہ تم مجھ سے کبھی نہیں ملے، میرے اور میرے مکان کے بارے میں خبردار ایک سطر کہیں نہ چھپے۔

ارشد نے موم بتی کی مدھم روشنی میں چائے کی پیالی اٹھائی اور پوچھا۔۔۔کیا بجلی گئی ہوئی ہے؟

بجلی۔۔۔؟ بوڑھا چونکا۔۔نہیں عرصہ ہوا اس گھر میں بجلی کا استعمال ترک ہو چکا ہے۔ جب اس گھر کی سب اصل روشنیاں چلی گئیں تو ان مصنوعی قمقموں کا کیا فائدہ۔۔۔میں اپنے سارے کام موم بتی کی روشنی میں کرتا ہوں!

اور وہ آسیب؟

بوڑھے نے ٹھنڈی سانس بھری۔۔۔ آسیب۔۔۔ جیسے جیسے اندھیرا گہرا ہوتا جاتا ہے، زینے پر موجود سب چہرے زندہ ہو جاتے ہیں اور پورے گھر میں چلنے پھرنے کی آوازیں آنے لگتی ہیں اور میں ان سب کو اپنے چاروں طرف گھومتے پھرتے دیکھتا ہوں۔ بڑا والا سامنے والی کرسی پر بیٹھ کے میرے ساتھ شطرنج کھیلتا ہے۔ بوڑھے نے اشارہ کیا۔ وہاں سامنے ایک چوکور میز پر شطرنج کی بازی بچھی تھی۔

بوڑھے نے کہا۔ چھوٹے کو مجھے ہر روز ایک نئی کتاب پڑھ کے سنانے کا شوق ہے۔ وہ دیکھو! ارشد نے دیکھا، کتابوں کی کھلی ہوئی الماری کے باہر بہت سی کتابیں زمین پر ڈھیر تھیں۔ اور وہ دیکھو۔ اس نے ایک کونے کی طرف اشارہ کیا، وہاں ایک چوبی گھوڑا رکھا تھا، لال رنگ کا۔ بوڑھے نے کہا۔۔ یہ گھوڑا میرے پوتے کا ہے۔ میں اور وہ دونوں اسکی سواری کرتے ہیں اور یہ ہمیں پلک جھپکتے ہی سارے شہر کی سیر کرالاتا ہے، یقین مانو! بوڑھے نے کہا، لوگ غلط کہتے ہیں کہ وہ سب باہر چلے گئے، سب یہیں ہیں ان میں سے کوئی نہیں گیا، سب یہیں رہتے ہیں میرے پاس۔۔اس کی آنکھوں میں ایک پراسرار اور سہا دینے والی چمک تھی۔

رضوان نے ڈر کے ارشد نے کہا۔ میرا خیال ہے ہمیں اب اجازت لینی چاہیے، کافی دیر ہو گئی ہے واسے اگر تم چاہو تو بات کر لو مکان کے لیے!

بوڑھے نے پوچھا۔ مکان، کیسا مکان؟''

رضوان نے کہا۔ اصل میں انہیں اپنی والدہ کے لیے۔۔۔ یہ باہر جانے والے ہیں۔۔۔! ارشد نے اسے گھور کے دیکھا تو وہ چپ ہو گیا۔ ارشد نے کہا۔نہیں میں یہ مکان کیسے لے سکتا ہوں!

بوڑھا اچانک اٹھ کھڑا ہوا اور زینے کی طرف کان لگا کے کچھ سننے لگا، پھر بولا۔تم نے سنا، وہ آرہے ہیں، میں ساری آوازیں سن رہا ہوں۔ اوپر چڑھتے قدموں کی چاپ۔۔۔وہ آرہے ہیں۔۔۔سب کے سب۔۔۔یقین کرو۔۔ کوئی یہاں سے نہیں جاتا، جا ہی نہیں سکتا۔ پھر وہ ارشد کی طرف مڑا اور بولا، تم اپنی ماں کے لیے جو بھی مکان لوگے وہ آسیب زدہ ہو جائے گا، دیکھ لینا۔ دیکھتے ہی دیکھتے اسکی آنکھیں انگارہ بن گئیں اور اس کے چہرے سے ایسی وحشت ٹپکنے لگی جیسے وہ خود بھی کوئی بھٹکتی ہوئی روح ہو۔

''سردرات کا گرم سفر''

نجیب عمر

موہنجو دڑو میں میری پوسٹنگ تھی۔ سرکاری ملازمت اور وہ بھی دور دراز علاقوں میں چھٹی کا کوئی تصور نہیں۔ ہفتے کے سات دن، چوبیس گھنٹے آپ ڈیوٹی پر ہوتے ہیں۔ کوئی چھٹی اس وقت تک نہیں کہ آپ کی جگہ کوئی دوسرا نہ آجائے۔

میری خوش نصیبی کہ میرا ریلیو آ گیا۔ وہ کافی گھبرایا ہوا اور نروس تھا۔ ایک ایسی جگہ جہاں کی کُل آبادی پچیس نفوس پر مشتمل ہو جس میں چوبیس انسان اور ایک کتا ہو۔ کوئی بھی وہاں قیام کرتے سو طرح کے وسوسے میں مبتلا ہو سکتا ہے۔ لہٰذا آنے والے کے ساتھ بھی کچھ ایسا ہی معاملہ تھا۔ میں نے اس کی ہمت بندھائی اور وہاں کی زندگی کو آسان کرنے والے چند ٹپس بھی بتائے جو میرے تجربے کا نچوڑ تھا۔

مجھے جلد از جلد کراچی جانا تھا۔ جہاں والدین اور چھوٹے بھائی بہنوں سے تقریباً ڈیڑھ سال بعد ملاقات ہونا تھی۔ اس خوش کن تصور سے ہی میں سرشار تھا اور ٹرین سے سفر کرنے کا فیصلہ کیا۔ مجھے موہنجو دڑو سے قریب ٹرین ریلوے اسٹیشن ڈوکری سے کراچی تک کے لیے گاڑی دستیاب تھی البتہ روانگی کا وقت رات ساڑھے بارہ بجے کا تھا اور صبح میں کراچی پہنچ سکتا تھا۔

دسمبر کی سرد راتیں تھیں۔ سردی اپنے عروج پر۔ جو لوگ ضلع لاڑکانہ کے موسم سے واقف ہیں، جانتے ہوں گے کہ کوئٹے کی سرد ہوا چل پڑے تو درجہ حرارت منفی اور نالیوں میں پانی تک جم جاتا ہے۔

میرے پاس جتنے گرم کپڑے تھے وہ میں نے جسم پر ڈال رکھے تھے لیکن پھر بھی کپکپی چھوٹی جاتی۔ سردی جسم کے اندر ہڈیوں کا پتا دے رہی تھی۔ ایک تانگے کے ذریعے میں ڈوکری اسٹیشن پر پہنچا جہاں گاڑی پکڑنا تھی۔ ہو کا عالم، میرے علاوہ شاید ایک آدھ کوئی اور مسافر اسٹیشن پر موجود تھا۔ سامان رکھ کر میں نے چائے یا کافی تلاش کی تاکہ سردی کا کوئی علاج ہو سکے لیکن وہاں کچھ بھی دستیاب نہیں تھا۔ کاؤنٹر سے ٹکٹ لیتے دریافت کیا کہ کوئی کینٹین کیوں نہیں؟

اسٹیشن ماسٹر جو سارے کام کا ذمہ دار تھا۔ ٹکٹ جاری کرتے کہنے لگا، دو چار مسافر کے لیے کون دکان سجائے۔ البتہ میں آپ کو چائے پلوائے دیتا ہوں۔ ممنونیت سے اس کی طرف دیکھا کہ سرکاری ملازم اور اخلاق کا یہ عالم۔ شاید دنیا ابھی اچھے لوگوں سے خالی نہیں ہوئی۔

پندرہ بیس منٹ کے اندر وہ میرا مکمل انٹرویو کر چکا تھا۔ اس نے کہا چھٹی کے بعد آپ لاڑکانہ رپورٹ کریں گے۔ اور آپ کی کوشش ہوگی کہ دوبارہ موہنجو دڑو تعیناتی نہ ہو۔

مسکرا کر میں نے جواب دیا۔ ''کوشش تو کروں گا لیکن کامیابی کا سو فی صد یقین نہیں۔ شاید آنا پڑ جائے۔ اور میں یہ کہے بنا نہیں رہ سکا کہ موہنجو دڑو کے کھنڈرات سے اب ایک انسیت ہوگئی ہے۔ اس کی بنیادی وجہ یہ ہے کہ یہ کھنڈرات ثابت کرتے ہیں کہ ہم ہمیشہ سے ایک مہذب اور متمدن قوم رہے ہیں یہ ہمارے لیے بڑی بات ہے۔

وزیر اعظم ذوالفقار علی بھٹو نے عالمی پیمانے پر اس کی تشہیر کی ہے یہاں ایئر پورٹ تعمیر ہوا ہے اور عنقریب ہونے والے بین الاقوامی سیمینار سے اس کی اہمیت کو اجاگر کیا گیا۔

اسٹیشن ماسٹر کسی سے گفتگو کے لیے ترسا ہوا تھا اور مجھے غنیمت جان کر ایک کے بعد دوسرا موضوع چھیڑ دیتا۔

میرے استفسار پر کہ ٹرین وقت پر آ رہی ہے کہ نہیں۔ اس نے بتایا ابھی تک وقت پر ہے اور میں کوشش کروں گا کہ میرے اسٹیشن سے بھی وقت پر روانہ ہو جائے۔

میں نے اس کی مستعدی کی ستائش کی۔ یہ وہ زمانہ تھا جب ہماری ریلوے کسی نظام کے تحت چلتی اور منافع کماتی تھی لیکن اب ریلوے ہمارے لیے باعث شرم ہے کہ ہم نے اس میں کوئی اضافہ تو کیا نہیں بلکہ اسے تباہ کر کے رکھ دیا۔

گاڑی آنے والی تھی میں باہر پلیٹ فارم پر آ گیا اور ایک بینچ پر بیٹھ گیا۔ تھوڑی دیر بعد ایک مسافر میرے ساتھ آن بیٹھا۔ قوی الجثہ اس شخص نے کوئی خاص گرم کپڑے نہیں پہن رکھے تھے۔ مجھ سے تمسخرانہ لہجے میں کہا ''آپ کو بہت سردی لگ رہی ہے'' میں نے کوئی جواب نہیں دیا۔

اس نے بتایا ''میں کراچی جا رہا ہوں'' آپ کہاں جائیں گے؟ میں نے کہا ''میری منزل بھی کراچی ہے''۔

جیسے ٹرین پلیٹ فارم پر رکی۔ میں ایک ڈبے میں سوار ہو گیا۔ وہ بھی میرے پیچھے آ گیا۔ اندر دو نوجوان پہلے سے موجود تھے۔

کمپارٹمنٹ کے تمام کھڑکی دروازے بند تھے۔ لیکن سرد ہوا کے تھپیڑوں نے اسے آئس باکس بنا دیا تھا۔ میں برسمیٹ کر کرسی پر بیٹھ گیا۔ سوئیٹر، کوٹ، مفلر اور ٹوپی کے باوجود سردی ناقابل برداشت تھی۔ پہلے سے موجود دونوں جوان تھیلا نما کمبل کے اندر سمٹے ہوئے تھے۔ انہوں نے بتایا کہ اس کے اندر بیٹری کے نظام سے گرمی پیدا ہوتی ہے۔ وہ بہت آسودہ تھے۔

تھوڑی دیر بعد گپ شپ شروع ہوگئی۔ میری طرح ان دونوں نے بھی قوی الجثہ شخص سے پوچھا کہ اسے سردی کیوں نہیں لگتی۔ اس نے فخر سے بتایا

میں شمال کے منفی درجہ حرارت میں رہ چکا ہوں۔ یہ سردی میرا کچھ نہیں بگاڑ سکتی۔ ان میں سے ایک نے انگریزی میں کہا ''اس نے یقیناً چڑھا رکھی ہے'' میں نے بامعنی نظروں سے اسے دیکھا تو اس نے کہا ''لیس''۔

سردی نے ہم سب کی نیند اڑا رکھی تھی۔ یہ جان کر سارے لوگ متجسس ہوئے کہ میرا قیام موہنجوداڑو میں تھا۔ ان سب نے یہ کھنڈرات دیکھے ہوئے تھے لیکن جب میں نے تفصیل بتانا شروع کی تو ان کی دلچسپی بڑھ گئی۔ رات کا سناٹا۔ دانت کٹکٹاتی سردی۔ پٹری پر پہیوں کے ٹکرانے کی آواز ایک ردم میں۔ ماحول افسانوی ہو چکا تھا۔ میں اپنے ڈیڑھ سال کے قیام کا نچوڑ ان کے سامنے انڈیل رہا تھا۔ ایسے مستعد سامعین بھی مجھے شاید ہی ملے ہوں۔ ان کی توجہ نے میرے بیان میں کشش پیدا کر دی تھی اور میں نے ان کے سامنے ساڑھے چار ہزار سال پرانا موہنجوداڑو رکھ دیا۔ اپنے دور کا ترقی یافتہ مہذب و متمدن معاشرہ جہاں خوش حالی تھی، امن وچین تھا، ان کی زندگی کی نسوں میں دریائے سندھ کی روانی تھی۔ شیر دریا ان میں حیات کی رونقیں بانٹتا تھا۔ وہ بھی اس دریا سے ٹوٹ کر پیار کرتے تھے۔

دونو جوانوں میں سے ایک کا نام مامون تھا۔ دوسرے کو میں نے امین کہا تو وہ میری تصحیح کرنا چاہا میں نے اس سے درخواست کی کہ اس سفر کے اختتام تک یہ نام قبول کر لے تو اس نے خوش دلی سے رضا مندی ظاہر کر دی۔ ناموں کے اس تاریخی حوالے کو سب نے پسند کیا۔

مامون نے کہا ''جناب آپ نے تو موہنجوداڑو پر پی۔ ایچ۔ ڈی کر رکھا ہے'' میں نے بتایا یہ صرف دلچسپی لینے کا معاملہ ہے۔

اب دیکھئے کھنڈرات کے اینٹوں کے درمیان پلاسٹر کرنسی نوٹ جتنا پتلا ہے۔ غسل خانے کے اینٹیں روغنی تہہ لیے ہوئے ہیں جنھیں آپ گلیزڈ ٹائل کہہ سکتے۔ ان کے شہر زمین دوز نکاس کا نظام رکھتے تھے۔ مرکزی مندر کی سیڑھیوں پر یکطرفہ قدموں کے نشان ٹریفک رولز کا پتا دیتا ہے۔ یعنی ان کے آنے اور جانے کے راستے علیحدہ ہوتے تھے۔

امین نے لقمہ دیا ''یہ سب کچھ ساڑھے چار ہزار سال قبل انہیں انتہائی ترقی یافتہ ثابت کرتے ہیں''

ابھی میں مزید کچھ کہنا چاہتا تھا کہ ٹرین کی رفتار کم ہونے لگی۔ غالباً کوئی اسٹیشن آن لگا تھا۔ ایک جوڑا ہمارے کمپارٹمنٹ میں داخل ہوا۔ وہ ہمارے ساتھ والے سلاٹ Slot میں بیٹھ گئے۔ سردی نے انہیں بھی مضمحل کر دیا تھا۔ خاتون کی سسکاری کچھ زیادہ نکل رہی تھی۔ شوہر نامدار کا چہرہ بھی سردی سے سرخ ہو رہا تھا۔

گاڑی نے جیسے ہی رفتار پکڑی ہم اپنے موضوع کی طرف پلٹ آئے مامون نے گفتگو کا آغاز ایک سوال سے کیا۔ ''شاہی پجاری اور شاہی رقاصہ کا کیا قصہ ہے؟''

قوی الجثہ شخص نے مداخلت کی ''وہی زن، زر اور زمین کا معاملہ''

میں نے اسے ٹوکا، زر اور زمین کی حد تک میں تمہاری بات تسلیم کرتا ہوں لیکن زن کو شامل کر کے ہم زیادتی کرتے ہیں:

وجودِ زن سے ہے تصویرِ کائنات میں رنگ

یہ زن، ماں ہے، بیوی ہے، بہن ہے اور بیٹی بھی۔ فساد کی جڑ ہم ہیں جو انہیں ان کا جائز حق نہیں دیتے۔

میرے اس دعوئی پر کمپارٹمنٹ میں سناٹا چھا گیا۔ صرف پہیوں کے ٹکرانے کی آواز آ رہی تھی اور سناٹے کو چیرتی ٹرین کی تیز سیٹی جیسے ڈرائیور نے میرے دعوئی کی تائید کی ہو۔

امین نے سکوت کو توڑا۔ آخر پجاری اور رقاصہ کی کیا کہانی تھی؟ جب سب خاموش رہے تو میں نے اظہارِ خیال کرنا چاہا تو ساتھ والے سلاٹ سے شوہر صاحب ہمارے درمیان آ گئے ''آپ لوگ اتنی دلچسپ گفتگو کر رہے ہیں کہ میں نے شامل ہونا ضروری سمجھا''

مامون نے کہا ''آپ اپنی بیگم کو تنہا چھوڑ آئے''

اس نے فوراً جواب دیا ''ساتھ ہی تو بیٹھی ہے اور پھر آپ چار بھائیوں کے ہوتے آپ کی بہن کو کیا تردد''

امین نے لقمہ دیا ''آپ نے مجھے امین بنا دیا اور انہوں نے ہم چاروں کو اپنا برادرِ نسبتی ٹھہرا لیا'' ایک زوردار قہقہہ پڑا۔

مامون نے استفسار کیا؟ پجاری رقاصہ کا کیا بنا؟

سلسلۂ کلام جوڑتے میں نے کہا ''میں اپنے تخیلاتی وجدان کو بروئے کار لاتے، موہنجوداڑو کے کھنڈرات کو زندہ اور متحرک شکل میں دیکھتا تھا۔ شاہ کی اتھارٹی پوری مملکت پر قائم۔ اسے چیلنج کرنے والا کوئی نہیں۔ لیکن شاہ انصاف کا علمبردار۔ حکمرانی کے رموز سے واقف جبھی تو رعایا مطمئن اور خوشحال، معاشرہ ترقی کی راہ پر گامزن۔

لیکن قدرت کے عجیب کھیل۔ صنفِ مخالف کے لیے ایک دائمی کشش ہماری جبلت میں رکھ دی گئی۔ جس سے کوئی بچا نہیں۔ میں نے دیکھا شوہر صاحب کی آنکھوں میں ایک رنگ اتر آیا۔

اس نے تبصرہ کیا ''آپ نے بات سولہ آنے کی''

شاہی پجاری کی حیثیت شاہی خاندان کے بعد سب سے زیادہ مقدم معاشرے میں اس کا وقار۔ مذہبی معاملات کا رہنما۔ کردار کی تمام تر عظمت اس سے متوقع سمجھی جاتی تھی۔

لیکن پجاری گوشت پوست کا ہی پتلا تھا۔ اس کے سینے میں بھی دل دھڑکتا تھا۔ شاہی نرتکی کے حسن نے اسے گھائل کر ڈالا۔ ایک عرصے تک اس نے اپنے جذبات چھپائے رکھے لیکن تابکے اسے یہ دنیا، یہ منصب اور یہ مراتب اس کے بغیر بے رنگ نظر آنے لگے۔

ایک روز نرتکی بڑے مندر میں پوجا کر رہی تھی۔ اس کی خادمائیں

اس کے ساتھ پوجا کے تھال بت کے چرنوں میں رکھ کر اس نے دیے روشن کیے۔ اپنی خادماؤں کو باہر جانے کا اشارہ کیا اور تنہا گیان و دھیان میں کھوگئی۔ شاہی پجاری بظاہر اشلوک پڑھ رہا تھا لیکن اس کی ساری توجہ اس کی جانب تھی جس نے اس کا سکھ چین چھین لیا تھا۔ اس تنہائی نے اسے موقع فراہم کر دیا کہ وہ اظہار محبت کر سکے۔

جیسے ہی وہ مخاطب ہوا۔ نرتکی سراپا سپاس متوجہ ہوئی۔ اُس نے اقبال مندی کی دعائیں، ترقی و کامرانی کی دین کی توقع لیے نگاہ اٹھائی لیکن پجاری کے چند جملوں نے اس کے اعتماد و یقین کے شیش محل کو توڑ ڈالا وہ باہر کی جانب لپکی۔

پجاری اسے مندر کی سیڑھیاں پھلانگتے دیکھتا رہا۔ اس کے پیچھے اس کی خادمائیں۔ پجاری سکتے کے عالم میں۔

سب میرے بیان کے سحر میں گرفتار جیسے وہ اپنی آنکھوں سے سارا منظر دیکھ رہے ہوں۔

رات کا سناٹا۔ صرف پہیوں کی آواز ہماری سانسوں سے ہم آہنگ سب خاموش اپنے تصورات میں کھوئے جیسے میرا بیان مہمیز کر رہا تھا۔

شوہر صاحب اٹھے اور ساتھ والی سلاٹ سے تھرموس اٹھالائے۔ اور باری باری سبھوں کو چائے پیش کرنے لگے۔

مجھے چائے دیتے کہنے لگے ''آپ نے اس سفر کو یادگار بنا ڈالا''۔

میں نے کہا ''شکریہ لیکن آپ چائے کی بجائے اپنا الیکٹریفائڈ کمبل مجھے عنایت کرتے تو میں زیادہ ممنون ہوتا۔ آپ کو اس کی ضرورت نہیں آپ کا کمبل ساتھ والے سلاٹ میں بیٹھا ہے''

''یہ بھی آپ نے سولہ آنے کہی'' اس نے جواب دیا۔

ٹرین کی رفتار دوبارہ سست ہونے لگی۔ شاید کوئی اسٹیشن آ رہا تھا ٹرین کے رکتے ہی ایک صاحب کمپارٹمنٹ میں داخل ہوئے۔ ان کے کاندھے پر لٹکتا جھولا، ہاتھ میں تھامے بین سے اندازہ ہوگیا کہ حضرت سپیرے ہیں قوی الجثہ شخص نے دریافت کیا ''تمہارے پٹارے میں سانپ تو نہیں''

''دو تین ہیں لیکن آپ بے فکر ہو جاؤ اس سردی میں وہ باہر نہیں آنے کے''

میں نے کہا ہماری کچہری میں اب بین کی موسیقی بھی شامل ہو جائے گی۔

خاتون نے بلند آواز میں کہا ''خدارا بین نہ بجوائیں، سانپ نکل آتے ہیں''

ماموں نے کہا ''ہماری بہن نہیں چاہتی تو بین نہیں بجے گا۔ لیکن سپیرے سے گفتگو تو ہوسکتی ہے''

''پہلے موہنجوڈرو مکمل کریں'' امین نے سب کو خاموش کر دیا۔

میں نے سلسلہ کلام جوڑتے ہوئے کہا ''سینہ بہ سینہ جو روایت چلی آرہی ہے اس سے پتا چلتا ہے کہ نرتکی نے خود کو پجاری سے بچانے کے لیے خود کشی کر لی۔ پجاری نے دنیا تیاگ کر ویرانے کی راہ لی۔ اس کے بعد پے در پے موہنجوڈرو پر آفت آنے لگی۔ کبھی شیر دریا کا سوکھ جانا۔ کبھی مختلف بیماریوں کا حملہ اور کبھی سیلاب کی تباہ کاری۔ اس شہر اور مملکت کے اچھے دن رخصت ہوگئے۔ بستی اجڑنے لگی اور ایسی تباہ ہوئی کہ مقامی لوگوں نے اسے موہنجوڈرو یعنی ''مردوں کے کھنڈرات'' کہنا شروع کر دیا۔

اب سحر کی سپیدی ظاہر ہونے لگی تھی۔ صبح آشکا ہونے کو تھی۔ جامشورو اسٹیشن آنے والا تھا۔ امین اور ماموں اپنا سامان سمیٹنے لگے تھے۔ دوسری جانب وہ جوڑا ابھی اترنے کی تیاری کر رہا تھا۔ سب ایک دوسرے سے بغلگیر ہو رہے تھے اور رابطہ رکھنے کا عندیہ دے رہے تھے۔ وہ سب میرے شکرگزار تھے کہ موہنجوڈرو کی کہانی نے سفر کو آسان اور سردی کو کسی حد تک کم کیا۔

حیدرآباد پہنچ کر ہم تینوں نے چائے پی جس سے سفر کی تھکان کچھ کم ہوئی۔ ٹرین کراچی کی سمت رواں تھی۔ ہم دونوں سپیرے کا انٹرویو کر رہے تھے اور جاننے کی کوشش کر رہے تھے کہ وہ سانپوں پر کیسے قابو پاتا ہے۔ وہ ملی جلی اردو سندھی میں اپنے تجربات بیان کر رہا تھا۔

اس نے بتایا کہ کراچی بڑا شہر ہے۔ یہاں روزگار کے کئی مواقع ہیں دیکھتے ہیں قسمت میں کیا لکھا ہے۔

قوی الجثہ شخص نے مجھ سے کہا۔ آپ کراچی جیسا شہر چھوڑ کر ریگستانون کی خاک کیوں چھانتے ہو۔

یہ ریگستان، پہاڑ اور دریا سب میرے وطن کا حصہ ہیں مجھے ان سب سے پیار ہے۔

ٹرین کینٹ اسٹیشن کے پلیٹ فارم نمبر تین پر تھم چکی تھی۔ ہم سب نے اپنی اپنی راہ لی۔ لوگوں کے درمیان راستہ بناتا میں باہر نکل رہا تھا اور ذہن ابھی تک موئنجوڈرو کی یاد سے معمور تھا۔ یہ پہلا موقع تھا جب میرے اندر سے موئنجوڈرو کا محفوظ خزانہ باہر آیا تھا۔ مجھے اپنا شہر کراچی اب بیگانہ لگ رہا تھا۔ میرا سب کچھ جیسے وہیں رہ گیا تھا۔ دل میں ایک کسک سی اٹھی کہ میں تو اس پانچ ہزار سال پرانے شہر کے کھنڈرات کے سحر میں گرفتار ہوں، اس کی محبت کا اسیر ہوں۔ وہ ہوں گے کھنڈرات کسی اور کے لیے۔ میرے لیے تو محبوب کی گلی ہے۔ تاریخ کے وہ ٹکڑے جس سے ہم جڑے ہوئے ہیں۔ جی چاہا کہ فوراً واپس لوٹ جاؤں۔ لیکن والدہ کی صورت آنکھوں میں پھرنے لگی وہ راہ تک رہی ہوں گی۔

لیکن خیر دل کے دربار نے ایک فیصلہ سنا دیا۔ اب ہرگز موئنجوڈرو سے ٹرانسفر کی درخواست نہیں دوں گا بلکہ جلد از جلد لوٹ کر اپنی ڈیوٹی پر حاضر ہو جاؤں گا جہاں کوئی بانہیں پھیلائے میرا انتظار کر رہا ہے۔

☆

''ایک نشانی اور''

شاہد جمیل

خمیر ہی کی طرح اس کا ضمیر بھی گارے سے اٹھا معلوم ہوتا تھا جبھی تو وہ رن جھن (جنگل اور دنیا جہاں) ننگے پاؤں گھوم آتا- چماسا ہو یا پوہ کی سردی مگر اس نے کبھی پاؤں میں جوتا پہننے کی ضرورت محسوس نہ کی تھی- ابھی بھی وہ پیروں سے بدرو صاف کر کے آیا تھا اور اب نلکے کے گھرے میں ادھ پچد پاؤں دھو کر اور نالی کے کالے گارے کو اِدھر اُدھر بکھرا چھوڑ کر کمرے میں چلا گیا- اس نے اِدھر اُدھر دیکھا، اس کی نظر کھونٹی پر لٹکے بیوی کے دھلے کپڑوں پر پڑی- اس نے اُن کپڑوں سے اپنے چہرے اور گلے کے پسینے کو رگڑ رگڑ کر صاف کیا اور تھپ تھپ کرتا غسل خانے میں گھس گیا- نوراں جو اس کی حرکات و سکنات کا بغور جائزہ لے رہی تھی اور ساتھ ساتھ گیس سلنڈر والے چولہے کی گیس کم زیادہ کئے جاتی تھی اپنے دھلے ہوئے کپڑوں کا حشر دیکھ کر دیگچے میں ابلتے چنے کی دال کے دانوں کی طرح جل بھن گئی- اسے اپنے نتھنوں کے پاس ایک کھٹی کھٹی سڑاند اٹھتی محسوس ہوئی جواب اس کے دل و دماغ میں پہنچ کر خون کی طرح رگوں میں گردش کر رہی تھی- بدبو کے جھونکوں ہی کے بیچ اچانک اسے اپنے کولہوں، پیٹ اور چھاتی پر ساڑھے تین من رگڑ دار لوہے کا بوجھ محسوس ہوا- اسے ماہواری کا تیسرا دن تھا اور صبح سے تیز بخار بھی، اس کی روح کانپ گئی- وہ اس کو کچھ بتاتی بھی تو اس نے سننی ہی کہاں تھی- اگر بخار کا کہتی تو اسے جواب ملتا، مکر ہے مکر، رہی دوسری بات تو وہ اباحی تھا اباحی-

وہ ابھی اسی ذہنی کشمکش میں تھی کہ تڑاخ سے لیٹرین کا دروازہ کھلا اور وہ ہاتھ دھوئے بغیر باہر آ گیا-

کیا بنا! آج روٹی پکے گی کہ نہیں! کھد تو ویسے ہی پڑے ہیں- سلنڈر میں گیس کم ہے، ذرا دال گل جائے، ابھی ڈال دیتی ہوں کھد بھی- اس نے دفعتاً پوچھا! آج رات کو آپ گھر آئیں گے یا--- گھر ہی آؤں گا! اور کیا رستے میں مر جاؤں گا--- اللہ نہ کرے، میرا یہ مطلب نہیں تھا، میں تو ویسے ہی پوچھ رہی تھی--- وہ دراصل مجھے کپڑے--- اچھا چھوڑ! ہیں تو پھر کیا، انسان نہا دھو کے ویسے کا ویسا، سب ڈھکوسلے ہیں مولویوں کے- مولویوں کی بات نہیں، وہ صحت اور منصوبہ بندی کے مشورے دینے والی، کیا کہتے ہیں اسے! ایل ایچ--- آ، ! ہاں وہ بھی کہہ رہی تھی کہ نہانے دھونے سے پہلے ہی نالیوں کے ذریعے جراثیم اندر چلے جاتے ہیں- ناں تو ایسی عورتوں کو گھر میں گھسنے ہی کیوں دیتی ہے- بڑی آئی ایل ایچ بی (وی)- بکواس کرتی ہے بدمعاش، خراب کر رہی ہے لوگوں کو لفافے بانٹ بانٹ کر- اچھا! میں یہ کہہ رہی تھی کہ شدید گرمی کا موسم ہے اس لئے دوسرے تیسرے روز کھد نہ لایا کر، گرم ہوتے ہیں، بیمار نہ پڑ جائیں ہم لوگ-- بس بس! اپنی نصیحتیں اپنے پاس رکھا کر، تو تو چاہتی ہے میں ٹھنڈا ہو جاؤں! دھنیا پلا دے مجھے سیر دو سیر گھوٹ کر اور خود جوبے کے پاس ہو آیا کرنا، بکواس کرتی ہے! چل دھیان سے روٹی پکا، مجھے کام پر جانا ہے، پہلے ہی آئل ٹینکروں کی ہڑتال کی وجہ سے صرف ایک پھیرا لگ سکے گا، شام ہونے کو ہے مگر تم سے روٹی نہیں پک سکی، باتیں جتنی مرضی کروا لو تم سے- آگ تیز کی ہے، کھد بھی ڈال دیئے ہیں، اتنی دیر میں روٹی پکا لیتی ہوں، تم فکر نہ کرو اب زیادہ دیر نہیں ہے-

شام کے سائے ڈھل چکے تھے مگر لاری اڈہ پر تلے عالی جانے والی کوئی بس موجود نہ تھی- کھڑے کھڑے اس کی ٹانگیں شل ہو گئی تھیں اور پے در پے چھٹا سگریٹ سلگانے کو بھی اس کا دل نہیں کر رہا تھا- اس کی ساتھی سواریاں بس کا انتظار کر کے متبادل ذرائع سے اپنے سفر پر روانہ ہو چکی تھیں- ایک بار تو اس کے دل میں وقت زیادہ ہو جانے سے کچھ خوف سا محسوس ہوا مگر اگلے ہی لمحے اس کی نظر دور سے آتی ایک چھکڑا بس پر پڑی جس کا چہرہ مہرہ بتاتا تھا کہ یہ اس کے قصبے کی طرف جانے والی بس ہی ہے- بس اس کے پاس آ کر رک گئی، اس نے ٹیڑھے اور مدھم لکھائی والے فرنٹ بورڈ سے اندازہ قائم کیا اور جھٹ سے ایک سیٹ پر بیٹھ گیا- ایسے ہی کچھ وقت اور گذر گیا مگر بس میں ابھی تک ڈرائیور کنڈکٹر سمیت صرف گیارہ لوگ یعنی مرد ہی سوار تھے- سواریوں کے انتظار میں مزید کافی وقت گزر گیا- سگریٹ پی پی کر اس کا گلا نکوٹیں کوٹڈ ہو گیا تھا اور مسلسل بیٹھے بیٹھے اس کی ٹانگوں کے ساتھ اس کی ہر چیز سو گئی تھی- اسے ایک دم خیال آیا کہ اس کا شاپنگ بیگ اس کے پاس نہیں ہے مگر اگلے ہی لمحے وہ اسے اپنی رانوں پر محسوس کر کے مطمئن ہو گیا- بس کے دو حصے تھے، اگلا ایک تہائی حصہ عورتوں کیلئے اور پچھلا دو تہائی حصہ مردوں کیلئے اس نے مردوں کے حصے میں ٹمٹماتی اکلوتی چھوٹی بتی کی روشنی میں ضیاء بتول کی شاعری کے مسودے "ترا عشق معجزہ ہے" کو پڑھنے کی سعی کی مگر لا حاصل، بھوک اور اندھیرے کی وجہ سے پہلے اسے چکر آیا، آنکھوں کے آگے تارے ناچنے لگے اور پھر متلی کی سی کیفیت پیدا ہو گئی-

بس کا ماحول اصغر یعنی (MICRO ENVIRONMENT) آبادی کے لحاظ سے قازقستان جبکہ ماحول اکبر (MACRO ENVIRONMENT) پاکستان کی چغلی کھاتا تھا- بس کا انجن بند ہونے کی وجہ سے اسے یوں لگا کہ انگریزی فلموں کی طرح ابھی ابھی لاری اڈے کی زمین پھٹی تھی اور سطح زمین پر اِس صُمٌ بکمٌ ڈھانچے کو رکھ کر دیکھتے ہی دیکھتے پھر اسی طرح مل گئی- پھر اس کا خیال بھٹہ خشت پر اینٹیں تھپنے والے مزدور کی طرف چلا گیا- ابھی ابھی اس کے ہاتھ میں معمول سے بڑا لکڑی کا سانچہ تھا، اس نے اس سانچے کو لاری اڈے کے فرش پر رکھا اور بیلچے سے ساتھ پڑے مٹی کے ڈھیر سے مٹی لے کر اسے بھرنے لگا جب مٹی سانچے کی تمام بالائی دیواروں کے برابر ہو گئی تو

اس نے سانچے کو اوپر کھینچ لیا اور بس بن گئی- اب اس کے خیال میں اڑن طشتری گھوم گئی جسے کوئی چپٹی ناک اور ٹانکے لگے بغیر بالوں کے سر والا ایلین (ALIEN) دور فضاؤں میں اڑاتے چلا آ رہا ہے- مگر طشتری تو عموماً گول یا چورس سی ہوتی ہے- طشتری کے نیچے بھی کچھ لٹک رہا تھا- جیسے باز نے اپنے پنجوں میں شکار پکڑا ہوتا ہے- یہ کوئی مستطیل چیز تھی بڑی سی جسے طشتری فضا ہی سے زمین پر چھوڑ کر لال ہری بتیاں جلاتی بجھاتی واپس خلاؤں کی طرف پرواز کر گئی تھی- پھر اس نے تصور میں ودان (بڑا ہتھوڑا) اٹھایا اور ٹھا ٹھا بس کو کباڑیے کے لوہے میں تبدیل کرنا شروع کر دیا- ساتھ ہی بڑی لوہا کاٹنے والی قینچی بھی اسے مرغوب ہوئی جس سے اس نے شیشوں کے درمیان لگی لوہے کی چوکھاٹوں کو توڑ مروڑ دیا- وہ ابھی انہیں خیالوں میں تھا کہ اسے زور کا جھٹکا لگا، اتنے زور کا کہ اس نے آس پاس کی سیٹوں کو پکڑ کر اپنے آپ کو سنبھالا-

بس اب چل تو پڑی تھی مگر بھیڑرے (بُرے) حال کی- ایسے چلنے کو چلنا نہیں کہا جا سکتا تھا- یہ کوئی چلنے اور نہ چلنے کے درمیان کی کیفیت تھی- جتنی ریس ڈرائیور نے گاڑی کو گیئر سے نکالے بغیر اور کلچ دبائے بغیر سٹارٹ کرتے ہوئے دی تھی اگر اس سے آدھی ریس بھی اب دے دیتا تو بات کنڈے (کنارے) لگ سکتی تھی مگر وہ تو اللہ ہی جانے کون بشر ہے کی گردان میں ایسا مست تھا کہ جیسے گاڑی چلانا ہی بھول گیا ہو- ڈرائیور اور کنڈکٹر کی تمام تر کوششوں کے باوجود سواری تھی کہ ملنے کا نام نہ لیتی تھی- دو تین لوگوں کے سوا مزید کوئی سواری بس پر نہ چڑھی- اب بس شہر کے ہنگاموں سے دور نکل آئی تھی- کچھ تو رات بھی کافی ہو گئی تھی اور کچھ راستہ ویران ہونے کی وجہ سے اندھیرا بہت گہرا محسوس ہوتا تھا- جب سے اس کے ساتھ ڈکیتی کی واردات ہوئی تھی تب سے اسے اندھیرے اور ویرانے سے بہت ڈر لگتا تھا- کبھی کبھی کوئی دیہاتی سٹاپ اور اس کے آس پاس جلتے ایک دو بلب نظر آ جاتے تو اس کی جان میں جان آتی- اس نے ایک اچٹتی نظر باقی سواریوں پر ڈالی، سب ہی اس کی طرح کے مزدور اور مقہور قسم کے لوگ تھے- بس اب ایک سٹاپ پر رکی تو پانچ سر نظر آئے- وہ لوگ آپس کی ہنسی میں غلیظ گالیاں دے رہے تھے اور ایک جان کو چومنے، چٹکیاں کاٹنے اور پنگے دینے میں مصروف تھے- وہ ان لوگوں سے اپنے ہاتھ، بازو اور کپڑے کھینچتی، گرتی پڑتی اور گھسٹتی ہوئی اگلے دروازے سے بس میں سوار ہوئی- اس نے اپنے کپڑے جھاڑتے ہوئے دو تین مردانہ قسم کی صلواتیں ان لوگوں کو سنائیں تو ایک لمحے کو وہ پریشان ہو گیا کہ یہ عورت ہے یا مرد- پھر اس نے غور سے اسے دیکھا، وہ بالوں سے تو عورت تھی مگر چہرے سے نہ مرد اور نہ عورت-

اس نے اپنے دماغ کو جھٹکا اور اِدھر اُدھر دیکھنے کی کوشش کی مگر اس کی نظریں گھوم گھما کر عورتوں والے پورشن میں اُسی پر جا کر رکتیں- اب اس کی قمیض کا اوپری پلہ کہیں پیٹ کے پاس اکٹھا ہوا پڑا تھا اور وہ سیٹ پر اپنی ٹانگیں سمیٹ کر اس طرح بیٹھی تھی کہ اس کے نچلے دھڑ کے زیر و بم مردوں والے حصے میں تو کم مگر ڈرائیور کو صاف دکھائی دے رہے تھے- تھوڑی ہی دیر میں نو عمر کنڈکٹر اس کے پاس گیا اور کرایہ مانگنے لگا- کرائے کے نام پر وہ ہنسنے لگی یا لگا- کرایہ مانگتا ہے ہم سے، بچہ ابھی بھولا ہے- پھر اس نے ڈرائیور کی طرف دیکھ کر آنکھ ماری اور کہنے لگی! سمجھا اسے- ڈرائیور نے کنڈیکٹر کو کہا! رہنے دے، رہنے دے بیوقوف- کنڈکٹر جھینپ کر ایک طرف ہو گیا اور اپنی خفت مٹانے کیلئے مردوں کے حصے میں آ کر بیٹھ گیا- اب ڈرائیور گاڑی چلانے سے زیادہ اس کی طرف دیکھ رہا تھا پھر پتہ نہیں کیا ہوا کہ ڈرائیور نے گاڑی سڑک کے کنارے ویرانے میں روک دی- وہ ابھی کچھ سوچ بھی نہیں پایا تھا کہ اس نے دیکھا ڈرائیور اس جان پر جھپٹا ہوا تھا، جیسے لڑائی کے دوران مرغ ایک دوسرے پر جھپٹتے ہیں- وہ خود کو اس کے چنگل سے چھڑانے کی کوشش کر رہی تھی مگر ساڑھے تین من لوہے کے نیچے اس کی پیش نہ جاتی تھی- اس نے بڑے ہاتھ پیر مارے مگر باز نے اسے ہر طرح سے قابو کیا ہوا تھا- ایک دو سواریوں نے جرات کر کے ڈرائیور کو کہا کہ چلو پہلے ہی بہت دیر ہو گئی ہے مگر اس نے ایسے قہر اور تمسخر سے ان کو گھورا کہ اس سمیت سب نے چپ سادھ لی- اب چڑی مر چلی تھی، باز نے اسے بے دم کر لیا تھا- بیچاری چڑی نے ہر قسم کا حربہ استعمال کیا، زور لگایا، گالیاں دیں اور آخر میں ترلے منت کی مگر بے سود- جب ڈرائیور پوری طرح پسینوں پسینی ہو گیا تو اس نے اسی کے کپڑوں سے اپنے آپ کو صاف کیا اور پانی والی بوتل سے مونہہ میں غٹ غٹ پانی انڈیلتے ہوئے دوبارہ ڈرائیونگ سیٹ پر جا بیٹھا-

ڈرائیور کے علاوہ اس سمیت بس کے تمام سوار مرے ہوئے تھے- ایک لاش عورت والے حصے میں پڑی تھی اور بارہ تیرہ لاشیں مردوں والے حصے میں- اب یہ بس بس نہیں رہی تھی بلکہ مردار ڈھونے والا ٹرالہ بن گئی تھی- ابھی کچھ ہی دیر میں یہ مردار غلاظت کے ڈھیر میں پھینکے جانے والے تھے- کچھ دیر بعد انجن بند ہوا، دروازہ کھلا اور وہ لوگ گندگی کے ڈھیر پر لُڑھکا دیئے گئے- وہ گو موت میں قلابازیاں کھاتے ہوئے گندی گہرائی میں گر پڑے اور ٹرالے والا ٹرالہ سٹارٹ کر کے چلا گیا- اس نے اپنی ناک اور مونہہ میں دھنسی گندگی کے ذائقے کو محسوس کیا اور آنکھیں کھولنے کی کوشش کی- شاید وہ ابھی پوری طرح نہیں مرا تھا- اس نے نطفے کی بدبو والے پانی کو اپنے کانوں سے انگلی ڈال کر ذرا صاف کیا تو اسے انسانوں کی دبی دبی سرگوشیاں سنائی دیں- وہ سب لوگ قیامت کی دعائیں مانگ رہے تھے کہ اب ان کی گراوٹ کا فقط یہی علاج تھا-

روشنی کی طلب میں

احسان بن مجید

اس گھر کی دہلیز پر صبح سے شام تک ایک بوڑھی خاتون بیٹھی رہتی ہے جو ہر آنے جانے والے سے ایک ہی سوال کرتی ہے، میرا بیٹا کب آئے گا۔

مطالعہ کے دوران جب اچانک اس کا کمرہ تاریک ہو جاتا تو وہ صحن میں نکل آتا، گھر بھی تاریک ہوتا تو وہ گلی میں نکل جاتا، گلی کیا سارا شہر جیسے اندھیرے کے عفریت کی زد میں ہو، ایسا ہونا ایک دو دن کی بات تو نہیں تھی اب تو اس بات کو عرصہ ہونے کو آیا تھا، پہلے اسے پریشانی ہوتی تھی اب دکھ بھی ہونے لگا تھا کہ یہ عمل دن کے علاوہ رات کو بھی طویل وقفوں سے ہونے لگا تھا۔ وہ صرف اپنے لئے فکر مند نہیں تھا بلکہ گلی، محلّہ، شہر بلکہ سارے وطن کی پریشانی اس کے بدن میں اتر جاتی تھی، وہ چونکہ خود الیکٹرانک انجینئر نگ کے آخری سال کا طالب علم تھا اس لئے اسے دوسرے طالب علموں کی پریشانی بھی ستاتی تھی۔ اس نے کئی بار سوچا کیا کرے، کس سے شکایت کرے، جنہوں نے شکایت کی ان کا ازالہ کب ہوا، کتنی آوازیں نکلیں، کتنے ہاتھ ہوا میں لہرائے، کتنی بسیں جلیں، کتنے رکشا ٹوٹے پھوٹے، مجال ہے جو کوئی ٹس سے مس ہوتا ہو، جس کی پونجی لٹ گئی سولٹ گئی، خبر گیری کون کرے، اور پھر ایک بات سوچتے ہوئے، آخر ایسا کب تک چلے گا، اس کو بے بس کرنے کے لیے اس کی سوچوں کا یہ آخری سٹاپ تھا۔

ایک گھنٹہ، دو، تین یا خدا، ہم یہ کس کردہ یا ناکردہ گناہ کے عذاب میں مبتلا ہیں، وہ گھر جو روشنی میں پر سکون ہوتا ہے تاریکی میں کتنا خوفناک ہو جاتا ہے، لگتا ہے جیسے کئی سائے صحن میں گھوم رہے ہوں، گھر کا ہر فرد سہم جاتا ہے، تھوڑی تھوڑی دیر بعد سرگوشیاں ابھرتی ہیں اور دم توڑ جاتی ہیں، اچانک اس کے گھر کے سارے ٹیوب روشن ہوئے تو آنکھیں لحہ بھر کے لیے چندھیا جاتی ہیں لیکن پھر روشنی سے سمجھوتا کر لیتی ہیں، گلی میں نوجوانوں کا ایک شور اٹھتا ہے اور بکھر جاتا ہے، نوجوان بھی کتنے معصوم ہیں تین تین گھنٹے مسلسل اندھیرا جھیلنے کے بعد تھوڑی دیر کے لیے روشنی میں آتے ہی خوش ہو جاتے ہیں، جانے کیا ہے، کیوں ایک بے حسی کا عالم ہے، ہم کیوں پسینہ بہانے، اپنے آپ کو سوئیاں چبھونے اور رتجگوں کا عادی کر رہے ہیں۔ یہ سوال پہلی بار جب اس کے ذہن میں اٹھا تھا، بہت چھوٹا سا، ننھا سا تھا، تحمل کی لوری سے سو جانے والا، بے ضرر سا، لیکن اب، اب جوان ہو چکا ہے، چڈی پہنے اپنے پٹھے دکھانے والا، اب دھونس سے اپنا جواب مانگتا ہے۔

گھر میں روشنی ہوتے ہی وہ مطالعہ کے کمرے کی طرف لپکا، دروازہ اندر سے بند کیا کہ چھوٹے بہن بھائیوں کا شور اس کے کانوں میں داخل نہ ہو اور وہ یکسوئی سے مطالعہ کر سکے، ایک سال بعد اسے الیکٹرک انجینئر بن جانا ہے، اسے ڈپلوما مل جائے گا جو ملازمت کے حصول میں اس کے کام آئے گا اور پھر وہ ایک خوبصورت دفتر میں بیٹھا کرے گا، اسے کسی سے سروکار نہیں ہوگا کوئی روشنی میں ہو یا اندھیرے میں رہے، اس کے لیے اتنا ہی کافی ہوگا لوگ اسے انجینئر کہیں گے ___ اس کے اندر ایک آہ اٹھی جو سانس بن کر اس کے ہونٹوں سے خارج ہو گئی، یہی وجہ ہے، بالکل یہی باعث ہے جو ستاروں پر کمنڈ ڈالنے والے نہیں ڈال سکتے، اپنی ذات کے حصار میں رہنے والوں کو باہر جھانکنے کی اجازت نہیں ہے۔ اسے اپنے آپ سے گھن آئی، شدید گھن یوں کہ وہ اپنے بدن کا چولا اتار پھینکنا چاہتا ہو، لیکن اس تعفن سے کوئی مثبت کام کر کے نجات پائی جا سکتی ہے، اس نے ایک انگڑائی سی لی، دونوں ہاتھوں کی انگلیوں کو الجھا کر پٹاخے نکالے، دونوں ہتھیلیوں کو دو بار رگڑا جیسے من میں کوئی کام کرنے کا مصمم ارادہ کر لیا ہو، اس نے میز کا دراز کھولا، کاغذ کی بڑی شیٹوں کا رول کیا ہوا بنڈل نکالا، ایک شیٹ الگ کر کے میز پر بچھائی اور باقی بنڈل رول کر کے پھر دراز میں رکھ دیا، سکیل، ربڑ، پنسل، شارپنر اور سٹینسل نکال کر رکھے اور بائیں کہنی میز پر ٹکا کر سر ہاتھ پر رکھتے ہوئے شیٹ پر جھک گیا۔ وہ پنسل ہاتھ میں پکڑے چند منٹ سوچا کیا، پھر شیٹ پر کبھی سکیل، کبھی سٹینسل (Stencil) رکھتے اور اٹھاتے ہوئے پنسل سے لکیریں کھینچتا رہا، بہت وقت بیت گیا، اسے حیرت ہونے لگی، ابھی تک اندھیرا کیوں نہیں ہوا، معمول کے مطابق یہ کوئی غیر معمول ہو گیا تھا، بھول چوک کی معافی ہو سکتی ہے، دوبارہ پنسل شارپ کرنے کے بعد اس نے شیٹ پر رکھ دی تھی اور بے شمار کھینچی گئی لکیروں کو غور سے دیکھنے لگا گویا ان لکیروں میں کوئی ایسی چیز پوشیدہ ہو جس کی اس نے کبھی تمنا کی ہو، اس کی نظروں نے ان الٹی ترچھی، عمودی اور متوازی، دائرے مستطیل اور مربع بناتی لکیروں میں ایک ڈایا گرام تلاش کر لیا تھا ___ پھر یکدم روشنی بھاگ نکلی اور کمرہ اندھیرے سے بھر گیا، نیم غصے کی حالت میں اس نے پنسل شیٹ پر پھینک دی، گھنٹہ بھر مسلسل میز پر جھک کر کام کرنے سے اس کی کمر میں اینٹھن ہونے لگی تھی، اس نے اندھیرے کا یہی استعمال بہتر سمجھا کہ کمر ہی سیدھی کر لے، اس نے کرسی سے ٹیک لگا کر آنکھیں موند لیں، اسے یک گونہ سکون کا احساس ہوا اور ساتھ ہی ڈایا گرام کی خوشی بھی اس میں شامل ہو گئی لیکن ایک خیال کے مقناطیس نے جیسے خوشی کے سارے ذرے اپنی طرف کھینچ لئے، لکیریں اس کے خواب کی تعبیر نہیں ہے، تعبیر تو ان لکیروں میں چھپے اس آلے میں پوشیدہ ہے جو اسے چند دنوں میں تیار کرنا ہے،

ایک خیال اسے آسودہ کر گیا ، روشنی کی پھواریں پھوٹیں گی ، اس کی گلی اندھیرے کے لئے نوگوا ریا ہوگی ، دن کی محنت سے چُور لوگ رات سکون سے گزار کے صبح پھر مشقت کے لئے تارہ دم ہو سکیں گے ، اور ___ اور ایک بات تو اسے بہت بعد میں یاد آئی ، یاد کیا آئی ، اسے نہال کر گئی ۔ انجینئرنگ کے میدان میں یہ ایک عجیب وغریب کارنامہ ہوگا ، تفاخر سے وہ مسکرا اٹھا ، اسے ایوارڈ دیا جائے گا ، کئی ریفرنس منعقد ہوں گے ، چانسلر اسے اعزازی ڈگری دیں گے ، ملکی تاریخ میں چند سطریں اس کے لیے بھی لکھی جائیں گی ____ وہ اٹھا کہ اب تو اندھیرا ہر سانس کے ساتھ اس کے اندر بھی اتر رہا تھا ، صحن میں مکمل خاموشی تھی ، شاید اس کے چھوٹے بہن بھائی اندھیرے میں باتیں اور شرارتیں کرتے جس کروٹ لیٹے تھے اسی میں سو گئے تھے ۔

آج اس کا خواب شرمندۂ تعبیر ہو چکا تھا اور وہ اسے دائیں بائیں ، اوپر نیچے سے بغور دیکھ رہا تھا کہ اندھیرے نے دھاوا بول دیا ، اس نے چند لمحے توقف کرنے بعد آلے کا ایک بٹن دبایا ، اس کا گھر کیا ساری گلی کے گھر روشن ہو گئے ، آج بھی نوجوانوں کا ایک شور اٹھا اور بکھر گیا ، سب اپنے اپنے گھروں کو دوڑ گئے تھے ۔ کچھ دن یہ مشق جاری رہی ، بالآخر ایک شام ، اندھیرا ہوتے ہی جب گلی کے تمام گھر روشن ہوئے تو اس کے گھر کی اطلاعی گھنٹی بجی ، اس نے باہر نکل کے دیکھا ، گھر کے سامنے ایک سرکاری جیپ کھڑی تھی اور دو باوردی لوگ کھڑے تھے ، دونوں کے کندھوں پر دو دو تاج سجے تھے ، اس نے دونوں کا استقبال کرتے ہوئے مصافحہ کیا ۔

فرمایئے ، میں آپ کی کیا خدمت کر سکتا ہوں ! اس کی نظر پہلے ایک پھر دوسرے کے چہرے تک گئی ، دونوں کے چہرے سپاٹ ، ایک دم جذبات سے عاری تھے ۔

تمہیں ہمارے ساتھ چلنا ہوگا ! جیسا چہرہ ویسی آواز ، اخلاق کی قلت ۔

کہاں اور کس لئے ، میرا قصور ! اس نے پوچھنا چاہا ۔

ہم تمہارے سوالوں کے جواب دینے کے پابند نہیں ہیں پھر بھی تم اپنے وارنٹ گرفتاری دیکھ سکتے ہو اور تمہیں وہاں جانا ہے جہاں کارِ سرکار میں مخل لوگ جاتے ہیں اور دیکھو ، جب شہر میں تھوڑی دیر کے لئے سرکار اندھیرا چاہتی ہے تو کچھ سوچ کر ہی چاہتی ہے اور تم روشنی کی طلب میں سرکار سے ٹکر لے رہے ہو ، چلو جیپ میں بیٹھو ! ایک چہرے میں چھپی زبان چل رہی تھی ۔

تکرار کی آواز سن کر اس کی ماں دروازے تک آئی تو اس کا ایک پاؤں جیپ کے پائیدان پر تھا ، ماں میں ابھی آتا ہوں ، اتنا ہی کہہ سکا اور جیپ آگے بڑھ گئی ، ماں دروازے میں بیٹھ کر بیٹے کا انتظار کرنے لگی اور پھر برسوں بیت گئے ۔

☆

مَوتی

سید نصرت بخاری

گیٹ نے منہ کھول کر کار کو نگل لیا۔ یوسف کار سے اترا۔ اس کا پالتو اور لاڈلا کتا پیار سے اس کی طرف لپکا وہ بھی اس کو تھپکیاں دینے کے لیے تیار ہو رہا تھا کہ وہ قریب آ کر ٹھٹھکا اور پھر اس کے تیور ہی اور ہو گئے۔ وہ اس کی طرف دیکھ کر یوں غرانے لگا جیسے وہ اجنبی ہو۔

''ہیلو موتی ! کیا حال ہے'' اس نے کتے کی طرف ہاتھ بڑھا کر چٹکی بجاتے ہوئے کہا۔

جوب میں موتی یوں اچھل کر اس کی طرف آیا جیسے وہ پہلی بار اس گھر میں آیا ہو۔ قدموں نے دو فٹ پیچھے ہو کر یوسف کو بچا لیا۔ موتی پھر اس کی طرف لپکا۔ اس بار لات گھومی اور موتی دور جا گرا، مگر پھر اٹھا اور اس کو کاٹنے کے لیے اس کے گرد تیزی سے چکر لگانے لگا۔ یوسف کے ہاتھ سے بریف کیس اور اور دوسری اشیا چھوٹ کر صحن میں بکھر گئی تھیں۔

''ہٹ جاؤ موتی ، ہٹ جاؤ، دفع ہو جاؤ'' اس نے خوف سے چلاتے ہوئے کہا لیکن موتی نے اس کی ایک نہ سنی۔ وہ واپس کار کی طرف بھاگا لیکن اس کی آغوش میں جانے سے پہلے موتی اس کی پتلون کو کئی جگہ سے زخمی کر چکا تھا۔ اس کی چیخ پکار سن کر اس کی بیگم اور ملازمہ دوڑی دوڑی آئیں۔

''وہیں رہو، وہیں رکو، موتی پاگل ہو چکا ہے'' اس نے چلا کر بیگم سے کہا۔

لیکن اس کے خشک ہوتے گلے نے اس کی آواز کو وہیں جکڑ لیا۔ اس کی بیوی موتی تک پہنچ کر اس کے پٹے پر ہاتھ ڈال چکی تھی ۔ موتی نے اس کے سامنے کوئی مزاحمت کی اور نہ ہی غصہ دکھایا حالانکہ وہ اسے بُری طرح گھسیٹ کر اس کی کوٹھڑی کی طرف لے جا رہی تھی ۔ یوسف اُس وقت تک کار میں دبکا بیٹھا رہا جب تک کوٹھڑی نے موتی کو ہڑپ نہیں کر لیا۔ اتنی دیر میں ملازمہ اس کی گری ہوئی اشیا اکٹھی کر کے میز پر رکھ چکی تھی ۔ موتی کو بند کرنے کے بعد بیوی دوڑتی ہوئی اُس کے پاس آئی۔

''آپ کو کچھ ہوا تو نہیں؟'' بیگم نے اُسے ٹٹولتے ہوئے کہا۔

''نہیں ! بچت ہو گئی لیکن طبیعت خراب ہو گئی ہے، کچھ گھبراہٹ سی ہو رہی ہے ''۔ اس نے نڈھال لہجے میں جواب دیا۔

وہ اسے کار سے نکال کر کمرے میں لے گئی ۔ بستر پر لٹانے کے بعد جلدی سے پنکھا چلا دیا۔ اس کے بعد اس کا کوٹ اور جوتے اتارے۔ اس کے ماتھے سے پسینہ پونچھا۔

''یہ شرٹ بھی اُتار دیں، پسینے سے بھیگ گئی ہے'' بیگم نے اسے کہا اور اس کے لیے پانی لینے کے لیے چلی گئی۔

''موتی پاگل ہو گیا ہے'' اس نے پانی کا گھونٹ لیتے ہوئے بیگم سے کہا۔

''پاگل نہیں ہوا، اگر ایسا ہوتا تو مجھے بھی کاٹتا'' بیوی نے اپنے رائے دی۔

وہ سوچنے لگا کہ بیگم ٹھیک ہی کہتی ہے۔ موتی نے اسے اور ملازمہ کو کچھ بھی نہیں کہا۔ پھر میرے ہی ساتھ اس نے ایسا کیوں کیا۔ اس نے گذشتہ چار پانچ روز اپنے سامنے پھیلا کر موتی کے ساتھ اپنے رویے پر غور کیا کہ ممکن ہے اس سے کچھ ایسا سرزد ہو گیا ہو جو موتی کو بُرا لگا ہو لیکن اُس کی یاداشت سے کوئی ایسا فعل برآمد نہیں ہوا جو موتی کے رویے کا جواز بن سکے۔

''آپ کیوں پریشان ہوتے ہیں، موتی کو کچھ نہیں ہوا، اٹھیں نہا لیں، پھر کھانا کھاتے ہیں''۔ اس کی بیوی جانتی تھی کہ اس کے شوہر نے موتی کو بڑے دور سے منگوا کر بہت لاڈ سے پالا ہے، اسی لیے وہ اس کے پاگل پن کی وجہ سے پریشان ہو رہا ہے۔

یوسف نہا کر آیا تو کھانا لگ چکا تھا۔ پریشانی نے کھانا کھانے کے دوران میں بھی اپنا غلبہ برقرار رکھا۔ اس کی بیوی نے توجہ منتشر کرنے کے لیے کسی موضوع کو گدگدایا لیکن اس کا سکوت پسپا نہ ہوا۔ کھانا کھا کر اس نے سونے کی کامیاب کوشش کی۔ شام سے کچھ دیر پہلے نیند کا سحر ٹوٹا تو وہ صحن میں جا بیٹھا۔ بیوی جو اس سے پہلے ہی بیدار ہو چکی تھی، چائے لے آئی۔ اس نے پیالی منہ سے لگائی تو موتی کی مخصوص آواز سنائی دی۔ جس کا مطلب تھا مجھے بھی شریک کیا جائے۔ اس نے موتی کی کوٹھڑی کی طرف دیکھا تو موتی اس کی طرف دیکھ کر پیار بھرے انداز میں جھک کر اپنے اگلے دونوں پاؤں بار بار زمین پر مار رہا تھا۔ وہ اُٹھ کر موتی کی طرف چل دیا۔

''اسے مت کھولیں، رہنے دیں، چائے تو پی لیں''۔ بیوی نے اسے منع کیا۔

''کھولتا نہیں ہوں، اسے دیکھنے جا رہا ہوں''۔

وہ قریب جا کے اس کا رویہ پرکھنے لگا۔ موتی کا رویہ ہمیشہ کی طرح دوستانہ تھا۔ وہ کچھ دیر اسے ٹٹولتا رہا اور جب اس میں بغاوت کے رنگ نظر نہیں آئے تو دروازہ کھول دیا۔ موتی نے دوڑ کر گھر کے صحن کا ایک چکر لگایا اور پھر واپس آ کر اس سے بغل گیر ہونے کی کوشش کرنے لگا جیسے اپنے آج کے رویے پر شرمندہ ہو۔ یوسف نے بھی اس کے سر پر پیار سے ہاتھ پھیرا جس سے موتی کی خوشی دوچند ہو گئی۔

''میں نہ کہتی تھی کہ اس کو کچھ نہیں ہوا، آپ خواہ مخواہ پریشان ہو رہے تھے''

''لیکن پھر بھی اس کا وہ رویہ سمجھ نہیں آ رہا، ایسا پہلے تو کبھی نہیں ہوا''

"گرمی کے دن ہیں، ممکن ہے اس کے دماغ کو گرمی چڑھ گئی ہو" بیوی نے کہا۔

"کچھ بھی ہو اس کو ڈاکٹر کو دکھانا پڑے گا ایسا نہ ہو یہ مرض مستقل ہو جائے"۔

اگلے دن اُس نے چھٹی کی اور موتی کو جانوروں کے سب سے اچھے ڈاکٹر کے پاس لے گیا۔ تقریباً ایک گھنٹہ موتی معائنے کی زد میں رہا، ڈاکٹر نے مختلف ٹیسٹ کیئے اور اس کی خوراک کے متعلق یوسف کا انٹرویو لیا۔

"آپ کا ڈاگ بالکل ٹھیک ہے، ٹیسٹ کی کوئی ضرورت نہیں تھی مگر احتیاطاً میں نے ان کو بھی دیکھ لیا" ڈاکٹر نے اپنی رائے دے دی۔

"پھر بھی ڈاکٹر صاحب ایسا کیوں ہوا" یوسف کا خدشہ ابھی تک ڈھلا نہیں تھا۔

"بعض اوقات جانوروں کی کوئی ایک آدھ حس مکمل طور پر بیدار نہیں ہو پاتی، جس سے ایسے واقعات پیدا ہو جاتے ہیں، لیکن یہ کوئی پریشانی کی بات نہیں، ایسا نیند کی وجہ سے بھی ہو سکتا ہے یا ممکن ہے موتی نے اس دن کوئی ایسی زہریلی چیز کھالی ہو جس سے اس کے نروس سسٹم میں کوئی خلل پیدا ہو گیا ہو۔"

"لیکن ہم تو اس کو صاف ستھری خوراک دیتے ہیں"۔

"کبھی کبھی پرندے کوئی ایسی چیز اُٹھا کے لے آتے ہیں جو زہریلی ہوتی ہے۔ آپ پریشان نہ ہوں، یہ بالکل ٹھیک ہے۔" ڈاکٹر نے تسلی دیتے ہوئے کہا۔

یوسف نے گھر آ کر سب سے پہلے ملازمہ کو تاکید کی کہ وہ دو چار بار صحن کا چکر لگا لیا کرے اور اگر روٹی، گوشت یا مٹھائی وغیرہ کا کوئی ٹکڑا دیکھے تو اسے چھت پر پھینک دیا کرے۔ موتی کچھ دنوں کے لیے یوسف کی توجہ میں محصور رہا، پھر معمول کے مطابق وقت گزرنے لگا۔ تقریباً تین ہفتوں کے بعد یہ بیماری پھر حملہ آور ہوئی۔ اس بار بھی موتی کا ہدف صرف یوسف تھا۔ یوسف اس کو پھر ڈاکٹر کے پاس لے گیا۔

"میں حیران ہوں کہ موتی ایسا کیوں کر رہا ہے ہے حالانکہ اس کو کوئی بیماری نہیں، پھر بھی آپ احتیاطاً یہ دوا پلائیں۔" ڈاکٹر نے تفصیلی معائنے اور ٹیسٹ کے بعد کہا۔

تقریباً ایک ماہ بعد موتی پر پھر ایسا ہی دورہ پڑا اور اس بار بھی نشانہ یوسف ہی تھا۔ اس بار یوسف موتی کو لے کر جب ڈاکٹر کے پاس گیا تو اس نے موتی کا سرسری سا جائزہ لیا اور یوسف سے مخاطب ہوا:

"یوسف صاحب آپ کے موتی کی خوبی یہ ہے کہ اس کی یا اس کی نسل کے دوسرے کتوں کی سونگھنے کی حس دنیا کے تمام جانوروں سے تیز ہے۔ آپ جس دن کسی ایسے آدمی کا کوٹ پہنیں گے جس کو موتی نہیں جانتا، یا نہانے کے بعد اس کا تولیہ استعمال کریں گے تو اس کے بدن کی بُو آپ کے بدن کی بُو میں مکس ہو جائے گی اور یہی وہ اجنبی بو ہے جو موتی محسوس کر لیتا ہے، اور یہی وجہ ہے کہ وہ صرف آپ کو کاٹنے کی کوشش کرتا ہے۔"

یوسف نے جب اس پر غور کیا تو اسے یاد آ گیا کہ موتی پر اسی دن یہ دورہ پڑتا ہے، جس دن وہ کسی لڑکی کے ساتھ جسمانی تعلق قائم کرتا ہے۔ یوسف ایک بدکار دوست کی صحبت کی وجہ سے اس عیاشی سے نیا نیا آلودہ ہوا تھا؛ اس کا دوست ٹھیکے دار تھا اور اس کے کئی بدکار لڑکیوں سے مراسم تھے۔ شہر سے باہر کرائے کا ایک مکان انھیں اوٹ فراہم کرتا تھا۔ اس کے بعد یوسف نے احتیاط شروع کر دی اور وہیں سے نہادھو کر گھر جاتا۔ بیرونی عیاشی سے بیوی کی طرف میلان آہستہ آہستہ دم توڑنے لگا۔ نتیجے کے طور پر بیوی بھی اس پر شک کرنے لگی اور اعتبار کا موتی دھندلاتا چلا گیا۔

"میں کئی روز سے دیکھ رہی ہوں کہ تم دیر سے گھر آتے ہو"۔

"آفس میں کام بڑھ گیا ہے"۔

"مجھے لگتا ہے تم پہلے والے یوسف نہیں رہے، نہ میرے ساتھ کھانا کھاتے ہو نہ چائے پیتے ہو"۔

"آج کل اوور ٹائم لگاتا ہوں، مہنگائی بڑھ گئی ہے، خرچے زیادہ ہو گئے ہیں، یہ سب کچھ کرنا پڑتا ہے"

اس کی بیوی نے دفتر سے پتا کروایا تو معلوم ہوا کہ اوور ٹائم محض بہانہ ہے، وہ اس سے جھگڑتی رہی مگر اسے واپس لانے میں ناکام ہو گئی۔ آخر کار اس کی آنکھیں بھی بدل گئیں؛ پہلے وہ کھانے پر اس کا انتظار کرتی تھی، اس کی آمد پر گیٹ خود کھولتی تھی، اس کے لیے بازار سے کپڑے، کوٹ وغیرہ لاتی، مگر اب ایسا نہیں تھا۔ کھانا وہ اس کی آمد سے پہلے کھا چکی ہوتی، دروازہ ملازمہ کھولنے لگی اور اس بار موسم بدلا تو اپنے کپڑے بھی اس نے خود خریدے۔ یوسف بیوی کی بے رُخی کو محسوس کر چکا تھا مگر اسے اس کی پروا نہیں تھی۔ ایک دن یوسف گھر آیا تو حسبِ معمول موتی نے دوڑ کر اس کا استقبال کیا، وہ اس کے بدن پر ہاتھ پھیر رہا تھا کہ اسی اثنا میں اُس کی بیوی بھی بازار سے خریداری کر کے واپس آ گئی۔ موتی پیار سے اس کی طرف دوڑا مگر قریب جا کر ٹھٹھکا اور وہ اس کی طرف دیکھ کر یوں غرانے لگا جیسے وہ اجنبی ہو۔ اس کے بعد موتی پر وہی پاگل پن کا دورہ پڑ گیا۔

تلاش۔۔۔

گلزار

پُورا سوٹ کیس کھلوایا دہلی ائیر پورٹ پر۔ کپڑے اُوپر نیچے کر کے دیکھنا تو سمجھ میں آ جاتا ہے۔ لیکن مرد سپاہی جب ''براز'' اُٹھا کر جھاڑتے تھے اور واپس رکھتے تھے تو بدن میں ایک سنسنی دوڑ جاتی تھی۔ ''براز'' کے اندر چھپا کر کون سے گرینیڈس (grandes) لے جاتی میں! تین چار لپ سٹک اُٹھا کر جب غور سے دیکھنے لگے تو میں نے کہا!

''یہ بُلیٹ (bullet) نہیں ہیں۔ لپ سٹک ہیں۔ رکھ لیجیے۔ رائفل میں چلتی ہوں تو چلا لیجیے گا۔''

بے شرم، بڑے پیلے دانت نکال کر بولا۔ ''دو نالی کے زمانے گئے میم صاحب، اب تو سَو سَو کے کارتیج آتے ہیں۔''

اُس کی ساتھی لیڈی پولیس کو شاید میرا لہجہ سمجھ میں آ گیا تھا۔ بولی ''سرینگر کی فلائٹ میں کچھ زیادہ احتیاط کرنی پڑتی ہے میڈم۔ آیئے۔ اِدھر آ جایئے'' اور باڈی سرچ کے لیے وہ پردے لگے اَدھ کُھلے بوکس میں لے گئی۔

میں کشمیر جا رہی تھی۔ اپنے روٹس تلاش کرنے۔ اپنی جڑیں! حالانکہ میں کشمیری نہیں ہُوں۔

اتنا پتہ تھا مجھے کہ میرے ماں باپ شادی کے بعد ہنی مُون کے لیے کشمیر گئے۔ اور جب لوٹے تو میں ''کنسیو'' (Conceive) ہو چکی تھی۔ میرا جنم۔۔۔۔ شروع ہو چکا تھا۔

''جہلم کے برفاب پانی میں تیرتے ہوئے ایک بوٹ ہاؤس میں، اخروٹ کی لکڑی کے منقش پلنگ پر، جب دو مقدس رُوحیں ایک مقدّس لمحے کو جنم دے رہی تھیں۔۔۔۔''

ماں بڑے مزے لے کر، بڑے شاعرانہ انداز میں اپنی ڈائری سے مجھے کشمیر کی داستانیں سُنایا کرتی تھیں۔ کشمیر میں اپنی اور پاپا کی کہانیاں! کہتیں۔

''گھوڑے پر چڑھنا تو آتا نہیں تھا۔ ٹیبل لگا کر، گھوڑے کو پاس لا کر کھڑا کر دیا جاتا۔ پاپا پہلے ٹیبل پر چڑھتے، سائیس گھوڑے کو دھکیل کے ٹیبل کے ساتھ لگا دیتا، اور پاپا گھوڑے پر سوار ہو جاتے۔۔۔ پھر بھی دس میں پانچ بار گِر ہی جاتے تھے۔۔۔''

چہرے سے اخبار ہٹا کر، پاپا ٹوک دیتے۔ ''جھوٹ مت بولو۔ صرف ایک ہی بار گِرا تھا۔''

''اور وہ جو آپ کی پتلون شریف پھٹ گئی تھی۔۔۔'' ماں لکھنؤ سے تھیں اور پاپا کو لکاتا سے۔

''وہ تو ٹیبل گِر گیا تھا۔ میں تھوڑا ہی گِرا۔''

''اور جو سائیس کے اُوپر چڑھ گئے تھے؟''

''گھوڑا ہی بھاگ گیا۔ میں کیا کرتا؟۔۔۔ اچھا اب چوپ کرو۔ جب شونالی کو لے کر جاؤں تو دکھاؤں گا اُس کو۔''

ماں ایک لمبی سانس لے کر چُپ ہو جاتی۔

''اب کیا جاؤ گے کشمیر؟ وہی دن تھے، جو ہر سال چلے جاتے تھے۔ اب تو گولیاں چھوٹتی ہیں۔ اب کلیاں نہیں پھوٹتیں، وہاں سر پھوٹتے ہیں دن رات۔۔۔''

یہ اکیاسی بیاسی کی بات ہے۔ یا بیاسی ترّاسی کی ہوگی، جب میں سکول میں پڑھ رہی تھی۔ خبریں سُنتی تو مجھے غصہ آتا۔ یہ پاکستانی ہوتے کون ہیں میرا کشمیر ہتیانے والے۔ کشمیر جیسے میری کوئی پرسنل ملکیت تھی۔

پھر کسی دن ماں بتاتیں:

''ہمارا ایک کشمیری نوکر تھا۔ لڑکا سا ہی تھا۔ ہم جب بھی جاتے، اُسے رکھ لیا کرتے تھے۔ ایک مہینے کے لیے۔ وزیرا نام تھا۔ وزیر علی۔ کبھی بوٹ ہاؤس میں رُکتے تھے تو کبھی اوبروئے ہوٹل میں۔ اوبروئے میں ہمیشہ اُس کی ''انیکسی'' میں ہی ٹھہرتے تھے۔ جہاں سامنے کے لان میں دو چنار تھے۔ بڑے اونچے، تندرست، بھرے ہوئے، بلند قد کے۔ مجھے ہمیشہ بادشاہ اور بیگم لگتے تھے۔ ہاتھ سینے پر باندھے، ڈل لیک کا نظارہ کرتے تھے، اور ہم سب خادموں کی طرح لان میں پڑے رہتے تھے۔ دونوں بڑے خودّدار تھے۔ ایک جہانگیر، ایک نُور جہاں!''

ماں سچ مچ شاعر ہی تھیں۔ مگر صرف ڈائری لکھا کرتی تھیں۔ میں نے یاد دلایا: ''آپ وزیرا کا کچھ بتانے لگی تھیں۔''

ہاں تو شام کے وقت وہ تمہیں گھمانے لے جایا کرتا تھا۔ پرام میں بٹھا کے۔ ایک روز بہت دیر ہو گئی، تو ہمیں فکر لگ گئی۔ یہ تمہیں ڈھونڈنے نکلے۔''

''یہ کون۔۔۔؟''

''تمہارے پاپا۔ ارُون بیز جی! اُنہیں بھی بہت دیر لگ گئی۔ اور جب لوٹے تو ایک ٹیکسی میں، تم تھیں، پرام تھی، وہ تھے، مطلب تمہارے پاپا اور ایک دوسرا ہی کوئی کشمیری تھا۔ وزیرا نہیں تھا۔ میں نے پوچھا: وزیرا کہاں ہے تو منہ سُو جا ہوا تھا۔ تمہیں میری گود میں ڈالا، پرام اٹھا کر برآمد میں پھینکی اور ساتھ آئے اُس کشمیری کو آواز دی۔۔۔ ''مورتی لال'' نکال کے پچاس روپے دیئے اُسے۔ بہت بڑبولا تھا وہ۔ کہنے لگا۔

''صاحب اتنی سی بچّی کو آپ نے کیسے اُس کے حوالے کر دیا۔ گھر نہ جاتا، کہیں اور لے کے بھاگ جاتا تو۔۔۔'' اُنہوں نے ہاتھ کے اشارے سے اُسے دفع ہونے کے لیے کہا، اور وہ چُپ چاپ چلا گیا۔

''میری قیمت کُل پچاس روپے؟'' میں نے ایویں ہی بیچ میں پوچھ لیا۔

"پچاس بھی بہت ہوتے تھے اُس زمانے میں۔"

مجھے اپنی فکر تھی کہ مجھے کہاں لے گیا تھا وہ۔۔۔

"تمہیں اپنے گھر لے گیا تھا۔ اپنی نانی کو ملانے۔ یتیم تھا۔ ماں باپ ایک برفانی "ایوالانچ" میں دب کے مر گئے تھے۔ اور لاش بھی نہیں ملی تھی۔ وزیرے کو ہوٹل میں کئی کئی دن نائٹ ڈیوٹی کرنی پڑتی تھی، اس لئے نانی جب کوستی کہہ دیتا کہ اُس نے شادی کر رکھی ہے اور اُس سے ایک بچی بھی ہے۔ اور نانی کے گرم مزاج کی وجہ سے اُسے گھر نہیں لاتا۔"

من ہی من مجھے وزیرا بہت اچھا لگا۔ کہانیوں کے ہیرو جیسا۔ اور اُس کی کہانی بھی ایک پَری کی کہانی جیسی لگی۔ اب بھی لگتا ہے۔ پَری کہانیاں سب کشمیر ہی میں پیدا ہوتی ہوں گی اور جب برف پڑتی ہے تو نیچے اُتر آتی ہیں۔ کبھی کبھی یہ خیال بھی آتا ہے کہ اگر وہ سچ مچ ہی مجھے لے کر بھاگ گیا ہوتا تو میں کشمیر میں پلی ہوتی۔ لیکن کہانی میں ماں باپ سے بچھڑنا مجھے پسند نہیں آیا۔۔۔ میں نے پوچھا۔

"وزیرا، پھر نہیں آیا؟"

"آیا۔ بہت معافیاں مانگیں۔ ہم نے پھر رکھ لیا۔ لیکن پھر اُس کے ساتھ گھومنے کبھی نہیں بھیجا۔"

گھر میں ایک البم بھی تھی۔ پُرانی تصویروں کی۔ وزیرا اُن میں کہیں نہیں تھا۔ لیکن گلمرگ، یوُسمرگ، پہلگام، چندن واڑی میں کھینچی ہوئی میری بچپن کی تصویریں، مجھے کسی پَری کہانی کی السٹریشن (illustration) لگتی تھیں۔

کالج میں تھی، جب ماں سے پوچھا تھا میں نے۔

"میں کشمیر دیکھ کر آؤں اِن چھٹیوں میں؟"

"خبریں نہیں پڑھتی؟ دیکھتی نہیں ٹی وی پر۔ کیا قہر مچا رکھا ہے کشمیریوں نے؟"

میں کالج ہی میں تھی۔ کوئی کرکٹ میچ تھا اور کشمیری نوجوان لڑکے ہندوستان کے خلاف نعرے لگا رہے تھے۔ بہت سے سکھ بھی شامل تھے اُن میں۔

پھر ایک اور واقعہ ہوا اُن دِنوں میں۔ ٹیررسٹ ایک منسٹر کی لڑکی کو اغوا کر کے لے گئے۔ میں کہنے ہی والی تھی کہ "نانی کو دِکھانے لے گئے ہوں گے۔" مگر پاپا کا غصہ دیکھ کر چپ ہو گئی۔ پاپا کمرے میں ٹہل رہے تھے۔ اچانک مڑ کے گرجے۔۔۔ "سمجھوتے کئے جا رہے ہیں۔ پکڑے ہوئے ٹیررسٹوں کو چھوڑا جا رہا ہے! کسی عام شہری کی بیٹی ہوتی تو کیا ہوتا؟ کسی کے کان پر جوں بھی نہ رینگتی۔ بیان ہوتے۔ ڈسٹربڈ (disturbed) وقتوں میں ہوتا ہے یہ سب! تقسیم کے دنوں میں کیا نہیں ہوا تھا؟"

ماں نے پوچھا "تو پاکستان کے ساتھ کوئی فیصلہ کیوں نہیں کر لیتے۔ وہی تو یہ سب کروا رہا ہے۔"

پہلی بار پاپا کے منہ سے سُنا۔ "اپنے لوگ بھی کم نہیں ہیں۔ حکومت (طاقت) میں رہنے کے لئے، دونوں ہی بیچاری بھیڑوں کی کھال اُتارتے رہتے ہیں۔"

مجھے بُرا لگا۔ پتہ نہیں کیوں، مجھے کشمیر بہت اپنا لگتا تھا۔ نہ پاپا وہاں سے تھے نہ ماں۔ پھر بھی۔۔۔!

اُنہیں دنوں پاپا کے آفس میں ایک روز دیکھا، ایک خوبصورت کشمیری نوجوان نوکری مانگنے کے لیے آیا تھا۔ پاپا نے پوچھا۔

"کہاں سے آئے ہو؟"

بیچارا بڑی دبی سی آواز میں بولا: "کشمیر سے، کشمیری ہوں سر۔ لیکن دنگئی نہیں ہوں۔ ٹیررسٹ نہیں ہوں میں!"

پاپا نے بڑی نرمی سے ٹال دیا۔ "اس وقت تو کوئی جگہ نہیں ہے۔ پھر کبھی پتہ کر لینا۔"

میں جانتی تھی وہ جھوٹ ہے۔ پاپا کسی انکوائری کے جھمیلے میں نہیں پڑنا چاہتے تھے۔ اُن دنوں باقی ملک میں اُترے اور بسے ہوئے کشمیریوں پر پولیس کڑی نظر رکھتی تھی۔ کشمیری ہی نہیں، مسلمانوں کا نام سُن کر ہی لوگ مکان، جگہ دینے سے انکار کر دیتے تھے۔

ایک بار پاپا ہسپتال میں تھے۔ اُنہیں دیکھنے گئی تھی۔ وہیں ہمارے ڈاکٹر باسو نے بات چھیڑ دی۔ اور میرے رشتے کی بات نکل آئی۔ میری پڑھائی آخری درجوں پر تھی۔ میں نے ہندوستان ٹائمز میں رپورٹر کی نوکری کر لی تھی۔ ماں نے پوچھا تو میں نے جواب دیا۔

"کر لوں گی، اگر وہ ہنی مون کے لیے کشمیر لے جائے تو!"

"کشمیر اب۔۔۔" پاپا نے ہاتھ کے اشارے سے کہا بھول جاؤ۔

اس سے زیادہ وہ بول نہیں پائے۔ اُنہیں بولنا منع بھی تھا۔ میں نے ماں سے کہا۔ "تمہیں نے تو کہا تھا کہ میرا جنم وہیں شروع ہوا تھا"۔ پاپا نے ہوا میں ہاتھ لہرایا اور چلے گئے۔ ہمیشہ کے لیے!!

اب اتنے برسوں بعد اپنے روٹس کو تلاش کرنے جا رہی تھی۔ دِل سینے میں ربڑ کی گیند کی طرح اُچھل رہا تھا، جب پلین سرینگر کے ائیر پورٹ پر اُترا۔ ایئر پورٹ سے باہر آتے ہی جو دیکھا وہ ہندوستان میں اور کہیں نہیں دیکھا تھا۔

پہلا خیال یہ آیا، کیا جنگ شروع ہو چکی ہے۔ کیا پاکستان نے حملہ کر دیا؟ سرینگر کی سڑکوں پر، کشمیری کم، ہندوستانی فوج زیادہ نظر آ رہی تھی۔ ٹینک، ٹرک، بندوقیں، چیک پوسٹ ہر سڑک پر بنکر، ہر گلی کے موڑ پر پہرہ!

جس بس میں نکلے، سرینگر پہنچتے پہنچتے تین جگہ رُکی۔ تین بار رائفلیں تانے فوجی اندر آئے۔ اِدھر اُدھر جھانک کر دیکھا۔ سامان ٹٹولا۔

"یہ کس کا ہے؟"

"اس میں کیا ہے؟"

اور پھر اُتر گئے۔ بس آگے چل دی۔

اتنی سی دیر میں میری سانس گھٹنے لگی تھی۔ تیسری بار جب بس رُکی تو ایک سپاہی نے جاتے جاتے مجھے ریپ کرتی نظروں سے دیکھا اور پوچھا۔

''تُو کہاں جا رہی ہے؟''

مجھے تُو کا خطاب اچھا نہیں لگا۔ میں نے دھما کے سے پوچھا۔

''وہاٹ ڈو یُو مین؟ بائے وہیئر ایم آئی گوئنگ؟''

اُس نے ایک لمبی سی ''ہوں'' کی اور مڑ کے نیچے اُتر گیا۔ مجھے لگا انگریزی نہیں جانتا تھا۔ لیکن بس میں کوئی کُسکا نہیں۔

رہنے کے لیے مجھے ایک نارمل سی ''لوجنگ'' کی ضرورت تھی۔ چاہتی تھی ڈل کے پاس ہی کوئی جگہ مل جائے۔ پیسے ہوتے تو اوبروئے کی انیکسی میں جا کے رہتی۔

جھیل ڈل پر کائی کی موٹی موٹی تہیں جمی ہوئی تھیں اور سبزہ اُوپر تک آ کے سڑ رہا تھا۔ چند ہاؤس بوٹ تھیں۔ ایک کنارے پر مجرموں کی طرح سہمی ہوئی کھڑی تھیں۔ اُجڑی ہوئی، خستہ، شاید گلتے گلتے وہیں پانی میں دفن ہو جائیں گی۔

بار بار میری آنکھوں میں آنسو بھر آتے تھے۔ بار بار میں چڑ کے پونچھ رہی تھی۔ اور کوس رہی تھی خود کو۔ کس کشمیر کی بات کر رہی تھی؟ کہاں ہے تیرا اخروٹ کی لکڑی کا منقش پلنگ جہاں۔۔۔ میرا گلا مستقل طور پر رُندھ گیا۔ اُس کے بعد میں نے اپنی نارمل آواز نہیں سُنی۔۔۔!

ایک لڑکی کو کوئی لوجنگ ہاؤس یا ہوٹل میں رکھنے کو تیار نہیں تھا۔ نہ میری انگریزی کام آئی۔ نہ پرس میں پڑا ہندوستان ٹائمز کا آئی ڈینٹٹی کارڈ۔ پولیس یا ملٹری کی مدد لینا اور بھی نامناسب لگتا تھا۔ اُن کے ساتھ جُڑتے ہی لوگوں کی آنکھیں فوراً بیگانی ہو جاتی تھیں۔

خلیل نے پھر اپنی آٹو میں سامان رکھتے ہوئے کہا مجھ سے!

''آپ اکیلی ایں میم ساب، کوئی نہیں رکھے گا۔ کشمیری بوت ڈرتے ایں اندوستانی فوجیوں سے۔ کسی کو بھی پکڑ کے لے جاتے ایں اور پھر۔۔۔'' اُس نے وقفہ لیا۔''۔۔۔ وہ آدمی کبھی واپس نہیں آتا۔ پتہ نہیں کس جیل میں گم ہو جاتے اے۔'' اس کے اندر کا غصہ آٹو کی غوں غوں پر اُتر رہا تھا۔ پتہ نہیں اب کہاں لے جا رہا تھا۔ وہ بولے جا رہا تھا۔ شاید اپنے اندر کا ڈیزل جلا رہا تھا۔ ''کوئی آپ کو اوٹل میں نہیں رکھے گا۔ فوج کو چھاپہ مارنے کا بہانہ مل جائے گا۔ پکڑ لے جائے گا اوٹل والے کو۔ مالک بوڑا ہوگا تو اُس کو نہیں لے جائے گا۔ اُس کا جوان بیٹا ہوگا، داماد ہوگا، بانجا، بتیجا (بھانجہ، بھتیجا) کوئی بی۔ اُن کی نظر کشمیری کے جوانوں پر اے۔ سب ختم کرتے جاتے ایں۔۔۔'' اُس کی آواز تیز ہوتی جا رہی تھی۔ اچانک ایک گلی میں اُس نے اپنا آٹو روک دیا، اور مُڑ کے دیکھا میری طرف۔۔۔ ''آپ لوگ کیا چاہتے ایں۔ کیا چاہیے اَم سے۔ اَم کو امارے آل پر چھوڑ دو بین۔ اب تو امارا سبزہ بھی لال ہو گیا اے۔ اماری زمین کی گاس بھی لال ہو گئی اے۔۔۔!'' اُس کی آواز بھی میری طرح ہو گئی میں اپنی ہتھیلیوں میں منہ ڈھانپ کر بیٹھی رہی۔ ہندوستانی ہونے پر اتنی شرمندگی پہلے کبھی نہیں ہوئی مجھے۔

خلیل میرا سوٹ کیس اُٹھائے اپنی بُوا کے گھر میں داخل ہوا۔ بزرگ تھی۔ ادھیڑ عمر کی۔ اکیلی تھی وہ۔

''تم اِدر اِی رُک جاؤ بین۔ اماری بُوا کے پاس۔ اَم روز صبح آ کے لے جائے گا۔ جدر جانا ہوگا۔ اکیلی مت جانا کِدر۔۔۔'' اور مُڑ کے چلا گیا، جانے کس بات آنکھیں پونچھتا ہوا۔ نہ پیسوں کا پوچھا۔ نہ کرایے کا!

مگر میں مانی نہیں۔ بُوا کو سمجھا کر نکل آئی۔ وہ گلی بھی ڈل سے بہت دُور نہیں تھی۔ کنارے کنارے چلتی ہوئی، اوبروئے پیلیس کے سامنے آ گئی۔ گیٹ بند تھا اور دُور تک کانٹے دار تاریں کھینچ دی گئی تھیں۔ داخلے کا راستہ شاید بدل گیا تھا۔ میں ایک طرف سے تاریں اٹھا کر، اندر داخل ہو گئی۔ کچھ پرندے پھڑ پھڑائے اور آپس میں بولے بھی۔ کچھ اُڑ کے دوسری شاخ پر بیٹھ گئے۔ چوکنّے ہو گئے۔ میں دھیرے دھیرے اُوپر پیلیس کی طرف چڑھ گئی۔

مین گیٹ کے برآمدوں میں چھت سے لے کر، زمین تک ترپالیں ٹنگی ہوئی تھیں۔ ہوٹل بند پڑا تھا۔ ایک حصے میں فوجوں کی ایک ٹکڑی رہ رہی تھی۔ اور اُن کا اپنا فوجی کچن چل رہا تھا۔ برآمدوں میں سیلن بس گئی تھی۔ ناک پر رُومال رکھ کے چلنا پڑتا تھا۔ انیکسی بند تھا۔ لان کُوڑے کباڑ سے اٹا پڑا تھا۔ اور دونوں چنار مُنہ پھیرے سر جھکائے، ہاتھ باندھے کھڑے تھے۔ غلاموں کی طرح۔ اُن کے کندھوں میں خم آ گیا تھا۔ وہ بوڑھے لگ رہے تھے۔

گھُٹی گھُٹی سانس لیئے میں بُوا کے پاس لوٹ آئی۔ بُوا نے بیچ کی میانی میں میرا بستر لگا دیا تھا۔

صبح صبح بچوں کی چہچہانے کی آواز سن کر جاگ گئی۔ جب سے آئی تھی، پہلی بار کوئی خوشگوار آواز کانوں میں پڑی تھی۔ اُٹھ کر پیچھے کی کھڑکی کھول دی۔

بُوا کے گھر کے پیچھے ہی ایک قبرستان تھا۔ جہاں بچے آنکھ مچولی کھیل رہے تھے۔ پُرانی گری ٹوٹی قبروں کے بیچ بیچ میں بے شمار تازہ کچی پکی، مٹی سے ڈھکی قبریں تھیں۔ شاید یہی سب سے محفوظ جگہ تھی اُن کے کھیلنے کے لیے!''

میں نیچے آئی تو بُوا تھیں نہیں۔ غُسل کے لیے پانی رکھا تھا۔ تولیہ اور صابن تھا۔ مجھے عادت نہیں ہے ٹھنڈے پانی سے نہانے کی، لیکن اب یہ ہوٹل تو تھا نہیں۔

آہستہ آہستہ پہلے ہاتھ سے بدن گیلا کیا۔ پانی سے مانوس کیا بدن کو۔ بہت ٹھنڈا تھا۔ پھر نہانا شروع کیا۔ تھوڑی دیر پانی ڈالا، تو پانی لباس بن گیا۔ رُکتی تھی تو ٹھنڈ لگتی تھی۔ نہاتی گئی۔ نہاتی گئی۔ اور ساری رنجش ڈھل گئی۔

بُوا کا جوان بیٹا تھا۔ عزیز علی۔ کمپیوٹر سیکھ رہا تھا، جب دُکان ہی سے پولیس والے پکڑ کے لے گئے۔ سُنا ہے کسی پاکستانی سے ملتا تھا۔ اُسی کے حوالے

سے پکڑا گیا۔ نو سال ہو چکے، ابھی تک اُس کی کوئی خبر نہیں۔ جتنی لاشیں این کو ڈنٹر میں گرتی ہیں۔ بُوا جا کر دیکھ آتی ہے۔ کبھی تھانوں میں، کبھی مُردہ گھروں میں۔ جس جیل کا ٹھکانہ پتہ چلتا ہے وہاں ڈھونڈ آتی ہے۔ سارے کشمیر کی جیلیں گھوم چکی ہے۔ مگر اب تک لَو کی امید پر ہاتھ رکھا ہوا ہے۔ جلتی رہتی ہے۔ ماننے کو تیار نہیں۔ آنکھیں خشک ہو چکی ہیں، لیکن روتی ہے۔ میں نے کہا:

''بُوا ہو سکتا ہے پاکستان چلا گیا ہو۔ ہو سکتا ہے، تہار جیل میں لے گئے ہیں۔''

''وہ کہاں ہے؟''

''دِلّی میں۔۔۔!'' اُس کا چہرہ لٹک گیا۔ لیکن میں یہ نہ کہہ سکی، ہو سکتا ہے مَر گیا ہو۔

ایک دن صبح صبح، پَو پھٹنے سے پہلے سارے علاقے کو گھیر لیا گیا۔ ملٹری کے ٹرک چاروں طرف آ کر کھڑے ہو گئے۔ دو سرچ لائٹ، دو ٹرکوں پر لگا دی گئیں۔ اور لاؤڈ سپیکر پر حکم ہوا کہ سب لوگ باہر آ کر قبرستان میں جمع ہو جائیں۔ تمام گھروں کی تلاشی لی جائے گی۔ سہمے ڈرے لوگ، منٹوں میں ایسے باہر آ گئے جیسے بہت بار اس کی ریہرسل کر چکے ہوں۔ دن نکلا۔ دوپہر ہو گئی۔ بھُوکے پیاسے تمام لوگ، بغیر کسی حیل وحجّت کے اپنی اپنی جگہ پر بیٹھے رہے۔ گھروں کی تلاشی جاری رہی۔

دوپہر کے وقت میں نے ہمت کی۔ کرنل سے انگریزی میں جا کر بات کی۔ اُس نے بُوا کو گھر لے جانے کی اجازت دے دی جو بھوک پیاس سے نڈھال ہو رہی تھی۔ بُوا کو جب میں گھر چھوڑ کر لوٹی تو لوگوں کی نگاہوں میں شک تھا۔ حقارت تھی، اور بیگانگی تھی۔ میں سہم کر، ایک کونے میں جا کے بیٹھ گئی۔

شام ہونے سے پہلے ملٹری پولیس کا ڈرامہ ختم ہو گیا۔ لوگ گھروں کو لوٹنے لگے۔ میں لوٹی تو بُوا کے دروازے پر تالا لگا تھا، اور میرا سامان، سوٹ کیس سمیت دروازے کے باہر رکھا تھا۔

سامان گھسیٹتی ہوئی میں سڑک تک آ گئی۔ اور ڈل لیک کے کنارے بنی دیوار پر آ کر بیٹھ گئی۔ میں سب کچھ کھو چکی تھی جب ایک شخص نے رُک کر پوچھا۔

''آپ کو کِدر جانا اے میم ساب؟''

میں نے مسکرانے کی کوشش کی۔ ''ایک رات کے لئے کسی بوٹ ہاؤس میں ٹھہرنا چاہتی ہوں''۔

''بوٹ آؤس میں تو اب کوئی گیسٹ نہیں رہتا میم ساب! بوٹ آؤس نہیں اے۔ ایک آدمی اے، وہ خود ای رہتا اے۔ اُس کا اپنا گر اے۔''

''کہاں۔۔۔؟''

اُس نے اشارے سے بتایا۔

''وہ اُدر وزیرے کا بوٹ آؤس اے!''

''کس کا۔۔۔؟'' میں اچانک اپنے پیروں پر کھڑی ہو گئی۔ وہ بھر بولا۔

''وزیر علی، اُس کا نام اے۔ بُزرگ آدمی اے۔''

''مجھے وہاں تک پہنچا دو گے؟ میں اُس سے ریکوسٹ (request) کروں گی، منت کروں گی، رکھ لے گا۔ صرف ایک رات کے لیے!''

کُچھ حیرت، کچھ بے دِلی کے ساتھ وہ شخص تیار ہو گیا۔ اور میرا سوٹ کیس اُٹھا لیا۔ ''چلو میم ساب۔ مگر وہ کسی گیسٹ کو لیتا نہیں اے۔ کوئی آتا بی نہیں اے۔ گیسٹ تو کیا میم ساب۔۔۔'' وہ چلتے چلتے بول رہا تھا: ''اب تو رُوس اور روہ جانے کاہاں کاہاں سے برڈ آتے تھے۔ وہ بھی نہیں آتے اس جھیل میں۔''

پتہ نہیں کیوں، مجھے اُمید ہو گئی تھی کہ وزیر علی وہی ہو گا۔ جو بچپن میں مُجھے چُرا کے لے گیا تھا۔ یا میں چاہتی تھی کہ لے جاتا۔

مگر وہ نہیں نکلا۔ وہ کوئی اور تھا۔ پھر بھی ایک رات کے لیے مجھے اُس بوٹ ہاؤس پہ رکھنے کے لیے تیار ہو گیا۔ میرے لیے بستر بھی بچھا دیا۔ فرش پر۔ وہاں کوئی منقش پلنگ نہیں تھا۔

اگلے روز میں واپس آ گئی۔ ائیر پورٹ پر۔ تین بار، تین جگہ۔ پُورا سامان کھول کر چیک کیا گیا۔ میرے ''براز'' اور پینٹیاں جھٹک جھٹک کر دیکھی گئیں۔ وہ دیکھ دیکھ کر میری چھاتیوں میں درد ہونے لگا۔ ہر جگہ دو دو قطاریں تھیں دو دو خیمے تھے اور باڈی سرچ کے لیے عورتیں جس طرح چھوتی تھیں، لگتا تھا لیسبئن ہیں۔ سب کے سب۔ تیسرے خیمے میں جب جُوتے موزے اُتروا کے پُورے بدن پر ہاتھ پھیرا اور پوچھا: ''یہ کیا ہے؟'' مجھے کہنا پڑا۔

''ماہواری سے ہوں۔ مینسٹرل پیریڈ چل رہا ہے''۔ اُسی وقت ساتھ کے خیمے سے کوئی پہچانی سی، رُندھی ہوئی آواز سُنائی دی!

''کون ہے وہاں؟'' میں نے پوچھا۔ اور تقریباً دھکیل کر ساتھ کے خیمے میں گھُس گئی۔ سامنے بُوا کھڑی تھی۔ ہاتھ میں دلّی کا ٹکٹ جھول رہا تھا۔ ناڑا کھلا تھا۔ شلوار نیچے گر گئی تھی اور گُرتا اُٹھائے، رسّی کی طرح پھسی آواز میں کہہ رہی تھیں۔

تلاشی کو بس یہی ایک جگہ بچی تھی، وہ بھی دیکھ لو۔۔۔'' مجھے دیکھتے ہی اُن کی گھگی بندھ گئی۔

''یہ میں کیسے مُلک میں آ گئی ہوں؟ یہ میرا ہی مُلک ہے کیا؟''

اور وہیں اپنی شلوار پر ڈھیر ہو گئیں۔

مجھے خلیل کی چیختی ہوئی آواز سنائی دے رہی تھی۔

''آپ لوگ کیا چاہتے ایں۔ کیا چاہیئے اُم سے۔ اُم کو امارے آل پر چوڑ دو بین، اب تو امارا سبزہ بھی لال ہو گیا اے۔ اماری زمین کی گاس بھی لال ہو گئی اے۔۔۔!''

دی سٹون ایج

گلزار

بم گرا تو دُور تھا، لیکن گھر کی دیواریں اُس دھماکے کی تاب نہ لاسکیں۔ مٹّی کی تھیں۔ دیکھتے دیکھتے ڈھیر ہوگئیں۔ اُسی میں اُس کی چھوٹی بہن دب کے مَر گئی۔ بڑی آپا اُسے اٹھا کر بے نقاب دوڑ لی۔ گلی کے دُھوئیں نے پردہ کررکھا تھا، باپ نے ماں کا ہاتھ پکڑا اور ایک پوٹلی، صندوق جو ہر وقت تیار رہتے تھے، اُٹھاکے بھاگ لئے۔

تب اُس کی عمر چار برس کی تھی۔

''ابو۔۔۔اِدھر۔۔۔اُدھر گورا ہے!''

وہ آپا کی بغل سے کُود گیا۔ اُس کی آنکھیں بڑی تیز تھیں۔ سامنے کی سڑک سے ایک جیپ گولیاں برساتی ہوئی گزر گئی۔

''نصیر نے بچالیا!'' بہن نے بہت چُوما۔ ماں نے بہت بلائیں لیں۔

نصیر کی آنکھوں میں ایک عجیب سی چمک تھی۔ جیسی چیتے کی آنکھوں میں ہوتی ہے۔ نصیر اب اِس جنگل کی زندگی کا عادی ہوتا جا رہا تھا۔ اب تو گھر کی پہچاں بھی گُم ہونے لگی تھی۔ دو دو تین تین مہینے گھر سے باہر رہنا، پھر لوٹ آنا۔ گھڑے مٹکے، ڈبّے بوریاں سنبھالنا اور کچھ ماہ بعد پھر سے بھاگ لینا۔ ایک دادی تھی۔ بس بھُو سے کی گٹھری کی طرح پڑی رہتی تھی۔

وہ دو برس کا تھا جب پہلی بار اُس نے ہوائی جہاز کی گرج اور بموں کے دھماکے سُنے تھے۔ سارا گھر ہل رہا تھا اور وہ ماں کے سینے سے لپٹا ہوا کانپ رہا تھا۔ امّاں نے ایک چوڑے پٹّے سے اُسے اپنی چھاتیوں پر باندھ رکھا تھا۔ ایک ہاتھ میں گٹھری تھی اور دوسرے میں بانو، اُس کی چھوٹی بہن۔ باپ نے ایک صندوقچی بغل میں دبا رکھی تھی۔ مُنہ ہی مُنہ میں کچھ پڑھ رہا تھا۔ اپنی امّاں کو گھسیٹتے ہوئے وہ دروازے پر لے گیا۔ اور بولا۔

''امّاں، کوشش کر۔ اللہ کی اُنگلی پکڑ اور چل مسید (مسجد) میں چلتے ہیں۔''

دادی بھی پتہ نہیں کسے کوس رہی تھی۔ اُس کے باپ کو، یا اللہ میاں کو۔ نصیر کی آنکھیں تب بھی چمک رہی تھیں۔ اُس نے آسمان سے ستارے گرتے دیکھتے تھے۔ اور زمین پر سُورج پھٹ رہے تھے۔ ایک معصوم سا خیال اُس کے ذہن سے تب بھی گذرا تھا۔

''اللہ اتنا دہشت ناک کیوں ہے؟۔۔۔ ڈراتا کیوں ہے؟''

دو سال کی عمر بہت کم ہوتی ہے لیکن آنکھیں اُس عمر میں بھی بہت زیادہ نگل جاتی ہیں۔ اور جمع کر لیتی ہیں۔ اُس غذا کو، بعد میں جگالی کرنے کے لیے، اونٹوں کی طرح!

مسجد خون کی بُو سے بھری ہوئی تھی۔ زخمی ہاتھ کہنیاں، کندھے، گردن! پورے سالم آدمی بہت کم تھے۔ نصیر کے لیے دنیا کی نارمل صورت یہی تھی۔ اسی میں آنکھ کھولی تھی۔ اسی میں بڑا ہورہا تھا۔ زمین پر خون دیکھ کر اُس میں پیر مارنا اُس کے لیے ایسا ہی تھا، جیسے بارش کے پانی میں پیر پٹخنا۔

مسجد میں نئے نئے نام بہت پڑے کانوں میں۔ اپنے قبیلے کے ناموں سے تو وہ مانوس تھا۔ لیکن رُوسی، امریکی، بُش، ترگنوف، گرگنوف، فرنگی، کوپٹر، ہیلی کوپٹر۔۔۔ لگتا تھا کسی دوسرے قبیلے کے نام ہیں۔ کسی اور جنگل کے۔ اُن پہاڑوں کے پیچھے ہوں گے وہ جنگل، جہاں سے وہ سب کو پٹر اڑا کرتے ہیں۔ جہاں سے آگ کے گولے آتے ہیں۔ ان کے گھر توڑنے کے لیے۔ اپنی بالشت بھر بہن کی موت کو وہ بھولا نہیں تھا۔

''گھر گر پڑتے ہیں ناں ابّو!۔۔۔ پھر ہم گھر میں کیوں رہتے ہیں؟''

وہ تین سال کا تھا۔ جب اس نے سوال کیا تھا۔ اُن دنوں میں وہ پکّے گھروں والے شہر میں آگئے تھے۔

''باہر آگ برستی ہے نا بیٹا، بم جو گرتے ہیں۔'' باپ نے کہا تھا۔

''کون گراتا ہے؟''

''وہ۔۔۔ گورے، جو ہیلی کوپٹر میں آتے ہیں۔''

''بم کیوں گراتے ہیں؟''

''ہمارے دشمن ہیں ناں!''

''ہم بھی اُن کے دشمن ہیں؟''

''اور کیا؟''

اُس کے ڈیڑھ سال بعد اُس نے سوال کیا تھا۔

''تو ہم بھی اُن کے پہاڑ پر بم گرا سکتے ہیں؟''

''ہمارے پاس ہیلی کوپٹر نہیں ہیں ناں بیٹا''

''تو بم کیسے گرائیں گے؟''

''فدائین ہیں ناں! اِسی لیے تو فدائین بھیجتے ہیں۔''

اُسے کچھ سمجھ نہیں آیا۔ اِملا مشکل ہوتی جا رہی تھی۔۔۔ فدائین! ایک اور لفظ اس نے اپنی گلک میں جمع کرلیا۔ بڑا ہو کے خرچ کرے گا۔ وہ چُپ تو ہو جاتا۔ اُس کی تسلی نہ ہوتی ان جوابوں سے۔ لیکن مکھیوں کی طرح سوال اُس کے چہرے پر بھنبھناتے رہتے۔ وہ باہر جا کر بیٹھ جاتا اور اپنی غلیل بنانے لگتا۔

دادی بہت یاد آتی تھی اُسے۔ چند مہینے جو قندھار کی ''آہنوی'' مسجد میں کٹے تھے، اُس میں دادی نے بہت کہانیاں سُنائی تھیں اُسے۔

''دیو قامت عیّار نے پری کو لے جا کر دو فلک بوس میناروں میں

بند کر دیا۔ ایک مینار میں پری رہتی تھی۔ ایک میں وہ خود رہتا تھا۔ اُس نے پری کے پنکھ کاٹ دیئے، تا کہ اُڑ بھی نہ سکے۔ مینار اتنے اُونچے تھے کہ دنیا کا کوئی آدمی اُوپر نہیں پہنچ سکتا تھا۔ نیچے جب خلقت شور کرتی وہ پنکھ کا ایک پر اُتار کے اُڑا دیتا۔ خلقت اُسے لُوٹنے کے لیے ہزاروں میلوں تک دوڑتی چلی جاتی۔''

''شہزادہ بھی؟'' اُس نے پوچھا تھا۔

''وہ وہیں تھا لیکن شہزادہ کیا کر سکتا تھا؟ نہ اُوپر چڑھ سکتا تھا۔ نہ اُڑ کے۔۔۔''

اچانک گلک سے ایک سکّہ باہر آ گیا۔ ''فدائین'' وہ اپنے آپ سے بولا۔

''فدائین کو کیوں نہیں بھیجا؟''

اُسے فدائین کا مطلب سمجھ آ گیا۔ دادی ہوتی تو اُسے بتاتا۔ اُس نے ابّا سے پوچھا، تو ابّا نے کہا۔

''وہ اللہ کو پیاری ہو گئی۔۔۔ وہ لے گئے اُسے''

''دادی کو بھی؟''۔۔۔ وہ پھر سے چپ ہو گیا۔

پتہ نہیں مسجد کے مینار چھوٹے ہو رہے تھے یا اُس کا قد بڑا ہو رہا تھا۔ دادی کی گٹھری سے نکل کے وہ مینار کی سیڑھیاں چڑھ جاتا تھا۔ بوری سے نکلے چوہے کی طرح۔ وہاں سے پورا شہر نظر آتا تھا۔ اُوپر سے پُورا شہر اینٹوں کا بھٹہ لگتا تھا۔ جگہ جگہ سے دُھواں اُٹھتا رہتا تھا۔ نانبائی کی دکانیں ہوں گی۔ گوشت پک رہا ہو گا۔ کباب بُھن رہے ہوں گے۔

نصیر بڑی جلدی جلدی بڑا ہو رہا تھا۔ بار بار کپڑے تنگ ہونے لگتے تھے۔ دادی پتہ نہیں کہاں سے، کِس کے کپڑے اُتار کے لے آتی تھی۔ اُسی مینار سے اُس نے ٹینکوں کی گڑگڑاہٹ سُنی تھی۔ جب وہ بازار سے گذرتے تھے تو ساری زمین ہل جاتی تھی۔ دادی کی طلسمی کہانیوں میں جو آہنی گینڈے چلتے تھے، وہی ہوں گے۔ تھوتھنی اُوپر اُٹھائے، آگ اُگلنے کے لئے۔

پھر ایک اور حملہ ہوا۔ مسجد کو گینڈوں نے گھیر لیا۔ اور کئی دن تک گھیرے رکھا۔ روز تہ خانے کے دروازے سے کچھ لوگوں کو بھیڑ بکریوں کی طرح رات کے اندھیرے میں باہر نکال دیا جاتا۔ چوپایوں کی طرح، کہنیوں اور گھٹنوں پر رینگتے رینگتے، لوگ گلی سے گذر کے میدان پار کر جاتے۔ آپا اور امّی کے ساتھ نصیر بھی نکل گیا۔ ابّا اور دادی وہیں رہ گئے۔

پہاڑی کے پیچھے ایک اور گاؤں تھا، کچے مکانوں کا۔ ایک طبیلے میں کچھ خاندانوں کو پناہ مل گئی۔ یہاں گولوں کا شور کم سُنائی دیتا تھا۔ ابّا بیچ بیچ میں آ کر لوٹ جاتے تھے۔ ایک بار ابّا کئی دن تک نہیں لوٹے۔ امّی بار بار سجدے میں گر جاتی۔ دُعائیں مانگتی۔ اُس کی آنکھیں ہر وقت پانی سے بھری رہتیں۔ نصیر نے فرش پر لیٹے لیٹے اُن سے پوچھا۔

''کیا دعا مانگ رہی تھی امّی؟''

''اللہ سے تیرے ابّا کی خیریت مانگ رہی تھی بیٹا۔''

نصیر لیٹا رہا۔ آسمان کی طرف دیکھتا رہا۔ پھر بڑے دھیرے سے پوچھا۔

''امّی، اللہ کس کی طرف ہے؟ ہماری طرف؟ کہ اُن کی طرف؟''

پھر مُڑ کر دیکھا۔ امّی جا چکی تھی۔

ایک رات نصیر نے اپنی غلیل شلوار میں اڑسی، اور اندھیرے میں رستہ سُونگھتا ہوا اُسی تہ خانے کے راستے سے مسجد میں پہنچ گیا۔ وہاں پہنچ کر اُس کی آنکھوں نے جو منظر دیکھا اُس نے اُسے وہیں ڈھیر کر دیا۔ مسجد اندر سے تحس نحس ہو چکی تھی۔ ملبے سے بھری ہوئی تھی اور ایک سڑاند تھی۔ آنکھیں اندھیرے سے مانوس ہوئیں تو کچھ لاشوں کے ہاتھ پاؤں ملبے کے نیچے نظر آئے۔ ناک منہ صافوں میں لپیٹے ہوئے۔ ہاتھوں میں پھاوڑے تھے۔ شاید ملبہ اٹھانے والے لوگ تھے۔ چھپتا چھپتا نصیر باہر نکل گیا۔ لیکن باہر ایک مجمع لوگوں کا دیکھ کر، وہ دیوار سے لگے ٹرک کے اندر گھس گیا۔

آدھی پونی، کٹی سڑی لاشوں کے ڈھیر ٹرک میں گرنے لگے۔ اور نصیر ایک کونے میں دُبکا، اُن کے نیچے پڑا رہا۔ قصائی کی دکان پر ایسے ہی ادھ کٹے، ادھ چھلے بکروں کے ڈھیر آیا کرتے تھے ٹھیلے میں لد کر۔ وہ پڑا رہا۔ ٹرک چل دیا۔ پتہ نہیں کس قصائی کی ہٹی پر جا کر پھینکے گا۔ چند گھنٹوں کے سفر میں نہ معلوم نصیر کو غشی آ گئی یا وہ سو گیا۔ لیکن ایک پہاڑی کے دہانے میں جب ٹرک نے اپنا سامان اُلٹا تو وہ اُسی کے ساتھ گرا اور آنکھ کھل گئی۔ ایک بہت بڑے گڈھے کے پاس، ٹرک سامان پھینک کر لوٹ گیا۔ نصیر رینگتا ہوا اُس انسانی ملبے کے نیچے سے نکلا۔ اُوپر ننگا پتھریلا پہاڑ تھا، جس میں چھچھوندروں کے بلوں جیسے غاروں کے منہ کھلے ہوئے تھے۔ ہاتھوں پیروں پر ڈری لومڑی کی طرح وہ جلدی جلدی اوپر چڑھ گیا۔ ایک غار جیسے شگاف میں پناہ لی۔

اُوپر سے ملبہ نظر آتا تھا۔ شام تک گڈھا بھر کے بند کر دیا گیا۔ نصیر وہ رات بھی وہیں رہا۔ رات کے اندھیرے میں کچھ انسانی آوازیں بھی سرسراتی ہوئی سنائی دیں۔ شاید آس پاس کی غاروں میں کچھ لوگ رہتے تھے۔ بہت سی آنکھیں گھورتی نظر آئیں، جنگلی خرگوش تھے شاید۔ ہاتھوں سے ٹٹول ٹٹول کے نصیر نے کچھ پتھر جمع کر کے رکھ لئے۔ غلیل ابھی تک اُس کی شلوار میں اُڑسی ہوئی تھی۔ اُس نے باہر نکال لی۔ ایک نوکیلا پتھر ٹٹول کر اُسے بڑے پتھر پہ گھسنے لگا۔ دادی یاد آ گئی۔

''شروع شروع میں انسان نے پتھروں کے ہتھیار بنائے۔ وہ شکار کرتے تھے اور غاروں میں رہتے تھے۔ جن قبیلوں کے پاس آگ تھی۔ وہ افضل مانے جاتے تھے۔ وہ میدانوں میں رہتے تھے۔ سفر کرتے تھے اور جگہ جگہ جا کر زمینیں فتح کیا کرتے تھے۔۔۔''

نصیر بڑے پتھر پر گھس کر، ایک نوکیلے پتھر کا ہتھیار تیار کر رہا تھا۔

دلدل

شہناز خانم عابدی

''ہیلو۔۔ہیلو۔۔۔آپ کون۔۔؟'' ارے! فون رکھ دیا۔۔۔فرحین نے فون کی طرف دیکھا۔فون بند ہو چکا تھا۔اس نے جلدی سے قلم اور ڈائری اٹھائی اور ابھی فون پر جو کچھ بات چیت ہوئی وہ لکھنے لگی۔اے۔٦١۔۔۔مگر یہ کالونی۔۔۔اس کا نام تو پہلے کبھی نہیں سنا، کالونی کا نام لکھتے ہوئے وہ سوچنے لگی۔۔خیر!۔۔۔۔یہ کہہ کر اس شخص کی مزید Information وہ ڈائری میں درج کرنے لگی۔

''یہ جو کچھ اس شخص نے بتایا کیا یہ سب سچ ہے۔۔۔یا پھر۔۔۔؟''فرحین اس فون کال پر کافی دیر تک غور کرتی رہی۔کچھ دیر سوچنے کے بعد اس نے احسن کا نمبر ملایا۔

''احسن کیا کر رہے ہو۔کیا تم ابھی آسکتے ہو۔کچھ ضروری کام ہے۔؟''

''کیوں کیا پھر کسی مہم پر نکلنا ہے۔۔۔؟''احسن نے ناگواری کے ساتھ پوچھا۔

''پہلے تم آجاؤ پھر بات ہوگی، کیمرہ وغیرہ سب ساتھ لانا۔'' کہہ کر فرحین نے فون رکھ دیا اور گہری فکر میں ڈوب گئی۔

''کبھی کبھی تو چھٹی نصیب ہوتی ہے وہ بھی تمہیں پسند نہیں آتی۔'' احسن کمرے میں داخل ہوتے ہوئے بولا۔

''میرے پاس ابھی ابھی ایک فون کال آئی تھی، فون پر میری اس شخص سے جو بات ہوئی اور جو Information حاصل ہوئیں میں نے سب ڈائری میں درج کر لی ہیں۔'' یہ کہہ کر فرحین نے احسن کی طرف ڈائری بڑھا دی۔

''یہ کالونی تو بہت دور ہے تقریباً ایک گھنٹے کی ڈرائیو۔''احسن نے ایڈریس دیکھ کر کہا۔

''شکر ہے تم سے یہ تو پتہ چل گیا کہ ایسی کوئی کالونی موجود ہے، ورنہ میں نے تو سوچا تھا۔۔۔۔۔''فرحین تھوڑی مطمئن ہوئی۔

''یہ فون کال کسی سازش کا پیش خیمہ بھی ہو سکتی ہے، تم نے اخبار میں جو تازہ آرٹیکل چھپوایا ہے اس میں بڑے بڑے پردہ داروں کی جانب اشارے ملتے ہیں۔''احسن نے خدشہ ظاہر کیا۔

''اس شخص نے میرے اس آرٹیکل کا حوالہ بھی دیا تھا۔'' کہہ رہا تھا میں پڑھ کر بہت متاثر ہوا ہوں اگر آپ جیسے لوگ اس طرح چہروں کو بے نقاب کرتے رہے تو ہمارا معاشرہ ایک مثالی معاشرہ بن جائیگا۔''

فرحین ایک فری لانس صحافی تھی۔اس کا اپنا ایک انداز تھا، ایک سوچ تھی، ایک مشن تھا، وہ ایمانداری اور محنت میں یقین رکھتی تھی احسن اس کا دوست تھا، کیمرہ مین تھا، اور شاید باڈی گارڈ بھی۔وہ نہیں چاہتا تھا کہ فرحین کسی مصیبت میں پھنس جائے۔چند روز قبل دونوں ایک مشکوک شہرت زمیندار کا انٹرویو لینے گئے، وقت مقرر کیا جا چکا تھا، جب وہ زمیندار کی حویلی پہنچے، گیٹ پر چار مسلح گارڈز تعینات تھے۔فرحین نے کارڈ دکھایا اور بتایا کہ ہم لوگوں نے وقت لیا ہے زمیندار صاحب سے ملنے کے لئے۔

ایک گارڈ نے فون پر زمیندار صاحب سے پوچھا، پھر گیٹ کھولا گیا اور اوران کی گاڑی کو اندر لے جانے کی اجازت ملی۔گاڑی کو پارکنگ شیڈ میں کھڑی کرنے کے بعد وہ دونوں حویلی کے اندر داخل ہونے کا راستہ تلاش کرنے لگے۔حویلی چاروں اُور باغات سے گھری ہوئی تھی۔پھولوں کی بھینی بھینی مہک تمام ماحول کو سرشار کئے ہوئے تھی۔احسن حویلی اور اس کے ماحول کو کیمرے میں محفوظ کر رہا تھا۔فرحین اس کے ساتھ ساتھ تھی۔چلتے چلتے ان کی نظر پڑی، انہوں نے دیکھا درختوں کے ایک جھنڈ کے درمیان نیچے جانے کے لئے سیڑھیاں بنی ہوئی ہیں۔وہ ان سیڑھیوں سے نیچے اتر گئے۔وہاں دیکھا ایک بڑا سا ہال تھا، انہیں اس ہال کا دروازہ جیل کے دروازوں کی طرح لگا۔دونوں نے اس ہال کے اندر سے ایسا شور سنا جیسے کچھ لوگ نالہ و فریاد کر رہے تھے۔ابھی فرحین اور احسن ہال کے نزدیک پہنچے ہی تھے کہ دو آدمیوں نے ان پر حملہ کر دیا، احسن کو جو اس ہال کے اندر قید خواتین کی تصویریں لے رہا تھا، بری طرح مارا پیٹا، بڑی مشکلوں سے اس نے اپنا کیمرہ بچایا۔پھر وہ فرحین کو اوپر گھسیٹتے ہوئے لے جانے لگے، احسن بھی فرحین کے پیچھے لگا چلا گیا۔وہ لوگ فرحین کو ایک گاڑی میں ڈالنا چاہتے تھے، فرحین اور احسن چیخ چیخ کر ان لوگوں کو بتا رہے تھے کہ خود زمیندار صاحب نے انہیں ملنے کے لئے وقت دیا ہے۔بلایا ہے۔مگر وہ لوگ بے حد مشتعل تھے کچھ کہنے سننے کے روادار نہیں لگتے تھے۔

''ارے بابا۔۔! یہ شور کیسا ہے۔۔ یہ سب کیا ہو رہا ہے۔۔۔؟''

زمیندار کی آواز آئی۔زمیندار صاحب موقع پر پہنچ گئے تھے۔وہ دونوں آدمی با ادب کھڑے ہو گئے۔فرحین اور احسن کی اگرچہ بری حالت تھی پھر بھی ہمت کر کے فرحین نے اپنا کارڈ دکھایا اور بولی۔

''سائیں آپ سے وقت لیا تھا۔''

زمیندار صاحب نے کارڈ لے کر ایک نظر کارڈ پر ڈالی پھر ان دونوں کو دیکھا اور اپنے آدمیوں سے بولے:

''بابا یہ ہمارے مہمان ہیں تم لوگوں نے کیا حالت بنائی ہے ان کی۔ان کو مہمان خانے میں لے جاؤ، فوراً ڈاکٹر کو بلا کر ان کی مرہم پٹی کرواؤ اور ان کی خاطر تواضع کرو۔''اب جو فرحین نے کسی نئی مہم پر جانے کا سلسلہ کیا تو زمیندار والا واقعہ احسن کی آنکھوں کے سامنے آگیا وہ سوچ میں پڑ گیا۔

''کیا سوچ رہے ہو۔'' فرحین نے کہا۔

''یہی کہ کیا کرنا چاہیئے۔'' احسن نے جواب دیا۔

''فرحین نے اپنی ڈائری اور دوسری ضروری چیزیں پرس میں رکھیں اور کہنے لگی ''ہمیں چلنا چاہیئے۔۔۔ دیر ہو رہی ہے۔''

''تم نے فیصلہ کرلیا!'' احسن حیرانی سے بولا۔

''ہاں بھئی، اب اٹھ جاؤ۔'' فرحین یہ کہتے ہوئے دروازے کی جانب بڑھ گئی۔

''تم اپنی موٹر بائیک یہیں چھوڑ دو۔ ہم گاڑی میں چل رہے ہیں۔'' یہ کہتے ہوئے فرحین گاڑی میں بیٹھ گئی۔ احسن دوسری طرف سے آ کر ڈرائیونگ سیٹ پر بیٹھ گیا۔

''تو! آج گاڑی میں چلا رہا ہوں'' احسن ہنستے ہوئے بولا۔ کیونکہ وہ جانتا تھا فرحین اپنی گاڑی کسی کو چلانے نہیں دیتی۔

''راستہ جو تمہیں معلوم ہے۔'' فرحین نے کہا۔

''ارے واہ! موسم کتنا اچھا ہو گیا ہے۔ ہلکی بوندا باندی، ٹھنڈی ٹھنڈی ہوا۔ کیوں نہ ہم سمندر کی سیر کو چلیں۔'' احسن موسم کی خوبصورتی دیکھ کر خوش ہوتے ہوئے بولا۔

''موسم کے مزے لینا چھوڑو گاڑی چلاؤ اگر بارش تیز ہو گئی تو گھر ڈھونڈھنا مشکل ہو جائے گا۔'' فرحین بولی۔

تقریباً ڈیڑھ گھنٹے کے بعد یہ اپنی منزلِ مقصود پر پہنچے۔

''کالونی کا پتہ تو صحیح بتایا اس شخص نے اب گھر بھی مل جائے۔''

احسن نے گاڑی سے اتر کر چاروں طرف نظر دوڑائی۔ آبادی بہت کم تھی، مکانات دور دور تھے۔ جگہ کافی سنسان تھی۔ جلد ہی یہ لوگ اس مکان تک پہنچ گئے جس کا پتہ فون کال کرنے والے نے بتایا تھا۔ ایک خوبصورت تختی گیٹ کے برابر آویزاں تھی۔ جس پر'' A-61 '' لکھا تھا۔

فرحین نے گھنٹی بجائی، پچیس چھبیس سال کے ایک شخص نے گیٹ کھولا ،فرحین اور احسن کو کھڑا دیکھ کر فوراً ہی گیٹ بند کرنے لگا۔ اسے شاید کسی اور کا انتظار تھا ۔لیکن احسن ایک جھٹکے سے گیٹ کے اندر ہو گیا اور فرحین اس کے پیچھے پیچھے۔

''آپ لوگ کون ہیں۔ اور اس زبردستی کا کیا مطلب ہے۔۔۔؟'' اس شخص نے درشت لہجے میں پوچھا۔

''ہم لوگ میڈیا سے ہیں۔'' فرحین نے جواب دیا۔

وہ شخص گھبرا سا گیا لیکن اپنے آپ کو سنبھالتے ہوئے بولا ''یہ شریف لوگوں کا گھر ہے آپ یہاں کیوں آئے ہیں۔''

احسن نے پیچھے سے اس کا کالر مضبوطی سے پکڑا، اس کو دھکا دیتے ہوئے آگے کی طرف بڑھتا چلا گیا، فرحین اس کے قدم بہ قدم چل رہی تھی۔ سب سے پہلے ایک بڑا سا کمرہ پڑا جو شاید ڈرائنگ روم تھا، خوبصورت قیمتی فرنیچر سے آراستہ اسکے بعد لابی سے گزرتے ہوئے کمروں تک پہنچے، تین بیڈ رومس جو بہت نفاست سے سجائے گئے تھے۔ آخری کمرے میں ایک لڑکی بیڈ پر گاؤ تکیئے سے ٹیک لگائے نیم دراز تھی۔ احسن ابھی تک اس کے کالر کو مضبوطی سے پکڑے ہوئے تھا ۔لڑکی ان لوگوں کو دیکھ کر گھبرا گئی۔ تیزی سے اٹھکر بیٹھ گئی اور جھٹ پٹ اپنے دوپٹے سے اپنے پورے چہرے کو ڈھانپ لیا سوائے آنکھوں کے اور بولی۔

''ارشد یہ کون لوگ ہیں۔''؟

''ہم لوگوں کا تعلق میڈیا سے ہے۔ غلط کاموں کی نشاندہی کرنا، انہیں دنیا کے سامنے لانا ہمارا کام ہے، تاکہ ایسے تمام غلط کاموں کے راستے بند ہو جائیں۔'' فرحین نے پر اعتماد لہجے میں کہا۔

یہ سن کر لڑکی نے رونا شروع کر دیا۔'' رونے سے کوئی فائدہ نہیں۔ فرحین نے اسے تسلی دیتے ہوئے کہا تمہیں میرے سوالات کے جوابات دینا ہوں گے۔''

''تم کون ہو اور یہاں تک کیسے پہنچی ہو۔؟''

''میرا نام سارہ ہے میری ایک دوست نے یہ کہہ کر کہ تمہیں ایک اسٹیج شو میں ایکٹنگ کرنا ہے۔ اور ایکٹنگ بھی وہ لوگ خود ہی سکھاتے ہیں مجھے اس آدمی کے ساتھ جانے کو کہا تھا۔ میں پیسوں کی لالچ میں اسٹیج شو میں کام کرنے کے لئے تیار ہو گئی اور ارشد کے ساتھ ہو گئی، وہ مجھے اس جگہ لے آیا جہاں میں آج ہوں۔ یہاں پہنچ کر مجھے پتے چلا کہ میں تو گناہوں کے دلدل میں دھکیلی جا رہی ہوں۔ مگر میں اپنے آپ کو بچا نہ سکی۔ ایک سال سے میں یہی کچھ کر رہی ہوں ۔۔۔'' لڑکی نے پھر رونا شروع کر دیا۔

''پولیس!'' پولیس موبائل کی آواز سن کر ارشد گھبرا کر بولا۔

''میں نے پولیس بلائی ہے۔'' احسن نے درشت آواز میں کہا۔

ارشد نے احسن کے ہاتھ سے اپنے آپ کو چھڑا کر بھاگنا چاہا۔

لیکن پولیس کے سپاہیوں نے اسے دبوچ لیا۔

''آپ لوگ ارشد کو لے کر پولیس اسٹیشن چلیں۔ ہم بھی اس لڑکی کو لے کر پہنچتے ہیں۔ وہیں اسکا بیان قلمبند ہو جائے گا'' احسن نے اے۔ ایس۔ آئی سے کہا جو پولیس پارٹی کو کنٹرول کر رہا تھا۔''

لڑکی فرحین اور ارشد کے ساتھ گاڑی میں بیٹھی، تھوڑی تھوڑی دیر سے رونا شروع کر دیتی۔ فرحین نے لڑکی سے کہا'' سب سے پہلے تم رونا بند کرو۔ اور مجھے یہ بتاؤ کیا تم یہ سب کچھ چھوڑ کر نیک زندگی کی طرف آنا چاہتی ہو۔''

لڑکی نے اپنے دوپٹے سے آنسو پونچھتے ہوئے سر کے اشارے سے'' ہاں'' کہا۔

پولیس اسٹیشن پہنچ کر ان لوگوں نے سارہ (لڑکی) کا بیان قلمبند کروا یا۔ ارشد کو لاک اپ میں بند کر دیا۔

''فی الحال ہم تمہیں گھر چھوڑتے ہیں۔ ہوسکتا ہے تمہیں ایک آدھ مرتبہ کیس کے سلسلے میں کورٹ آنا پڑے۔۔۔ میں کوشش کروں گی کہ تمہیں کوئی کام دلوا

سکوں تا کہ تمہیں کوئی ماہانہ آمدنی ملنے لگے۔ میں تم سے رابطے میں رہوں گی۔''
فرحین نے سارہ سے اس کا موبائل نمبر بھی لے لیا۔

راستے میں سارہ نے فرحین کو اپنی پوری کہانی سنائی۔ اس نے بتایا:

''کوثر میری بچپن کی سہیلی تھی، ہم ایک ہی اسکول، ایک ہی کلاس میں پڑھتے تھے۔ گھر بھی ہمارے نزدیک تھے، صرف ایک گلی کا فاصلہ تھا۔ یہ دوستی ہم دونوں تک ہی محدود نہیں تھی ہمارے والدین بھی ایک دوسرے کے اچھے دوست تھے۔ میٹرک کے بعد میری پڑھائی چھڑا دی گئی، کوثر نے کالج میں داخلہ لے لیا۔ ہم دونوں کی دوستی قائم تھی، ہفتے میں ایک مرتبہ ہر اتوار کہ ہم ایک دوسرے سے ملتے کبھی وہ میرے گھر آتی تو کبھی میں اس کے گھر چلی جاتی۔ وہ مجھے اپنے کالج کے مزے مزے کے قصے سناتی۔ کبھی کبھی میں سوچتی کاش! میں بھی کالج جاسکتی۔''

پھر اچانک کوثر سے ملاقاتوں کا سلسلہ بہت کم ہو گیا۔ وہ بہت مصروف رہنے لگی تھی۔ کافی عرصے تک ہماری ملاقات نہیں ہوئی، ایک دن میں اس کے گھر گئی اتفاق سے وہ گھر پر موجود تھی، میں اس کا گھر دیکھ کر حیران رہ گئی، جس گھر میں جدید الیکٹرانک کی کوئی چیز نہیں تھی۔ آج وہ گھر نہ صرف ضروریاتِ زندگی بلکہ تعیشات سے بھرا ہوا تھا، اس کے والد سب سامان مہیا کرنے کی استعداد نہیں رکھتے تھے، گھر میں کوئی دوسرا کمانے والا بھی نہیں تھا۔ ''میں کسی اور گھر میں تو نہیں آ گئی، ہنستے ہوئے، تعجب سے میں نے کوثر سے کہا۔''

وہ مجھے ہاتھ سے پکڑ کر اپنے کمرے میں لے گئی۔

''کیا زبردست فرنشڈ کیا ہے تو نے اپنے کمرے کو۔۔۔۔ میں نے حیرت سے کمرے کے چاروں طرف نظر دوڑاتے ہوئے کہا، تجھے یا کریم چاچا کو علاؤالدین کا چراغ ہاتھ لگ گیا ہے کیا۔؟'' یہ کہتے ہوئے میں اس کے بیڈ پر جو بہت مزیدار لگ رہا تھا پیر اوپر کر کے بیٹھ گئی، وہ بھی میرے سامنے بیٹھ گئی اور کہنے لگی میں ایک اسٹیج شو میں کام کرنے لگی ہوں۔ تو کرے گی۔۔۔؟

''امی، بابا نے اجازت دے دی تو ضرور کروں گی۔'' میں نے جواب دیا۔

'' لیکن کوثر میں تو یہ کام جانتی ہی نہیں ہوں۔ کروں گی کیسے۔۔۔؟'' میں نے کوثر سے یہ نارمل سوال پوچھا۔

''تم فکر نہ کرو وہ لوگ سکھا دیں گے۔'' کوثر نے مجھے کہا۔

''اور پھر ایک دن کوثر نے مجھے ارشد کے ساتھ بھیج دیا۔ وہ مجھے اسی گھر میں لایا۔

''یہ تم مجھے کہاں لے کر آئے ہو۔ تم تو مجھے اسٹیج شو میں لے جانے والے تھے۔'' میں نے ارشد سے سوال کیا۔

ارشد نے کوئی جواب نہیں دیا۔ اور مجھے بٹھا کر وہاں سے چلا گیا۔ تھوڑی دیر بعد ایک شخص آیا اور صوفے پر بیٹھ گیا۔ اس کو دیکھ کر میں خوف سے کانپنے لگی۔ میرا دل چاہ رہا تھا کہ بھاگ جاؤں مگر کیسے۔۔۔۔

''ارشد کہاں ہے۔؟ میں نے اپنے خوف کو چھپاتے ہوئے پوچھا۔ اسنے کوئی جواب نہیں دیا۔ تھوڑی دیر بعد اٹھا اور دروازے کی کنڈی بند کر دی۔۔۔۔ میں بہت روئی، دھوئی، منتیں کیں۔۔۔۔۔ سب بے کار۔۔۔ بس اس دن سے میری زندگی بدل گئی۔ مجھے بھی اچھے خاصے پیسے ملنے لگے۔ دھیرے دھیرے میرے گھر میں اور مجھ میں تبدیلی آتی گئی۔ ہمارا Standered of living بلند ہوتا چلا گیا۔ والدین یہی سمجھتے ہیں کہ میں کسی اسٹیج شو میں کام کرتی ہوں۔'' یہ کہہ کر سارہ خاموش ہو گئی۔

''میں جلد ہی تمہیں کوئی جاب دلوانے کی کوشش کروں گی۔ اور تم ارشد یا کسی سے بھی فون پر بات مت کرنا۔ فون ہی نہیں اٹھانا۔ اور کچھ دن گھر سے باہر بالکل نہیں جانا۔ میں تم سے رابطے میں رہوں گی۔ جہاں بھی جانا ہو گا ہم خود لے کر چلیں گے اور خود تم کو گھر چھوڑیں گے۔ پولیس اسٹیشن میں تمہارا ایڈریس بھی نہیں لکھوایا ہے۔ فرحین نے سارہ سے اس کے گھر کا ایڈریس بھی لے لیا۔''

سارہ، فرحین کی ہر بات بہت غور سے سن رہی تھی، اس کا چہرہ بتا رہا تھا کہ وہ پولیس میں پکڑی نہ جانے سے ایک دم خوش ہو گئی تھی اور فرحین کی ہر بات پر عمل کرنے کو تیار تھی۔

''بس آپ مجھے یہیں اتار دیجئے۔ کوئی مجھے گاڑی سے اترتے ہوئے دیکھ لے گا تو بہت برا ہو گا۔'' سارہ نے گلی کے نکڑ پر گاڑی رکوالی۔ ایک گھر پر پہنچ کر اس نے ہاتھ ہلا کر اشارہ کیا جس کا مطلب یہ تھا کہ یہ اس کا گھر ہے۔

دوسرے دن جب احسن اور فرحین پولیس اسٹیشن پہنچے اور ایس۔ ایچ۔ او سے کیس کے متعلق بات کی تو اس نے کہا۔

''اس آدمی پر کوئی کیس نہیں بنتا تھا اس لئے اسے چھوڑنا پڑا۔''

''اور وہ بیان جو لڑکی نے قلمبند کروایا تھا۔'' احسن بولا۔

'' آپ کہاں اتنے طاقتور لوگوں سے پنگا لینے کی کوشش کر رہے ہیں۔ اس لڑکی نے اپنا نام اپنے باپ کا نام سب جھوٹا بتایا ہے۔''

ایس۔ ایچ۔ او نے کہا۔

''یہ آپ کیسے کہہ سکتے ہیں؟'' فرحین اپنے غصے کو ضبط کرتے ہوئے بولی۔

'' میڈم! آپ ایسے لوگوں کو جانتی نہیں ہیں۔ ہمارا تو آئے دن سابقہ پڑتا رہتا ہے۔''

''یہ ناممکن ہے۔ چلو احسن۔'' یہ کہہ کر فرحین پولیس اسٹیشن سے نکلی اور گاڑی میں بیٹھ گئی۔

''ہم کہاں جا رہے ہیں۔؟'' احسن نے پوچھا۔

'' سارہ کے گھر۔۔ ان جیسے لوگوں کی موجودگی میں معاشرے کی گندگی کیسے صاف کی جا سکتی ہے۔'' فرحین بہت غصے میں تھی۔

گلی کے نکڑ پر پہنچ کر فرحین گاڑی سے اتری اور اس گھر پر پہنچ کر گھنٹی

بجائی جس کی نشاندہی سارہ نے کی تھی۔

دروازہ ایک بڑی عمر کی خاتون نے کھولا۔

''مجھے سارہ سے ملنا ہے۔'' فرحین ان بزرگ خاتون سے مخاطب ہوئی

''بیٹا! میں تو اس گھر میں بہت عرصے سے اکیلی ہی رہتی ہو ں۔ یہاں پر تو سارہ نام کی کوئی خاتون نہیں رہتیں میرے ساتھ۔'' ان خاتون نے جواب دیا۔

فرحین تھوڑی دیر کے لئے سکتے میں آ گئی ۔ خاتون نے سارہ کی طرف دیکھا اور بولیں

''اگر آپ کو یقین نہیں آ رہا ہے تو آپ اندر آ کر بھی دیکھ سکتی ہیں۔''

''نہیں اس کی کوئی ضرورت نہیں شاید مجھے غلط پتا بتایا گیا تھا۔''

وہ بوجھل قدموں سے چلتی ہوئی گاڑی میں آ کر بیٹھ گئی

''چلو'' احسن کی خاموش سوالیہ نظروں کے جواب میں کہا۔ جب گاڑی چلنے لگی تو اس کے منہ سے نکلا

''افسوس! ہم سارہ کو اس دلدل سے نہیں نکال پائے۔''

لوسٹوری

شمشاد احمد

لاکھوں کمپیوٹر، اپنی سبز سرخ آنکھیں جھپکتے، ہر لمحہ مستعد رہتے ہیں۔ کوئی بٹن دبا، کیمیکلز (Chemical) سنپولیوں کی صورت اپنی نوکیلی زبانیں لہراتے، اپنے سفر پر چل پڑے ہیں۔ بلڈ پریشر کا رولر کوسٹر اوپر اُٹھنا شروع ہوگیا ہے۔ کن پٹیوں میں غبارے پھولنے لگے ہیں۔ آس پاس۔ اردگرد کا ماحول آنکھیں چرا کر چھپ رہا ہے۔ جانے پہچانے چہروں کو جاننے کے لیے ذہن پر دباؤ پڑ رہا ہے۔ جسم کا ہر حصہ نیم گرم پانی میں ڈوبا، خوابوں کی نئی بستیاں آباد کرنے پر چل پڑا ہے۔ کبھی وقت کا یہ بدکا گھوڑا اندھا دُھند، سرپٹ دوڑنے لگتا ہے اور کبھی تھکا تھکا، ہاتھ پاؤں لپیٹ کر، نڈھال ایک جگہ پڑ کر سو جاتا ہے۔ کھلی کھڑکی سے تاروں کا آبشار اُتر رہا ہے۔ دل میں چاندوں کا میلہ لگ گیا ہے۔

صبح ہوئی ہے۔ جسم ہے کہ گیلی لکڑی سلگ رہی ہے اور ساتھ میں سپارکنگ کر رہی ہے۔ یہ کیمیکل بڑا تھکا دینے والا ہے۔ ذہن اور جسم کا ازلی دشمن ہے۔ دفتر جانا ہے، اتنی اہم میٹنگ ہے۔ باس مجھے بغیر ذبح کیے کھال سمیت کھا جائے گا۔ کافی عرصے سے ریکارڈ خراب جا رہا ہے۔ آجکل ڈھنگ کی نوکری ویسے بھی نہیں ملتی۔

آنکھیں دنیا میں سب سے خطرناک شئے ہیں۔ خوبصورت ہوں تو دل میں آتی پالتی مار کر بیٹھ جاتی ہیں اور اندر سے باریک، نوکیلے تنکے سے گدگدی کرتی ہیں۔ ویسے شاہدہ سے زیادہ چبھنے والی لڑکیاں زندگی میں آتی جاتی رہی ہیں۔ لیکن یہ سسٹم میں اُتر کر اندر ہر طرف پھیل گئی ہے۔ لاکھ جھاڑا پونچھا ہے، نکل کر ہی نہیں دیتی۔ پھر آئی بھی ہے تو پوری نہیں، آدھی اندر، آدھی باہر۔۔۔ اسکی مسکراہٹ میں بھی کچھ۔۔ لگتا ہے مجھے پورے کا پورا ہڑپ کر گئی ہے۔

عمران میاں۔۔۔ اب تسلیم کر ہی لو کہ تمہیں اس لڑکی سے محبت ہوگئی ہے۔۔۔ کہیں تو لٹنا تھا، ہارنا تھا۔ مشیت کے ہاتھوں ذبح ہوتا، چلا یہیں سہی۔

یا پھر عمر بڑھ رہی ہے۔ شیر بڑھاپے کی طرف مائل ہے۔ اب جنگل کے طویل سفر اور شکار کے پیچھے ہر وقت کی دوڑ بھاگ کی مشقت بھاری لگنے لگی ہے۔ اب سایہ دار درخت کے نیچے بیٹھے بیٹھے شکار ملنا چاہیے۔

عمران ایک سوال کا جواب دیتے جاؤ۔

''تمہارے دل میں اس لڑکی کے علاوہ کسی اور کے خیال کا پرندہ بھولے چوکے سے چونچ مارتا ہے؟''

''نہیں، بالکل نہیں۔ میں شور (Sure) ہوں۔ دل اور ذہن کے سارے خانے سیل بند ہیں۔ بس ایک کھلا ہے اور وہ اُسے بھری بیٹھی ہے۔''

اُسے کئی بار اشاروں کنایوں میں ٹٹول بیٹھا ہوں۔ پیار کی جادوئی چھڑی پھیرتا رہتا ہوں۔ وہ آنکھوں سے پھلجڑی کے ستارے لٹاتی ہے۔ لیکن پھر وہی آدھی دھوپ میں آدھی سایے میں۔

اب اُس سے صاف صاف بات کرنا ہوگی۔ میں اب زیادہ دیر تک سسپنس (Suspence) کی ہزار بازؤں والی صلیب پر مزید ٹنگا نہیں رہ سکتا۔

زیادہ سے زیادہ انکار کر دے گی! نہیں یہ کیسے ہو سکتا ہے! وہ ضرور ہاں کرے گی میرے سامنے ہوتی ہے تو اس کے ہونٹوں کے گوشے اُڑتی تتلی کی طرح تھرتھراتے ہیں۔ چہرے پر سرخیاں جلتی بجھتی ہیں۔ اور اس کا جسم۔۔ اُف۔۔۔ نازک سی ڈنڈی پر جھولتا ہوا پھول۔۔۔ ہلکارے کھاتا ہوا۔

وہ انکار کیسے کرے گی۔ میرا خاندان، میری اتنی اچھی ملازمت۔۔ شکل وصورت بھی بری نہیں۔ جوانی کے رتھ پر سوار کون سی لڑکی ہے جس نے نہ چاہتے ہوئے بھی مجھے پلٹ کر نہ دیکھا ہو۔۔۔ میں تو چلتا پھرتا گرین کارڈ ہوں۔

ہر محفل میں ضرورت مند نگاہیں مجھے ٹٹولتی ہیں۔ بڑی بوڑھیوں کی تو رال ٹپکتی ہے۔ اکثر لمبی سفید مونچھوں والے بزرگ، اپنی چھڑیوں کو لہرا کر، اپنی فرم (Firm) کی کامیابی اور اپنی چھلکتی دولت کا ذکر کر جاتے ہیں۔

وہ بھلا کیوں انکار کرے گی! دراصل محبت انسان کو کہیں دیوانہ، بہادر اور کہیں بالکل بزدل بنا دیتی ہے۔ رِسک ہے رِسک (Risk) تو لینا ہی ہوگا۔

شاہدہ۔۔۔ بھئی اب وہ زمانہ تو نہیں رہا کہ شادی جیسے اہم معاملات کلی طور پر والدین پر چھوڑ دیئے جائیں۔ ایک حل نکل آیا ہے۔۔۔ طے خود کر لو اور اُن کو اطلاع دے دو۔۔۔ وہ بھی اپنے شوق پورے کر لیں۔ آخر اخراجات اور انتظامات تو اُنھوں نے کرنے ہوتے ہیں۔

''کیا مطلب؟ کس کی شادی کر رہے ہو؟ بھئی ہمیں بلانا نہیں بھولنا۔ خدا کی قسم ہمیں تو شادی میں بڑا لطف آتا ہے''

''تمہارے بغیر شادی کیسے ہو سکتی ہے۔ تم دراصل سمجھی نہیں۔۔۔ میں بقلم خود پروپوز کر رہا ہوں۔ کہو تو جھک کر مغربی انداز میں پروپوز کروں؟ یا پھر رات کو بینڈ باجا لے کر تمہاری کھڑکی کے نیچے پہنچ جاؤں؟''

''ہا۔۔ہا۔۔۔ہا۔۔۔ عمران میاں تم واقعی بہت سویٹ ہو۔۔۔ مجھے کچھ عرصے سے شک ہو رہا تھا کہ تم پھسلن پر چل رہے ہو۔ لیکن سوچا کہ آدمی تجربہ کار لگتا ہے اور کچھ اتنا بیوقوف بھی نہیں۔۔۔ پھسلے گا نہیں۔۔۔ میں تمہارے کنفوژن (Confusion) کا جی بھر بھر کے مزہ لے رہی تھی۔۔۔ تم بڑے ظالم نکلے۔۔۔ پروپوز کر کے سب کچھ ملیا میٹ کر دیا۔ اب کیا رہ گیا ہے۔۔۔ تم میں

اور تم سے ملنے میں۔۔۔''

''شاہدہ! میں بے حد سنجیدہ ہوں۔ خدارا میرے سوال کا۔۔۔''

''میں تمہاری جگہ ہوتی تو اس خوبصورت الجھن میں لپٹی عمر بھر مزہ لیتی رہتی۔ تم میں صبر جیسی کوئی چیز ہے ہی نہیں۔ ہر چیز کا ریپر (Wrapper) کھول کر اسے ننگا کر دیا ہے اور ریپر ہی تو اصل چیز ہوتی ہے۔ اندر سے کچھ بھی نکل آئے، کوئی فرق نہیں پڑتا۔''

''نہیں شاہدہ۔۔۔ پلیز آج سنجیدہ ہو جاؤ۔''

''کیسے کیسے سجیلے جوان۔۔۔ کیسے کیسے منہ زور گھوڑے جھکتے ہی۔۔۔ لیٹ جاتے ہیں۔ اُلٹے ہو کر آسمان کی طرف دولتیاں چلاتے ہیں۔ فتح کا احساس۔۔۔ چنگیز خان اسی لئے اور ایک نئے ملک پر چڑھ دوڑتا تھا۔۔۔ اَنا کی تسکین آبِ حیات سے بھی زیادہ دلکش ہے۔

یہ مریل چوہا! اپنے وزن سے دس گنا بڑا جذبات کا پہاڑ اٹھا لایا ہے۔ میں اس کے نیچے دب کر مرنا نہیں چاہتی۔ لگتا ہے شام سے پہلے مجھے جنت سے نکال کر، گھر میں پڑی ہر وقت ناقابلِ مرمت بچے پیدا کرنے والی مشین بنا کر رکھ دے گا۔

نہیں سر میرا ابھی شادی کرنے کا ارادہ نہیں۔ ابھی میں خود سے جی رہی ہوں اور جب تک ممکن ہوا، خود سے جیوں گی۔ شادی اس وقت کرونگی جب شادی کے بغیر گزارا نہ ہوگا۔ کم از کم بیس سال تک ابھی میرا کوئی ارادہ نہیں۔''

''میں بیس ہزار سال تک تمہارا انتظار کر سکتا ہوں''

''نہ بھئی۔ خوامخواہ انتظار وغیرہ کے چکر میں پڑ کے مجھے پریشان مت کرنا۔ ہو سکتا ہے اس دوران مجھ سے بھی تم جیسی حماقت ہو جائے۔۔۔ یعنی میں بھی محبت کے کنوئیں میں گر جاؤں۔۔۔ تم ساری عمر انتظار کا چابک لہراتے میرے پیچھے پیچھے پھرتے رہو گے۔''

''اُف لیزر بیمز (Beams) نے دماغ کے کروڑوں ٹکڑے کر ڈالے ہیں۔ رگوں میں پگھلتا، کھولتا سیسہ چل رہا ہے۔ کانوں سے مائع بھاپ نکل رہی ہے۔ مجھے یہ زندگی نہیں چاہیے۔۔ نہیں چاہیے۔

ساون کی پہلی بارش پورے جنگل کو جل تھل کر کے چلتی نہیں۔ پھسلتی بوندوں والے تنے کے پیچھے سے دو بھوری آنکھوں نے جھانکا اور تازہ، خوشبو دار فضا کے بڑے بڑے گھونٹ پیئے۔

اسے ایک جھٹکا لگا۔ وہ رک رک کر اپنی تھوتھنی انٹینا کی طرح آگے پیچھے، دائیں بائیں گھماتا پھراتا آگے بڑھنے لگا۔

پھر وہ اسے نظر آ گئی۔ اس نے درخت سے چھلانگ لگائی۔ تار مل گئے۔۔۔ تھوڑی دیر تک سپارکنگ ہوتی رہی۔ پھر ایک زوردار دھماکہ ہوا جس سے کائنات میں روشنی پھیل گئی۔ وہ بھوک محسوس کرنے لگا تھا۔ خوراک کی تلاش میں چل پڑا۔ اُس نے بھی رخ پلٹا اور آگے بڑھ گئی۔

''عمران میاں۔ یہاں کھڑے کیا کر رہے ہو؟ موسم واقعی بہت خوشگوار ہے۔ بارش تھم گئی ہے۔ اندر چلو، نئے پرندے پھڑ پھڑا رہے ہیں۔''

محبت۔ پردہ۔ اطلس و کمخواب کا پردہ۔ خوشبوؤں میں بسایا ہوا۔ خود فریبی کا خود ساختہ جال۔۔۔ محض دو جسموں کی ضرورت۔۔۔ فطرت کا جبر۔۔۔ ایک دلکش عذاب اور اس کا انجام؟ گلے سڑے تنوں سے نئی کونپلیں پھوٹنے کا پراسس (Process)۔۔۔ پرانا مال کنڈم۔۔۔ نیا مال۔۔۔ نیا مال پرانا۔۔۔ زندگی اور موت کی بے رحم، بدصورت آنکھ مچولی۔۔۔ ان دیدہ لاٹھی کی زد میں احکام کی پیروی۔۔۔ غلامی کے صحراؤں میں بھٹکتے ہوئے، جمہوریت کے نخلستانوں کی تلاش۔۔۔ اپنی اَنا کے محل۔۔۔ خود۔۔۔ کون سا خود؟

''عمران میاں اپنے اندر جھانکو۔۔۔ تمہارے اندر لاکھوں کمپیوٹر ہیں اور ان کے احکامات سے لاکھوں کیمیکلز ہر لحہ ریلیز (Release) ہوتے رہتے ہیں۔ تم ان سب کا ٹوٹل ہو۔ خود کچھ نہیں ہو۔ ایک چلتا پھرتا، روتا ہنستا، چیختا دھاڑتا کھلونا۔۔۔ جو چابی سے چل رہا ہے۔''

بھاڑ میں گیا سب کچھ۔۔۔ شاہدہ بھی۔۔۔ ذرا سی انا روندی گئی ہے اور اتنا طوفان! یہ بھی تو کسی کمپیوٹر کا ریلیز شدہ کیمیکل ہوگا۔۔۔ کوئی بات نہیں، ان سب کیمیکلز کا اثر دیرپا تو ہوتا نہیں۔

اثر زائل ہو رہا ہے۔ سکون لوٹ رہا ہے۔ رگوں میں اودھم مچانے والی بھاپ ٹھنڈی پڑنے لگی ہے۔ آہستہ آہستہ پانی میں تبدیل ہو جائیگی۔ جسم پسینے کے ذریعے اس خطرناک کیمیکل کو خارج کر دے گا۔ ابھی تھوڑی سے خلش باقی ہے۔ کچھ بچارہ گیا ہو گا۔۔۔ تھوڑا وقت اور لگے گا۔ ایک دن، دو دن، ہفتہ، مہینہ۔۔۔ آخر سب کچھ اُڑ جائے گا۔۔۔ دوسرے کمپیوٹر نے بٹن دبا دیا ہے۔

''عمران میاں۔۔۔ چلو، اندر چلو۔۔۔ یہ ہنگامہ خیز موسیقی تمہیں سنائی دینے لگی ہے۔ اندر نئی نگاہیں تمہیں ڈھونڈ رہی ہیں۔''

''وہ کالے بالوں والی۔۔۔ تیکھی آنکھوں والی۔۔۔''

''اُف پھر وہی۔۔۔ پھر بٹن آن ہوا۔۔۔ بلڈ پریشر کا رولر کوسٹر پھر سے اوپر اُٹھنا شروع ہو گیا''

"ناآسودگی"

ڈاکٹر عمران مشتاق

سینے پر پڑنے والے دباؤ نے اُسے میٹھی مدھ بھری نیند سے جگا دیا۔ وہ اِک حسین سپنا دیکھ رہی تھی۔ اُس کے سپنوں کا راجکمار اُس کے ساتھ تھا۔ مسرت سے اُس کے پاؤں زمین پہ نہ ٹِک رہے تھے۔ اُس کی آغوش میں زندگی اپنی تمام تر خوبصورتی کے ساتھ سمٹ آئی تھی۔ اُس کے ادھورے و پیاسے جذبے شاداب ہونے کو تھے کہ چھاتی کے بوجھ سے سینے میں آتے جاتے سانسوں میں رکاوٹ پڑی تو، اُس نے زندگی کی طلب میں ہاتھ پاؤں چلانے شروع کیے۔ آنکھیں کھُلیں تو دہشت سے کھُلی کی کھُلی رہ گئیں۔ زیرو کے بلب کی مِلگجی روشنی میں بھی وہ اُس دہشت ناک منظر کو پوری طرح دیکھ اور محسوس کر سکتی تھی۔ حسین سپنا جیتی جاگتی خوفناک حقیقت میں ڈھل چکا تھا۔ منہ پر ڈھاٹا باندھے، وہ لمبا چوڑا آدمی اُس پہ جھکا ہوا تھا۔ اُس کے دونوں ہاتھ بوجھ کی صورت اس کے سینے پہ دھرے تھے۔ اُس نے چیخنے کے لیے منہ کھولنا ہی چاہا تھا کہ سینے کے بوجھ کو کم کرتا ہوا ایک ہاتھ اُس کے منہ پہ آٹھہرا۔

"اگر آواز نکلی تو پل بھر میں ٹینٹوا دبا دوں گا۔" اِک سرسراتی ہوئی آواز نے چیخ کا گلا کہیں اندر ہی گھونٹ دیا۔ لہو برف ہونے لگا۔ حواس ساتھ چھوڑنے لگے اور جسم جاڑے ایسے بخار کی صورت سردی کھانے لگا۔ آنکھیں پھٹی کی پھٹی رہ گئیں۔ سینے میں کہیں سانس اٹک سا گیا۔ "میں تمہیں زیادہ تکلیف نہیں دوں گا لیکن تمہیں میرے ساتھ تعاون کرنا ہوگا۔" اُسے یقین تھا کہ ڈھاٹے میں چھپے چہرے پہ یہ کہتے ہوئے یقیناً ایک شیطانی مسکراہٹ ضرور جاگی ہوگی۔

"بات سمجھ میں آ گئی ہے یا نہیں؟" خوفناک لہجے کا اثر تھا یا بات واقعی میں سمجھ میں آ گئی تھی کہ سر کی غیر اختیاری جنبش نے "حملہ آور" کو اُس کے تعاون کا یقین دِلا دیا۔

"میں اب تمہارے منہ پر سے ہاتھ ہٹانے لگا ہوں۔ اپنی زبان کو لگام دینا۔ اگر چیخنے کی کوشش کرو گی تو میں تمہارا وہ حشر کروں گا کہ تم جان ہارنے کی خواہش کرنے لگو گی اور جان اتنی آسانی سے نکلے گی بھی نہیں۔" اس نے ہاتھ ہٹایا تو سینے میں سانس سمانے لگی۔ اُس کا بوجھ اب بھی جسم پہ کسی چٹان کی صورت دھرا تھا، گو کہ سینے کو تنفس بحال کرنے کی اجازت مل گئی تھی۔ وہ چند لمحے اُسے غنیمت لگے، جب وہ اُسے سانس بحال کرتے ہوئے خاموشی سے دیکھ رہا تھا۔ وہ جانتی تھی کہ اس خاموشی میں کیسے طوفان مچل رہے ہوں گے۔

اب تو علاج کروا کروا کے تنگ آ چکا تھا۔ اخبارات، ٹی وی، اشتہار بازی، دوستوں کی صلاح سے جہاں کسی طبیب، حکیم، سیانے سنیاسی یا ڈاکٹر کا پتہ چلا، وہ اپنے قدموں کو اُسی اُور لے چلا۔ پیسہ بے دردی سے لٹانے کا اُسے کوئی افسوس نہ تھا کہ اب پیسہ تو اُس جیسے شخص کے لیے ہاتھ کی میل تھا۔ البتہ اس تمام کوشش کے باوجود "مسئلہ" اپنی جگہ قائم تھا اور وہ یاسیت اور نا امیدی کا شکار ہونے لگا تھا۔ علاج کے مکمل ہوتے ہی اُسے یقین دلایا جاتا کہ وہ اب ٹھیک ہے اور اب کوئی "خرابی" باقی نہیں رہی۔ خرابی نہ ہوتے ہوئے بھی سب کچھ ٹھیک نہیں تھا۔ شادی کے شروع کے دو تین مہینوں کے سوا، اُسے یاد نہیں تھا کہ اُسے کبھی اپنی بیوی کے ساتھ تسکین میسر آئی ہو۔ برف کا تودہ، غیر معمولی حرارت کے باوجود بھی پگھلنے کا نام نہ لیتا۔ وہ انکار تو نہ کرتی اور تعاون سے بھی پرہیز ہی کرتی۔ وقت کے ساتھ ساتھ سارا کھیل ایک معمول بن کر رہ گیا۔ محبت کہیں کروٹ لے کر سو گئی اور اُس کی جگہ تلخی، غم و غصہ اور سرد مہری نے جگہ بنا لی۔ بیوی کی بے توجہی نے اُسے بھی سرد کر دیا اور معاملہ اس حد پہ جا پہنچا کہ اُسے اپنے مرد ہونے پہ بھی شبہ ہونے لگا۔ شبہ جب یقین کی حدود کو چھونے لگا تو علاج معالجہ کا سلسلہ شیطان کی آنت ثابت ہوا۔ اس سے پہلے کہ بالکل ہی مایوس ہو کر بیٹھ رہتا کہ پرانے دھندے سے اب بھی جڑے ہوئے ایک دوست نے اُمید کی کرن دکھائی۔ خود تو وہ دھندہ اب چھوڑ چکا تھا البتہ پرانے دوستوں سے کبھی کبھار ٹاکرہ ہو ہی جاتا تھا۔ یہ نیا "معالج" اُسے پسند تو نہ آیا لیکن اُس کا طریقہ علاج منفرد ضرور تھا اور اُس کے خیال میں خاصہ عجیب و غریب بھی۔

زندگی اُس کے لیے نرم و نازک، رنگ برنگے پھولوں کا بستر تھی۔ راحتوں کا گھر، مسرتوں کا ہنڈولہ اور خوشیوں کا ساگر تھی، جو اُس کے مہکتے بدن کے پور پور کو زندگی کے رس میں بھگوئے رکھتی۔ جوانی ٹوٹ کے برسی تھی۔ معاشرے کے جس طبقے سے اُس کا تعلق تھا وہاں اخلاق و اقدار کے پیمانے مختلف تھے۔ ایک ہی وقت میں کئی مردوں سے دوستی میں بھی کوئی قباحت نہ تھی۔ شرم و حیا اور عفت و ناموس جیسے شبدوں کو برسوں پہلے ڈکشنری کے حوالے کر کے، وہ اس کے نئے معانی رقم کر رہے تھے۔ اُن کی اپنی ہی ڈکشنری تھی، جس کے معانی و مفہوم ضرورت کے مطابق تشکیل پاتے تھے۔ ایسے ماحول میں بھی اُس نے جوانی کے بھرپور تقاضوں کے باوجود خود کو محفوظ رکھا۔ اس لیے نہیں کہ اُسے اپنی عزت پیاری تھی بلکہ وہ اپنا آپ اُسے سونپنا چاہتی تھی جو زندگی کی رنگینیوں کے ساتھ بھرپور انصاف کر سکتا ہو۔ تھرل اور سسپنس کا جُویا ہو اور اُس کے ساتھ ساتھ شیر جیسا جگر رکھتا ہو۔ اُس کے ماحول میں تو بقول اُس کی ایک سہیلی کے بنا پتی شیر بھی ڈھونڈنے سے شاید نہ ملے۔ ایسے میں اُس نے یونیورسٹی کا رُخ کیا کہ اُسے واقعی ہی ایک شیر درکار تھا۔ اِک نچلے متوسط گھرانے سے تعلق رکھنے والا، جس کا حال غیر یقینی حالات کا شکار تھا تو مستقبل گھور اندھیرے میں چھپا، مگر ہمت و حوصلہ ایسا کہ آسمان کی خبروں کے حصول پہ آمادہ۔ شیر غربت کا پالا ہوا تھا مگر جوانی و مردانہ وجاہت کی سدا کی بیری غربت، بھی اُسے قبل از وقت حالات کے شکنجے میں جکڑ کر اُس کے کسرتی بدن کی سختی ختم کرنے میں ناکام رہی تھی۔ حسین و جمیل امیر

زادی کو شیر کو پالتو بنانے میں زیادہ محنت نہیں کرنا پڑی۔ حسن و جمال کا کمال تھا، دولت کی دمک تھی، مستقبل کی خوش آئند اُمیدوں نے غربت کے ہاتھوں پامالی کے اندیشے کو بڑھا چڑھا کے دکھایا ہوگا اور ہاتھ آئی مایا کو گنوانے کی صورت میں خوب خوب ڈرایا ہوگا۔ وجہ کچھ بھی رہی ہو، شیر دام میں آ گیا تھا۔ کم سے کم اُس کا یہ ہی خیال تھا۔ نہ جانے کیا ہوا تھا کہ شیر جب پالتو ہوا تو وہ اپنی مالکن کے گرد چکراتا تو رہتا مگر جب بہادری دکھانے کا وقت ہوتا تو پالتو بلی کی طرح صرف میاؤں کر کے رہ جاتا۔ شروع شروع میں اُس نے کوشش کی مگر جب تالی دونوں ہاتھوں سے نہ بجی تو اُس نے جذبات کو سرد مہری کے حوالے کر دیا۔

اُسے تعاون پہ آمادہ پا کر اُس نے آنکھ سے ایک اشارہ کیا۔ وہ نہ جانے سمجھی کہ نہیں مگر جیسے ہی اُس نے اپنا ارادہ ظاہر کیا تو اُس نے کوئی تعرض نہ کیا۔ یہ بات اُس کے لیے حیرت کا باعث تو تھی مگر اُس نے اپنے کام پہ توجہ دی۔ اگلا ہی لمحہ چونکا دینے والا تھا۔ اُس کے بھرپور انداز میں خود سپردگی تھی۔ پہلے تو اُس نے منہ کو خوف سے سی لیا تھا کہ کوئی آواز نکلنے کی صورت میں ڈاکو کا بھاری ہاتھ اُس کے نازک گلے پہ آ ٹھہرتا۔ جب بات مستی کی حدود میں داخل ہوئی تو مسرت سے چیخ اٹھی۔ اُس کی وحشتوں نے عروج پایا۔ مستی بھری سسکیاں، آہیں، سرسراہٹیں سبھی کچھ تو تھا۔ وہ جانتی تھی کہ اس طرح سے آنے والا ڈاکو ہی ہو سکتا تھا۔ ڈاکو کے لیے وہ لمحہ حیرت انگیز تھا۔ اس کے سامنے ایک شریف گھرانے کی شریف عورت تھی۔ لیکن نہیں وہ صرف عورت تھی۔ جو وہ کہہ رہی تھی وہ پہلے تو اُس کے دل میں تھا کہ پھر جب زبان پہ آیا تو بھونچال ہی آ گیا۔ ڈاکو کی گرفت اُس کے نازک بدن پہ ڈھیلی پڑنے لگی۔

وہ کہہ رہی تھی۔ ''کاش۔۔۔ اے کاش۔۔۔ تم ڈاکو نہ ہوتے۔۔۔

کوئی اور ہوتے۔۔۔ میرے۔۔۔ میرے شو۔۔۔ ہر۔۔۔ ہو۔۔۔ تے۔۔۔''

آخری چند الفاظ اتنے دھیمے انداز میں کہے گئے تھے کہ وہ بمشکل ہی سُن پایا تھا اور اُس کے بعد سُن ہو کر رہ گیا تھا۔ اُس کی سرگوشیاں جاری تھیں۔ ''آج برسوں بعد پیاسی زمین سیراب ہوئی ہے''۔ اُس کی گرفت مزید نرم پڑ گئی۔

''کاش وہ بھی ایسا ہی ہوتا۔ ایک مکمل شیر نہ کہ ایک ایسی بلی جو ایک ہی بھبک سے ڈر کر بھاگ جائے۔ شیر جنگل کا نہ ہو تو بناسپتی شیر بن جاتا ہے۔''

اب اُس کے دونوں بازو فضا میں جھول رہے تھے اور ڈھاٹے میں چھپی پیشانی پسینے سے تر ہو چلی تھی۔

''محبت نہ جانے کیا ہے اور کیوں ہے؟'' اُس کے کانوں میں اب سائیں سائیں ہو رہی تھی اور الفاظ اپنا مفہوم کھو رہے تھے۔ ذہن اب ماضی میں کچھ ڈھونڈنے لگا تھا۔ وہ کبھی کبھار شوقیہ اسٹیج کے ڈراموں میں اداکاری کرتا رہا تھا۔ شادی کے بعد روزگار اور زندگی کے مسائل کے ساتھ سارے شوق بھی ختم ہو گئے تھے۔ برسوں بعد جب اسٹیج کے منجھے ہوئے ایک اداکار دوست سے ملاقات ہوئی تو بے تکلف دوستی نے اُسے سچ بولنے پر مجبور کر دیا۔ اُس کا مشورہ تھا کہ ''ڈاکو کا بھیس بھر کر جاؤ۔ یہ ڈرامہ ضرور کامیاب ہوگا۔ جب کام ہو جائے تو بھابھی کو سچ بتا دینا۔ شاید یوں ہی تعلقات نارمل ہو جائیں۔'' مشورہ عجیب و غریب بھی تھا اور کچھ کچھ فلمی بھی۔

وہ نہ جانے مزید کیا کہہ رہی تھی۔ جسمانی طور پر وہاں ہوتے ہوئے بھی وہ شعوری طور پہ وہاں نہیں تھا۔ وہ کہیں پہ بھی نہ تھا۔ اس ہونے نہ ہونے نے جب ذہن کو بوجھل کیا تو وہ وحشت سے چیخ اٹھا۔ عورت بیچاری ڈر کر چھپ گئی بلکہ اُس کا بدن خوف سے کانپنے لگا اور آنکھوں میں ڈر، خوف اور سراسیمگی کی کیفیت ہلکورے لے رہی تھی۔ اُس کی نظروں کے آگے تو ایک سیاہ دیوار سی تھی۔ دھند تھی کہ گہری ہوتی جا رہی تھی۔ آنکھوں کے سامنے رنگ سے چھوٹ رہے تھے اور سیاہ دھند بینائی کو کھاتی جا رہی تھی۔ وہ لڑکھڑا کر بستر سے اُترا۔ اُسے کوئی ہوش نہ تھا۔ ڈھاٹے میں چھپا چہرہ عیاں ہوا تو عورت کے منہ سے نکلی ایک طویل چیخ نے سیاہ رات کے سینے میں شگاف ڈال دیا۔ وہ کانپتی ٹانگوں اور لڑکھڑاتے وجود کے ساتھ کمرے سے باہر نکل گیا۔ پرت پرت اُتری تو وہ پھر کاغذی شیر بن چکا تھا۔

غیرت

اشتیاق سعید

میں اسٹیٹ بنک آف انڈیا کی شاخ بانس پھاٹک بنارس میں کیشیر کی حیثیت سے ملازم ہوں۔حالانکہ میں بنارس سے تقریباً چالیس بیالیس کلو میٹر کے فاصلے پر واقع مہناج پور بازار سے متصل موضع نبوادہ کا رہنے والا ہوں۔یہیں کے گوبا ڈگری کالج سے B.Com اور بنارس ہندو یونیورسٹی سے M.Com کی ڈگری حاصل کر کے سیاسی اپیروچ کی بدولت اسٹیٹ بنک آف انڈیا (SBI) میں ملازم ہوا ہوں۔پہلے پہل تو ضلع جونپور کی تحصیل مچھلی شہر میں میرا تقرر ہوا، جہاں میں نے دو سال بڑی جفا کشی اور جانفشانی سے گذارے۔۔۔بعدازاں میرا تبادلہ بنارس کر دیا گیا۔یہاں گذشتہ تین سالوں سے متمکن ہوں۔قریب ہی کے ایک محلّہ میں چھوٹا سا کمرہ کرایہ پر لے رکھا ہے، جہاں پیر سے جمعہ تک کُل پانچ روز میرے بسر ہوتے ہیں پھر سنیچر کی سہ پہر یعنی چار بجے والی بس سے گاؤں کے لیے چل پڑتا ہوں۔سنیچر کی رات، اتوار کا دن اور پوری رات اہلِ خانہ کے ساتھ گذار کر پیر کی صبح ساڑھے سات والی بس سے بنارس لوٹ آتا ہوں اور چھ دنوں کے لیے ملازمت کے چکرویو میں اُلجھ جاتا ہوں۔

اب کی سنیچر جوں ہی میں گھر میں داخل ہوا، امّاں نے بتایا کہ نارائن کی طبیعت اچانک بگڑ گئی ہے۔تین روز سے وہ یوں ہی چار پائی پر بے سُدھ پڑا ہے، کچھ بولتا ہے نہ ہلتا ڈُلتا ہے اور نہ ہی اُس کی پلکیں جھپکتی ہیں، بس ایک ٹک خلاء میں دیکھ رہا ہے۔امّاں مزید کچھ کہتیں اس سے قبل میں ایک جھٹکے سے مُڑا اور نارائن کے گھر کی طرف دوڑ پڑا۔

نارائن میرا ہم عمر ہونے کے ساتھ ساتھ ہم جماعت بھی رہا ہے۔ہم نے گاؤں ہی کے پرائمری اسکول میں گدھیا گول سے لے کر درجہ چار تک تعلیم حاصل کی تھی، پھر درجہ پانچ سے گاندھی انٹر کالج، رواں پار جانے لگے تھے۔ہم دونوں ساتھ اسکول جاتے اور ساتھ آتے۔ہم دونوں میں اسقدر میل تھا کہ اگر کسی دن کسی وجہ سے میں اسکول نہ جا تا تو اُس روز نارائن بھی نہ جاتا اور کسی سبب نارائن اسکول جانے سے معذور ہوتا تو یہی رویّہ میرا بھی ہوتا۔ہمارے بزرگوں نے کبھی ہمارے اس معمول پر اعتراض نہیں کیا، بلکہ وہ خوش ہوتے تھے۔کیونکہ ہم دونوں ہی کے مزاج میں آوارہ پن نہیں تھا نہ ہی ہم گاؤں کے دوسرے لڑکوں کے ساتھ کھیلتے کودتے تھے۔غرض کہ ہماری ایک الگ ہی دُنیا آباد تھی اور ہم اپنی اس دُنیا میں مست تھے۔

ہائی اسکول کا امتحان ہوا۔رزلٹ آنے پر معلوم ہوا کہ نارائن انگریزی میں فیل ہوگیا۔یوں تو انگریزی میری بھی اچھی نہیں تھی، نہ جانے کیسے میں باؤنڈری لائن پر آکر پاس ہوگیا تھا۔یہیں سے ہم دنوں کا ساتھ چھوٹ گیا۔میں جونیئر کالج میں چلا گیا اور نارائن۔۔۔؟ پھر تو نارائن کا جی پڑھائی سے ایسا اُچاٹ ہوا کہ تین دفعہ امتحان دینے کے باوجود پاس نہ ہوسکا۔اس دوران میں بی۔کام کے پہلے سال میں داخل ہو چکا تھا۔وہ تعلیم میں مجھ سے پچھڑ ضرور گیا تھا البتہ دوستی میں پیش پیش تھا۔

میں جب نارائن کے گھر کے قریب پہنچا۔دیکھا دروازے پر چھ سات چار پائیاں پڑی ہیں جن پر کچھ جانے کچھ انجانے چہرے متفکر بیٹھے ہیں۔چار پائیوں کے درمیان اسٹول پر ایک ٹمٹماتی ہوئی لالٹین دھری ہے جس کی روشنی کا ہالہ صرف اسٹول کے اطراف پھیلا ہوا ہے۔میں چار پائیوں پر بیٹھے ہوئے لوگوں سے سلام کلام کیے بغیر سیدھے کھمیا میں داخل ہوا۔کھمیا کے بائیں جانب کچھ لوگ ایک چار پائی کو گھیرے دکھائی دیے۔میں بجائے وہاں جانے کے آہستہ سے پُکارا۔''کگا۔۔اے کگا''۔

چار پائی کے پاس سے ایک چہرہ میری جانب گھوما۔''کے ہے؟''۔

''ہم۔۔۔نصرو''۔

''آجا بیٹا۔۔اُوہاں کا ہیں کھڑا ہے؟''۔

وہاں سے آگے بڑھنا چاہا تو مجھے لگا جیسے میرے قدم من من بھر کے ہوگئے ہوں اور میرے لیے ایک قدم بھی آگے بڑھنا دُشوار معلوم ہونے لگا۔اس دوران نارائن کے والد آگے بڑھ کر میری کلائی پکڑتے ہوئے پوچھے۔''نصرو بیٹا، کب آئے بنارس سے؟''۔

''بس چلے ہی آرہے ہیں، جیسے گھر پہنچے امّاں نے بتایا اور ہم دوڑے چلے آئے، لیکن کگا۔۔۔نارائن کو ہوا کا ہے؟''۔

''ایشور جانیں بیٹا۔۔جانے ہمری کون بھول کی سزا نارائن کو دے رہے ہیں''۔

واقعی نارائن کی حالت انتہائی تشویشناک ہے۔وہ بے حس وحرکت چار پائی پر پڑا ہے اور وہاں موجود لوگوں میں ایک صاحب ہنومان چالیسہ کا جاپ کر رہے ہیں اور ایک بزرگ خاتون گیتا کے اشلوک پڑھنے میں مگن ہیں۔میں اُسے دیکھتے دیکھتے اچانک اُس پر جھک گیا اور بے تحاشہ اُسے پُکارنے لگا۔'' نارائن۔۔۔اے نارائن۔۔۔دیکھ۔۔۔دیکھ ہم ہیں۔۔۔نصرو''۔

نارائن کی آنکھیں اب بھی اُسی طرح خلاء میں ٹکی ہوئی تھیں۔۔۔میں چند لمحے ٹھہر کر دوبارہ اُسے پُکارا۔''نارائن۔۔۔اے نارائن۔۔۔کیا ہوگیا ہے رے تجھے؟ بول نا۔۔۔آخر تُو۔۔تُو کچھ بولتا کیوں نہیں؟۔۔۔اے۔۔۔اے ساتھی۔۔۔بول نا!''۔

میرے اتنا پکارنے پر بھی اُس کے ساکت جسم میں حرکت ہوئی نہ

لب ہلے۔ ہاں ! ایک عجوبہ یہ ضرور ہوا کہ اُس کی پتھرائی ہوئی بے جان آنکھوں سے دو موٹے موٹے قطرے آنسوؤں کے ڈھلک کر رُخسار پر آ گئے تھے۔ یہ دیکھ وہاں موجود تمام لوگوں میں خوشی کی لہر دوڑ گئی ۔ کیونکہ گذشتہ تین دنوں میں آج اُس کی آنکھوں میں زندگی کے آثار دکھائی دیے تھے۔ زندگی ! جو شئے کے وجود کی ضمانت ہے جس میں مجھے نارائن کی بے بسی، لاچاری، ارمانوں کی تشنگی اور حالات سے شکوہ کا شور صاف سُنائی دے رہا تھا۔ تاہم میں نے اپنی اُنگلی کی پور سے اُس کے رُخسار پر ڈھلک آئے زندگی کے اِن قطروں کو خشک کرتے ہوئے قدرے گلو گیر آواز میں کہا۔ ''نارائن کچھ تو کہہ۔۔۔ کیا تُو اپنے ہمجولی سے بھی نہ بولے گا؟''۔ اور اُس کے گال کو تھپتھپایا۔ جواب میں اُس کی آنکھوں نے پھر دو بوند ڈھلکا دیے۔ یہ دیکھ کر میری بھی آنکھیں نم ہو گئیں اور میں اُس کے چہرے پر اپنا چہرہ جھکائے حیرت و یاس کی تصویر بنا اُس کی بے جان آنکھوں میں جھانک رہا تھا کہ اندھے کنویں سے سُوتا کیونکر اُبل رہا ہے؟ اس دوران مجھے اندازہ ہوا کہ اُس کے ہاتھوں میں بھی زندگی سرایت کر رہی ہے۔ کیونکہ اُس کا ایک ہاتھ میرے ہاتھ سے مس ہو رہا تھا۔ میں اُس جانب دیکھنا چاہ رہا تھا کہ اچانک اُس کے لبوں میں بھی ہلکا سا ارتعاش پیدا ہوا اور میں نے اپنی تمام تر توجہ اُس کے لبوں پر مرکوز کر دی۔ پھر کچھ ساعت بعد آہستہ آہستہ اُس کے لب تھرتھرانے لگے۔ اس دوران اُس کا پنجہ میری کلائی کو اپنی گرفت میں لے چکا تھا۔ اس منظر کو دیکھ کر وہاں موجود سبھی لوگوں کی آنکھوں میں خوشی اور تجسس کی آمیزش رقص کرنے لگی تھی اور ہونٹوں سے دعائیہ کلمات پھوٹ رہے تھے۔ عقب سے کسی کی آواز گونجی ''نصرو۔۔۔ دیکھو شاید نارائن کچھ کہنا چاہتا ہے''۔

میں نے پھر نارائن کا گال تھپتھپایا۔ ''نارائن۔۔۔ بول، بول نا جلدی''۔ میرا اتنا کہنا تھا کہ اُس کے لب تیزی سے پھڑ پھڑانے لگے۔۔۔ زبان میں حرکت ہوئی پھر لبوں کی پھڑ پھڑاہٹ آواز میں تبدیل ہو گئی۔ اُس نے کیا کہا یہ تو سمجھ سے پرے تھا لیکن اُس کے چہرے کے کرب سے اتنا ضرور اندازہ لگایا جا سکتا تھا کہ اُس نے جو کچھ بھی کہا ہو گا وہ الفاظ انتہائی عبرت ناک رہے ہوں گے۔ حالانکہ وہاں موجود افراد کو اس سے کوئی غرض نہ تھی، وہ اس میں ہی خوش تھے کہ چلو کسی طرح چپّی تو ٹوٹی۔ کہاں تین روز سے بالکل بے جان پڑا تھا اور گاؤں جوار کے تمام ڈاکٹر، وید، اوجھا ہر جتن کر کے تھک چکے تھے۔

ہر چند میری نگاہیں اب بھی اُس کی آنکھوں پہ مرکوز تھیں۔ لیکن یہ کیا ! رفتہ رفتہ اُس کی پلکیں بوجھل ہونے لگیں اور دیکھتے ہی دیکھتے اُسے نیند کی دیوی نے اپنی بانہوں میں لپک لیا۔ قدرے توقف کے بعد اُس کے والد میری جانب پُر ممنون نگاہوں سے دیکھتے ہوئے نہایت ہی لجاجت سے بولے ۔ ''بیٹا۔۔۔ اب ایکے تنی سو لیوے دو۔۔۔ تین دن سے پل بھر کے بھی پلک نہیں جھپکی''۔ اور یکبارگی میرے آگے ہاتھ جوڑ لیے۔

''بیٹا۔۔۔ ہم تمھارا ای اُپکار جیون بھر نہ بھلا پائنگے''۔

''اُپکار ! ۔۔۔ کیسا اُپکار ککا ؟ ۔۔۔ ارے، اس میں کیہو کا کوئی اُپکار نہیں۔۔۔ ای تو ایشور کا چمتکار ہے''۔

کہتے ہوئے میں نے اُن کے جُڑے ہاتھوں کو جُدا کر دیا اور وہ جذبات سے مغلوب ہو کر بے ساختہ مجھے اپنے سینے سے بھینچ لیے۔

''بیٹا تم خوب نبھانا جانتے ہو دوستی کا دھرم !''۔ وہ زیرِ لب بُدبُداتے ہوئے میرے سہارے آہستہ آہستہ چلتے ہوئے کھمیا سے باہر آئے۔

باہر لوگوں کا جمگھٹا نسبتاً کچھ بڑھ گیا تھا۔ اس سے پہلے کے لوگ ہم سے کچھ سوال کریں میں نے نارائن کے والد سے التجا کی۔ ''ککا، اب ہمیں اجازت دیں۔۔۔ بنارس سے بے کھائے پیے چلے تھے، پھر بس میں بھیڑ ایسی رہی کہ اوڑھیار تک کھڑے کھڑے سفر کرنا پڑا''۔

''ہاں بیٹا! جا، کھا پی کے آرام کر۔۔۔ کچھ ایسن ویسن بات ہوئی تو تم کو بلوائے لینگے''۔ وہ شفقت سے میرے سر پر ہاتھ پھیرتے ہوئے بولے۔

''ٹھیک ہے ککا '۔۔۔ سلام''۔ میں ککا کو سلام کر کے جوں چلا وہاں بیٹھا ایک اور شخص میرے ساتھ ہو لیا جسے میں اندھیرے کے سبب پہچان نہ سکا تھا، چنانچہ چند قدم چلنے کے بعد پوچھا۔ ''ارے بھائی کے ہو؟''۔

''ہم ہیں بھیا سُدرشن''۔

سُدرشن گاؤں کا ہی گرمی تھا، بمبئی سے موٹر وائینڈنگ اور الیکٹریکل ورکس میں مہارت حاصل کر کے گاؤں لوٹ آیا تھا۔ اب گاؤں میں بجلی مستری کے طور پر اُس کی شناخت بن گئی تھی ۔۔۔ بہرکیف ! ہم دونوں چلتے ہوئے جب نارائن کے گھر سے قدرے فاصلے پر پہنچ گئے تو میں نے ازراہِ گفتگو سُدرشن سے دریافت کیا۔ ''سُدرشن، ای بتاؤ آخر نارائن کی ای دشا بھئی کیسے؟ کہیں اس کو کوئی صدمہ ودمہ تو نہیں پہنچا ہے؟''۔

اتنا سُنتے ہی سُدرشن میرا اگنا پکڑ کر مجھے روک لیا۔ ''بھیا، تمھار ترک ایکدم سٹیک ہے''۔

''کیا!''۔ میں چونک کر اُس کا چہرہ تکنے لگا۔

''ہاں بھیا ! جے دن نارائن بھیا کی حالت بگڑی ہے، وہ دن گھنٹہ بھر پہلے ہی ہم کے اپنے ٹیوب ویل کا انجن دیکھانے روری والے چک پر لیوا جا رہے تھے۔ ابھی ہم نمبردار کے باغ ہی میں تھے کہ دیکھا کوئی لڑکا مُنہ پہ ڈھاٹا باندھے انجن والی کوٹھری کا تالا کھول رہا ہے۔ نارائن بھیا ای دیکھتے چلائے، لیکن تب لے اُو کیواڑ کھول چُکا تھا، کیواڑ کھلتے کوٹھری میں سے ایک لڑکا نکلا اور دونوں جنے دوڑ کے گنّے کے کھیت میں گھس گئے۔ ادھر ہم دونوں جنے بھی چور چور کی گہار لگاتے سرپٹ دوڑ پڑے۔۔۔ پھر جیسے ٹیوب ویل پر پہنچ کے کوٹھری میں گھسے تو ہم دونوں جنے سن رہ گئے''۔

''کیوں؟ انجن چوری ہو گوا رہا کا؟''

''نہیں بھیا۔۔۔ انجن تو جوں کا توں رہا''۔

''پھر!''۔ میرا تجسس بڑھنے لگا تھا۔

''بھیا بھیتر، نارائن بھیا کی بڑی بٹیا۔۔۔۔۔''۔

''اوہ! تو ای بات ہے''۔ بے ساختہ میرے لبوں سے یہ جملہ پھسلا اور یکلخت میرے ذہن میں مُرلی سنگھ کا نقش اُبھر آیا۔ دو سال قبل ہی مُرلی سنگھ کی بیٹی ردھیا رمپت تیلی کے لڑکے کے ساتھ ارہر کے کھیت میں پکڑی گئی تھی۔ لونڈا تو خیر ہاتھ نہیں آیا لیکن اگلی صبح لڑکی کی لاش کمرے میں پنکھے سے جھولتی پائی گئی تھی۔۔۔ پولیس آئی۔۔۔ پنچنامہ ہوا اور لین دین کی بدولت معاملہ رفع دفع ہو گیا۔ ردھیا کی ارتھی میں نارائن کے ساتھ میں بھی شمسان تک گیا تھا۔ واپسی میں نارائن نے مجھ سے کہا۔''یار نصرو، کچھ بھی کہو مُرلی سنگھ ہے بڑا غیرت دار''۔

''وہ کیسے؟''میں سراپا سوال بن گیا تھا۔

''ارے، دیکھے نہیں۔۔۔ غیرت کے آگے۔۔۔ اپنی اکلوتی بٹیا کو بھی۔۔۔!''

''اتنی بڑی بے غیرتی تو ہمرے خیال سے کچھ اور ہو ہی نہیں سکتی''۔ میں جھنجھلا کر بولا تھا۔

''اُو کیسے بھیا؟ تنی ہم کو بھی تو سمجھائے دو''۔ وہ کمر پہ دونوں ہاتھوں کو رکھے میرے مقابل آن کھڑا ہوا۔

''بٹیا باپ کی ناک ہوتی ہے، یہ تو مانتے ہو نا؟''

''ہاں!''۔ اُس نے زور سے سر جھٹکا۔

''ناک کٹ جائے اور باپ زندہ رہے کیا یہی غیرت کا تقاضہ ہے؟''۔

یہ سُنتے ہی نارائن کو جیسے سانپ سونگھ گیا تھا۔

''بھیا ۔۔آگے اور کہاں جا رہے ہیں ۔۔آپ کا گھر تو آ گیا''۔۔ سُدرشن کی آواز پر میرا تخیّل ٹوٹا۔۔۔ وہ میرے آگے ہاتھوں کو جوڑے کھڑا تھا۔''بھیا۔۔ ہم جو بھی آپ سے کہے ہیں، بھگوان کے لیے اس کی چرچا کسی سے نہ کرنا''۔

''ارے ای بھی کوئی کہنے والی بات ہے''۔ کہتے ہوئے اُسے سینے سے لگا لیا۔''اطمینان رکھو۔۔۔ جاؤ کھاپی کے سوؤ۔۔۔ سویرے نارائن کے یہاں ساتھ چلیں گے''۔

ابھی صبح پوری طرح بیدار ہوئی بھی نہ تھی کہ خبر آئی نارائن کے زندگی کی شام ہو گئی۔ میں دوڑا دوڑا اُس کے گھر پہنچا۔ اُس کے گھر کے اطراف سارا گاؤں اُمڈ آیا تھا اور سبھی نارائن کے اس ناگہانی موت پر افسردہ تھے۔ میں کسی طرح بھیڑ کو کاٹتے چھانٹتے کھمیا تک پہنچا۔ ایک کونے میں اُس کے والد غم سے نڈھال بیٹھے تھے، مجھے دیکھتے ہی اُٹھ کر سینے سے لگا لیا اور دہاڑیں مار مار کر رونے لگے۔ نارائن کی بیوی الگ پچھاڑیں کھا کھا کر بے ہوش ہو رہی تھی اور بڑی بیٹی نارائن کے سینے پہ چہرہ رگڑتے ہوئے بین کر رہی تھی۔ عورتیں اُسے پکڑ کے کھینچ رہی تھیں لیکن وہ تھی کہ باپ کو چھوڑنے پر آمادہ نہ تھی۔ یہ دلدوز منظر دیکھ کر میرے ذہن کے مانیٹر پر وہ منظر بار بار ریورس ہو کر چلنے لگا تھا جسے رات سُدرشن نے میرے شعور کے کمپیوٹر میں ڈاؤن لوڈ کر دیا تھا۔ اور میں سوچنے لگا کہ اُس گھڑی نارائن پر کیا گزری ہوگی جب اُس نے اپنی جان سے زیادہ پیاری بیٹی کو اُس بے حیائی کی کوٹھری میں دیکھا ہوگا؟ جبکہ اُن لمحات کا میں تصور کرتا ہوں تو میرا سینہ پھٹنے لگتا ہے، دماغ میں ہزاروں ٹن آر ڈی ایکس کے دھماکے ہونے لگتے ہیں اور آنکھوں میں سونامی، کیٹرینا، آئیلا اور فیان سب ایک ساتھ گڈمڈ ہو جاتے ہیں۔

وہ منظر اب بھی ذہن کے مانیٹر پر متحرک ہے، جسے delete کرنے کی خاطر میں خیال کے کرسر (curser) کو جُنبش دیتا ہوں۔۔۔ ارے! یہ کیا؟ منظر بجائے delete ہونے کے تبدیل ہو گیا ہے۔۔۔ اب نارائن اور اُس کی بیٹی کی بجائے، ردھیا کی پنکھے سے جھولتی لاش اور مرلی سنگھ کا مسکراتا ہوا چہرہ مانیٹر پر ہائی لائٹ ہو رہا ہے۔ اسی کے ساتھ میری سوچیں بھی متحرک ہو جاتی ہیں کہ کوئی بیٹی آبرو گنوا بیٹھتی ہے تو باپ اُسے خودکشی پر مجبور کر کے اُس کی موت پر بے غیرتی سے مسکراتا ہے۔۔۔ کوئی بیٹی آبرو باختہ ہو جاتی ہے تو باپ بجائے اُس سے کچھ باز پُرس کرنے کے خود غیرت سے مر جاتا ہے۔۔۔ اور بیٹی باپ کے مُردہ سینے پہ چہرہ رگڑ رگڑ کر بے غیرتی سے بین کرتی ہے، کیوں؟۔۔۔ کیا اس لیے کہ مُردہ باپ کا غیرت مند سینہ اُس کے چہرے کی کالک کو اپنے اندر جذب کر لے گا؟؟

چھت سے گرنے والی

عبداللہ جاوید

آندھی چلی تھی، تیز بہت تیز۔ ہوا کے بدن میں بھوت اُتر کر لڑ رہے تھے۔ ہلکے ہلکے جھونکے، جھکڑوں میں بدل کر، چنگھاڑ چنگھاڑ کر ایک دوسرے پروار کرتے، آپس میں گتھم گتھا ہوتے۔ اُڑ رہے تھے۔ اڑنے کے دوران ہر اس چھوٹی بڑی چیز کو اُڑا رہے تھے جو ان کی زد میں آتی۔ پیڑ، پکھیرو، جھوپڑ، چھپّر، چھت، ستون، کھمبے اور آدم زادوں کا پھیلا ہوا کاٹھ کباڑ۔ جس سے میں نے اس کو بلندی سے نیچے گرتے دیکھا، آندھی تھم کر غبار کی صورت فضا میں آویزاں ہو گئی تھی۔ سیاہ و سپید کا آمیزہ سا جو دکھاتا کم اور چھپاتا زیادہ یا نیم خواب، نیم بیداری کی ملی جلی کیفیت۔ ایسی کیفیت جس کا رشتہ اس ماحول سے اس فضا سے یا خود میرے اندرون سے تھا۔ اصل معاملہ یا مسئلہ یہی تھا کہ سب کچھ غیر واضح تھا۔ اگر کچھ صاف اور واضح تھا تو اس کا گرنا تھا عمارت کی وہ چھت جس پر چلتے ہوئے کافی بلندی سے وہ نیچے گری تھی، ابھی نیم تعمیری حالت میں تھی۔ پہلا سوال تو یہ پیدا ہو رہا تھا کہ شام کے جھٹ پٹے میں وہ ہسپتال کی چھت پر کیا کر رہی تھی؟ یہی سوال میرے اپنے بارے میں پیدا ہو سکتا تھا کہ میں وہاں اس سمے کیوں موجود تھا؟ یہ دونوں سوال بعد کی پیداوار تھے، وقوع پذیر ہو رہا تھا وہ یہ تھا کہ میں دوڑ رہا تھا اس چھت پر جو پوری طرح بنی بھی نہیں تھی۔ اس پر دوڑنا تو رہا ایک طرف چلنا بھی آسان نہیں تھا لیکن میں چھلانگیں لگاتا اور ہر رکاوٹ کو پھلانگتا ہوا اس نیم پختہ زینے کی جانب جلد سے جلد پہنچنا چاہ رہا تھا جو مجھے نچلی منزلوں تک لے جا سکتا تھا تاکہ اس تک پہنچ سکوں۔ وہ جو میری نظروں کے سامنے چوتھی منزل کی چھت سے نیچے گر پڑی تھی اگرچہ میں جانتا تھا کہ جب تک میں نیچے پہنچوں بہت تاخیر ہو چکی ہوگی پھر بھی میں یہ چاہتا تھا کہ زینہ جلد آ جائے۔ لیکن زینے پر قدم رکھتے ہی مجھے احساس ہو گیا کہ میں غلط زینے پر تھا۔ یہ وہ زینہ نہیں جس پر چڑھ کر میں ہسپتال کی چھت پر گیا تھا اپنے یار انجینئر راجا اکرم سے ملاقات کرنے، جسکے بارے میں نیچے اطلاع ملی تھی کہ وہ چھت پر ہو سکتا تھا۔ جیسے ہی میں زینے سے راہداری میں پہنچا مجھے معلوم ہو گیا کہ میں ہسپتال کی عمارت کی پشت پر نرسوں کے اپارٹمنٹس کی عمارت میں اتر پڑا تھا۔ دوڑتا ہوا جب میں ایلیویٹر کی جانب گیا تو دو نرسیں چیختیں چلاتی میرے پیچھے دوڑیں۔ پتہ نہیں کیوں وہ فوراً ہی رک بھی گئیں؟ میں آرام سے ایلیویٹر کے ذریعے نیچے اُتر گیا۔ نیچے انتہائی ناسازگار حالات کا سامنا تھا۔ شور ہی شور تھا۔ راستے پر ایک ٹریکٹر کھڑا تھا جو رُکا ہونے کے باوجود شور کر رہا تھا۔ کسی اللہ کے بندے کے ذہن میں یہ خیال نہیں آ رہا تھا کہ اس کو بند کر دے۔ قدرے فاصلے پر فولادی سریوں سے لدا ہوا ایک ٹرک کھڑا تھا جسکے باہر دو آدمی کسی معاملے پر بلند آواز میں بحث کر رہے تھے۔ ان دونوں سے قطع نظر کر کے میں اس نرس کی جانب گیا جو شاید ہسپتال کے شعبۂ حادثات سے آ رہی تھی۔

"اس لڑکی کا کیا ہوا جو چھت سے گری تھی" میں نے رسمی ہائے ہیلو سے درگزر کرتے ہوئے نرس سے دریافت کیا۔ نرس نے مجھے اس طرح دیکھا جیسے وہ میرے سوال کو سمجھنے سے قاصر ہو۔ "چھت سے گری تھی۔ کس چھت سے گری تھی۔؟" اس سے پہلے کہ نرس کا سوال مجھ سے جواب کا طالب ہو میں آگے دوڑ گیا۔ شعبۂ حادثات کی کھڑکی پر ایک جوان نرس فون پر بات کر رہی تھی۔ دوسری سے جو قدرے بوڑھی تھی میں نے چھت سے گرنے والی کی بابت دریافت کیا وہ ایسی بن گئی جیسے اس پورے واقع سے لاعلم ہو۔

"لیزا ذرا سنو یہ صاحب کیا پوچھ رہے ہیں۔؟" بوڑھی نرس نے جوان نرس کو مخاطب کیا۔ "کیا پوچھ رہے ہیں۔؟" جوان نرس نے سوال دہرایا۔ "یہ کسی کو پوچھ رہے ہیں جسکو انہوں نے ہسپتال کی چھت سے نیچے گرتے دیکھا تھا۔" بوڑھی نرس نے میرے سوال کو طنزیہ انداز میں نشر کیا۔ "ہسپتال کی چھت سے تو کوئی نیچے نہیں گرا۔" اچانک نہ جانے کس کونے سے ایک وارڈ بوائے نمودار ہوا اور بولا۔ میں جو غم زدہ تھا، اس کے لئے ذہنی اور دلی کرب میں مبتلا تھا اس وارڈ بوائے پر پھٹ پڑا۔ اگر کاؤنٹر کیبن کی نیم دیواری درمیان میں حائل نہ ہوتی تو میں اس وارڈ بوائے کا منہ نوچ لیتا۔

"ظالمو! بے دردو! تم سب نے اس معاملے کو دبانے کی سازش کر رکھی ہے۔ مجھے سچ بتا دو۔ میں کسی کو کچھ نہیں بتاؤنگا ہسپتال کو بدنام نہ ہونے دونگا۔ جاؤ اپنے ایڈمنسٹریٹر سے بولو ایک بندہ ہے جو ہر طرح کے فارم پر دستخط کرنے کے لئے تیار ہے۔ میں یہ بیان دینے میں راضی ہوں کہ وہ چھت سے نہیں گری تھی بلکہ میں اسے سڑک سے اٹھا لایا تھا۔ میں سب کچھ کرنے کے لئے تیار ہوں۔ اس کے لئے۔ اپنی جان بھی دے سکتا ہوں۔ مجھے اس کے پاس جانے دو۔ مجھے بتاؤ تم لوگوں نے اسے کہاں چھپا رکھا ہے۔" میں نہ جانے کب تک اور کیا کیا بکے جاتا، اچانک میری نظریں اس وارڈ بوائے پر پڑیں جو میرے سامنے ہاتھ ملتا کھڑا تھا۔ دونوں نرسیں بھی اس کے پاس کھڑیں میری جانب ایسی نظروں سے دیکھ رہی تھیں جیسے میری حالت پر ترس کھا رہی ہوں۔ اس تمام دوران میں شاید روتا بھی رہا تھا اور اسی سبب سے ماحول سے بالکل بے خبر ہو گیا تھا۔ ہسپتال کی اس راہداری میں لوگ جمع ہو گئے تھے۔ میں ان کی جانب پلٹا اور گریہ کرتے ہوئے ان سے گرنے والی کے بارے میں پوچھا۔ ان لوگوں نے بھی مجھ پر ترس کھانے والی نظریں ڈالیں اور وہاں سے کھسک گئے۔ ہسپتال کی راہداری میں آگے جانا بے کار تھا۔ میں نے نیچے اتر کر ہسپتال کے صحن میں دوڑ لگا دی۔ چشم زدن میں اس جگہ پہنچ گیا جہاں اس کے گرنے کا سب سے زیادہ امکان تھا۔ میرے حساب سے اس کو عمارت کے قریبی لان میں کسی جگہ گرنا تھا یا اس چھوٹے سے کیبن کی چھت پر جو دیوار کے ساتھ تھا اور جس میں مالی اپنا سامان

رکھتا تھا یا پھر ان چار جڑواں گیراجوں میں سے کسی ایک کی چھت پر جو ہسپتال کے چار بڑوں کی گاڑیوں کے لئے مختص تھے۔ میں اس ہسپتال کے پورے جغرافیے سے واقف تھا اسی سبب سے اس تمام نواح میں پوچھ گچھ کر کے اس نتیجے پر پہنچ چکا تھا کہ معاملہ اتنا آسان نہیں رہا تھا۔ کہیں نہ کہیں کچھ غلط تھا یا غلط کیا جا رہا تھا۔ ہسپتال والے ضرور کچھ چھپا رہے تھے۔ اس کو گرتے ہوئے بہت کم آدمیوں نے دیکھا ہوگا اور ان کم آدمیوں میں سے مجھے کسی ایسے آدمی کی تلاش تھی جو زبان کھولے اور وقوعے پر روشنی ڈالے۔ یوں بھی بڑی تاخیر ہو چکی تھی۔ میں نے یہ بھی فیصلہ کر لیا تھا کہ اپنے حواس پر پوری طرح قابو رکھونگا (اگر چہ میرے اندر کوئی روئے جا رہا تھا)۔ مجھے جذباتی اور بدحواس دیکھ کر مصلحت پسندی کے مارے لوگ ترس تو کھا سکتے تھے لیکن زبان نہیں کھول سکتے تھے۔ اس معاملے میں بیشتر عوامل میرے اور اس چھت سے گرنے والی کے خلاف جاتے تھے اور جیسے جیسے سے گزرتا جاتا تھا' رات بھی آتی جاتی تھی۔ جس وقت وہ گری تھی یا میری آنکھوں نے اس کو ہسپتال کی چھت سے نیچے گرتے دیکھا تھا' شام پڑ رہی تھی لیکن اب تو رات تھی۔ رات میں ادھر اُدھر پھرنا خواہ ہسپتال میں ایسا فعل ہے جو ہسپتال کے نگراں عملے کی نظروں میں آ سکتا تھا۔ میں ہسپتال کی اس پوری عمارتی اکائی (Unit) کے اطراف اچھی طرح دیکھ بھال کرتے ہوئے چکّر لگا چکا تھا جسکی چھت سے وہ گری تھی۔ وہ یا اس کے بدن کا نام ونشان بھی نہیں ملا۔ دل گریاں کے ساتھ میں ایک بنچ پر بیٹھ گیا۔ اس بنچ پر پہلے سے کوئی پراگندہ لباس' پراگندہ حال بوڑھا آدمی بیٹھا تھا۔ اس کی بھویں چوڑی' کمانی دار اور سپید تھیں۔ یوں لگتا تھا جیسے آنکھوں کی کھڑکیوں کے اوپر دو سپید چھجے بنے ہوں میں نے اس کو بس اتنا ہی دیکھا تھا کہ وہ اٹھ کھڑا ہوا اور تیز تیز قدموں سے چلتا ہوا پارکنگ کی جانب چلا گیا۔ چلتے چلتے اس نے میری طرف دیکھے بنا مجھ سے کہا۔ "قبرستان۔ ہسپتال کا قبرستان" اس کے جاتے ہی پارکنگ کے عقب سے اذان کی آواز میرے کانوں میں گونجتی ہوئی محسوس ہوئی۔ اس سے قبل شاید اسی لئے سنائی نہیں دی کہ میں ایک ہی خیال میں گم رہا تھا۔

" حیّیٰ علی الصلوۃ. حیّیٰ علی الصلوۃ" نماز کی طرف آؤ۔ نماز کی طرف آؤ۔ " حیّیٰ علی الفلاح. حیّیٰ علی الفلاح "فلاح کی طرف آؤ۔ فلاح کی طرف آؤ۔ میں بنچ سے اٹھا اور ہسپتال کی مسجد کی طرف روانہ ہو گیا یا اس کی جانب جسکی جانب ہر مشکل میں سارے آدم زاد رجوع ہوتے ہیں یہ میں نہیں بتا سکتا۔ وضو بنا کر نماز میں شریک ہوا اور نماز کے بعد مسجد میں پوچھ گچھ کی۔ نمازیوں میں زیادہ تعداد ان کی تھی جو بیمار تھے یا بیماروں کے رشتے دار اور احباب تھے میں نے ہر چہرے کو دعا کرتا ہوا پایا۔ ہسپتال آدمی کو جتنا خدا کے قریب کر دیتا ہے کوئی عبادت گاہ شاید ہی اتنا قریب کرے۔ چھت سے گرنے والی کے بارے میں پوچھ گچھ بیکار گئی۔ نمازی بھی جلدی میں تھے مسجد سے نکل کر میں نے سوچا" اب ایک ہی راستہ تھا اور وہ راستہ راجا اکرم کی طرف جاتا تھا۔ ایک مرتبہ پھر اس سے ملنے کی کوشش کرنی چاہیے شاید وہی میری مدد کرے۔"

مسجد سے باہر آ کر ایک بار پھر اس علاقے میں پہنچا جہاں ٹرک وغیرہ کھڑے تھے۔ فولادی سریوں والا ٹرک غائب تھا لیکن ان دو آدمیوں میں سے جو کسی بات پر تکرار کرتے ملے تھے ایک جو قدرے موٹا' پستہ قد جو اپنی خشخشی مونچھ اور داڑھی میں خاصا اہم اور معتبر لگتا تھا موجود تھا۔ ٹریکٹر جہاں کھڑا تھا وہیں ڈٹا ہوا تھا لیکن کسی نے اس کو بند کر دیا تھا اس سبب سے خاموش تھا۔ میں نے اس الفربہ خواہ مخواہ معتبر سے بعد سلام راجا اکرم کے بارے میں دریافت کیا۔ راجا اکرم کا نام سنتے ہی وہ کھڑا ہو گیا اور بولا" آپ نے ان سے ملنا ہے تو جھٹ پارکنگ کی طرف دوڑ جایئے۔ وہ ابھی ابھی ادھر گئے ہیں۔"

ابھی اس کا فقرہ مکمل بھی نہ ہوا ہوگا میں دوڑ پڑا۔ راجا اکرم پارکنگ کے راستے ہی میں مل گیا۔ اس کے ساتھ دو آدمی تھے جو ٹیکنیشن لگتے تھے۔ مجھ سے رسمی علیک سلیک کے بعد اس نے کہا۔" میں گھر جا رہا تھا۔ چلو کسی قریبی ریستوران چلتے ہیں۔"

"مجھے تم سے کچھ کام ہے۔ ہسپتال کے اندر ہی بات کرینگے" میں نے جواب دیا۔ راجا نے میری جانب غور سے دیکھا۔ یہ انجینئر قسم کے لوگ آدمی کو پڑھ لیتے ہیں۔ امپرسنل جو ہوئے۔ ایک ہلکے سے اشارے سے راجا نے ان دونوں بندوں سے چھٹکارا پالیا۔ وہ سلام کر کے رخصت ہوئے پھر وہ مجھ سے مخاطب ہوا۔

"تیری تو بُری حالت ہے۔ کیا ہسپتال میں کوئی سیریس ہے۔؟"

"راجا میں تو اس مطلب سے آیا تھا کہ تجھے جلد سے جلد وہ چیز پیش کروں جو خاص تیرے لئے منگوائی ہے۔"

وہ آ گئی۔ مزہ آ گیا۔ اس خانہ ساز میں جو بات ہے وہ باہر کی مہنگی سے مہنگی شراب میں نہیں۔ لیکن یہ تیرے چہرے کو کیا ہو گیا ہے۔؟ پورے بارہ بج رہے ہیں۔" راجا کو تیز کلامی کی عادت تھی وہ لمبی سے لمبی بات ایک سانس میں کہہ دیتا تھا۔

"تیری چیز آ گئی اور۔ اور میری چیز چلی گئی۔" میں نے گریہ پر قابو پاتے ہوئے کہا۔ میرے روتے بسورتے چہرے نے اسے بتا دیا ہوگا کہ میں کسی بڑے دُکھ میں مبتلا ہوں۔ اس کا چربی چڑھا طباخی چہرہ ایک دم لٹک سا گیا۔ وہ میرا قریبی دوست تھا ہم برسوں سے ایک دوسرے کے سکھ دکھ بانٹ رہے تھے اور آپس میں بے تکلف بھی تھے۔" تو پیتا بھی نہیں۔۔۔ تو پھر یہ تیری چیز چلی گئی۔۔۔ صاف بتا دے مرے بھائی۔ بات کیا ہے؟" وہ اپنائیت سے بولا۔

"وہ جو ہسپتال کی چھت سے نیچے گری ہے" میں نے اس طرح کہا کہ میرے الفاظ ٹوٹ پھوٹ رہے تھے۔

"اس ہسپتال کی چھت سے آج تک کوئی نہیں گرا۔" راجا نے اپنی

بھویں اوپر اٹھا کر اور آنکھوں کو پوری طرح کھول کر اعتماد کے لہجے میں کہا۔

"راجا۔ تمہیں کیسے یقین دلاؤں۔ آج ہی' آج کی شام جب میں تمہاری تلاش میں اوپر نیم تعمیر چھت پر پہنچا۔ تم تو نہیں ملے لیکن میں نے اپنی آنکھوں سے ۔۔۔۔اس کو چھت سے نیچے گرتے دیکھا۔ نیچے دوڑا آیا ہر طرف دیکھا' پوچھ گچھ بھی کی۔۔۔۔اب تم سے مدد چاہتا ہوں۔"

"کیسی مدد۔؟" راجا مجسم سوال ہو گیا۔ اس کے لہجے میں اخلاص تھا۔ "راجا۔ مجھے یقین ہے کہ ہسپتال کی بدنامی کے خوف سے اس پورے واقع کو دبایا جا رہا ہے۔ میں چاہتا ہوں کہ تم اپنے اثر و رسوخ کو استعمال کرو اور اس گرنے والی کا پتہ چلاؤ۔" اتنا کہہ کر میں رونے لگا اور وہ بھی آواز کے ساتھ۔ شاید میرے صبر اور ضبط کا بند ٹوٹ چکا تھا۔ مجھے روتا دیکھ کر راجا اکرم مجھ سے لپٹ گیا اور جب وہ علیحدہ ہوا تو میں نے دیکھا کہ اس کی آنکھوں میں بھی آنسو تھے۔ "میں ابھی پتہ چلا لیتا ہوں۔ تم میرے ساتھ چلو۔ دفتر کھلوائے دیتا ہوں۔ تم بیٹھ کر چائے پیو اور میں اس مہم پر روانہ ہوتا ہوں۔" گریہ سے بھرائی ہوئی آواز میں وہ بولا۔ "میں چائے وائے نہیں پی سکوں گا۔ بس تم گرنے والی کا پتہ چلاؤ اور ہاں میری طرف سے یہ وعدہ کہ ہسپتال کی بدنامی کا باعث نہیں بنونگا۔" میں راجا کے پیچھے چلا۔ شعبۂ تعمیرات کی چھوٹی سی خوبصورت عمارت میں اس کا دفتر تھا۔ دفتر میں ابھی تک کام ہو رہا تھا۔ دو چار آدمی ایک بڑا سا بلو پرنٹ دیکھ رہے تھے۔ سپید گاؤن میں ملبوس ایک لمبا پتلی مونچھوں والا گنجا آدمی کسی نقشے پر بات کر رہا تھا۔ اس کے الفاظ میں سماعت تک پہنچ تو رہے تھے لیکن سنائی نہیں دے رہے تھے۔ راجا اکرم نے اپنا کمرہ کھلوا لیا اور میں اس کمرے کے ایک صوفے میں دھنس گیا جو ایک کونے میں رکھا تھا۔ اس دوران راجا اکرم باہر جا چکا تھا میری آنکھوں سے آنسوؤں کی لڑیاں بہہ رہی تھیں۔ آنسوؤں کی ہر چھوٹی بڑی لڑی میں "وہ" تھی۔ وہ جو میری نہ ہوتے ہوئے بھی میری تھی۔ ارض و سما میں بلکہ شاید پوری کائنات میں صرف اور صرف وہی تو تھی جو حقیقی معنوں میں میری تھی۔ چھت پر سے گرنے کے باوجود وہ زندہ سلامت تھی۔ اسے کچھ نہیں ہوا تھا۔ "اسے کچھ نہیں ہو سکتا تھا۔" میں نے اپنے آپ کو یقین دلایا۔ مجھے یاد آیا اس نے مجھے لکھا تھا "جب تک میرا حافظہ نہ جاتا رہے میں تمہیں نہیں بھولونگی۔" اس نے اپنے مرنے کا نہیں لکھا تھا تو پھر وہ کیسے مر سکتی تھی۔؟ "اسے مرنا نہیں ہے۔ مجھ سے پہلے تو ہرگز نہیں" مجھے نہیں معلوم صوفے پر بیٹھے ہوئے میں روتے روتے بے ہوش ہو گیا تھا یا اس کی یاد میں گم ہو گیا تھا۔ جب میں ہوش میں آیا راجا اکرم کا چپراسی مجھ سے مخاطب تھا۔ "صاحب چائے حاضر ہے۔" میں نے چپراسی کو دیکھا۔ وہ مجھے کسی اور دنیا سے آئی ہوئی مخلوق لگا۔ اصل بات یہ تھی کہ میں خود کسی اور دنیا میں پہنچا ہوا تھا اور چپراسی کی آواز نے مجھے اسکی دنیا میں لا ڈالا تھا۔ "اللہ بخش۔ تم نے چائے بیکار ہی بنائی۔ میں نے تمہارے صاحب کو پہلے ہی منع کر دیا تھا۔ اب تم یوں کرو کہ چائے واش بیسن میں انڈیلو اور کپ دھو ڈالو۔ تمہارا بہت بہت شکریہ۔" میں نے چپراسی سے کہا۔ "یہ آپ شکریہ کہہ کر شرمندہ نہ کریں صاب جی۔ میں آپ کا نوکر ہوں جی۔ خادم ہوں۔" چپراسی بولا لیکن اس نے چائے کا کپ رکھا رہنے دیا ۔وہ چاہتا تھا کہ اس کا صاحب راجا اکرم کسی طرح چائے کا کپ دیکھ لے۔ اسی لمحے راجا اکرم آ پہنچا اور میرے ساتھ ہی صوفے پر بیٹھ گیا۔ میں نے اس پر ایک نظر ڈالی۔۔۔وہ ناکام لوٹا تھا۔

"ان لوگوں نے تم کو بھی کچھ نہیں بتایا۔ ظالم کمینے۔"

"یہی کہ چھت پر سے آج شام کوئی نہیں گری۔"

"اس کا مطلب ہسپتال کا ایڈمنسٹریٹر معاملے کو دبانے پر تلا ہوا ہے۔" یہ کہہ کر میں اٹھا اور باہر جانے لگا۔ راجا اکرم میرے تیور دیکھ کر اُٹھا اور میرا ہاتھ پکڑ کر بٹھا دیا۔

"تم کہاں چلے۔؟"

"اس خبیث ایڈمنسٹریٹر سے نمٹوں گا۔"

"تم ہوش میں ہو۔؟ ہمارے پاس ایک گواہ بھی ایسا نہیں ہے جس نے اس کو چھت سے نیچے گرتے دیکھا ہو۔"

"میں ہوں نا۔ میں نے اسے چھت سے نیچے گرتے دیکھا تھا۔" یہ کہہ کر میں کسی چھوٹے بچے کی مانند رو پڑا۔ "میں نے گرتے دیکھا تھا اپنی جان کو۔ اپنی روح کو۔"

"جب ایڈمنسٹریٹر آپ سے پوچھے گا کہ آپ کی وہ کیا لگتی تھی تو آپ اس کو یہی جواب دینگے کہ وہ آپ کی جان تھی۔ آپ کی روح تھی۔ آپ کہتے ہیں وہ چھت سے گری تھی تو اس کو ہسپتال میں ہونا تھا اور ہسپتال والے ایسے کسی کیس سے لاعلم ہیں۔ اگر اس کے بارے میں آپ سے پوچھ گچھ کی جائے تو آپ اس کی اور اپنی شناخت درج کروائینگے۔؟ مجھے یقین ہے کہ آپ ایسا کچھ نہیں کرینگے۔ آپ اس کے لوگوں کا سامنا بھی نہیں کرینگے۔ آپ پر یہ الزام بھی آ سکتا ہے کہ خود آپ ہی نے اس کو چھت سے دھکا دیا یا کسی کو اس کام پر لگایا۔ بھائی۔ کچھ دیر بیٹھو اور اس پورے معاملے پر نظر ثانی کرو۔"

اس لمبی تقریر کے بعد وہ خاموش ہو گیا اور مجھ کو بھی خاموشی کے غار میں دھکیل دیا۔ اس غار کے اطراف سوچوں کا جنگل تھا خاموشی کے غار میں خاموشی کے علاوہ وہ بھی تھی جو چھت سے نیچے گر پڑی تھی اور جس کے بارے میں کچھ پتہ نہیں چل رہا تھا کہ اس کو آسمان کھا گیا تھا یا زمین نگل گئی تھی۔ سوچوں کے جنگل میں درندے میرے ذہن کی جانب منہ پھاڑ دھاڑ رہے تھے۔ "تو اس کا کون ہے۔؟"

خاموشی کے غار کے باہر آتے ہی میں کھڑا ہو گیا۔ رات بڑے دیر ہو چکی تھی۔ میری خاطر میرا دوست راجا اکرم بھی اپنے دفتر میں رُکا ہوا تھا اور

چپراسی اللہ بخش کو بھی گھر جانے میں تاخیر ہو رہی تھی میرے ساتھ ہی راجا اکرم بھی کھڑا ہوا۔ وہ سر جھکائے بیٹھا تھا اس سے جو کچھ بن پڑا وہ کر چکا تھا۔ میں نے نہ چاہتے ہوئے بھی اس کو اپنے دکھ میں شریک کر لیا تھا۔ بغیر کچھ بولے اس نے میرے ہاتھ کو اپنے ہاتھ میں لے کر دبایا۔ میں نے اس کی آنکھوں سے اپنی انکھیں نہیں ملائیں اور دبی زبان میں خدا حافظ کہہ کر باہر نکل گیا۔

ہمیشہ کی طرح باہر کی دنیا معمول کی زندگی گزارنے پر مجبور کرنے پر تلی بیٹھی تھی۔ برسوں سے یہی ہوتا چلا آیا تھا۔ چھت سے گرنے والی مجھ سے الگ کسی اور دنیا میں زندگی گزار رہی تھی۔ وہ میری ہوتے ہوئے بھی کسی اور کی ہو گئی تھی۔ ادھر میں بھی اس کا ہوتے ہوئے بھی کسی اور کا ہو گیا تھا۔ ہم دونوں کی دنیاؤں کے درمیان بڑے فاصلے اور مذہب کی سنگین دیوار حائل تھی۔ ہسپتال سے باہر نکل کر میں نے اپنی گاڑی اپنے گھر کے بجائے ایک ہوٹل کی طرف موڑ دی۔ یہ کہنا زیادہ صحیح ہوگا کہ گاڑی نے مجھے ہوٹل کی طرف موڑ دیا۔ گھر میں اطلاع دے دی کہ میں رات نہ آسکونگا۔ مزید یہ بھی کہہ دیا کہ ممکن ہے مجھے دو تین روز کے لئے اسلام آباد جانا پڑے۔ رات ہوٹل میں گزاری۔ روم سروس وغیرہ منع کر دی اور سختی سے ہدایت کر دی کہ مجھے تنہا چھوڑ دیا جائے ہوٹل کے کمرے میں بغیر معمولات شب اور بغیر کپڑے بدلے' بستر پر گر کر لحاف کے اندر چلا گیا۔ اگر میں اپنے حواس میں ہوتا تو اپنے پرائیویٹ آفس سے سفری ہینڈ کیری لے آتا جس میں ضرورت کی ہر چیز ہمہ وقت پیک رہتی تھی۔ جیسے ہی ہوٹل کے کمرے میں تنہا ہوا وہ میرے پاس آگئی اور بولی۔

''یہ تم نے کیا حالت بنا رکھی ہے۔؟ اپنے آپ کو سنبھالو۔ میں تمہارے ساتھ ہوں نا۔ ہمیشہ کی طرح۔۔۔۔'' اور میں اس سے لپٹ کر دنیا و مافیہا سے بے خبر ہو گیا۔

صبح جب میں بستر سے اٹھا تو یوں لگا جیسے وہ پہلے ہی بیدار ہو کر' شاور لے کر باہر چلی گئی ہو۔ جیسے وہ میرے ساتھ ہی رہتی ہو جیسے وہ ہوٹل کا کمرہ نہ ہو بلکہ ہمارا گھر ہو۔ لیکن حقیقت میں ایسا نہیں تھا۔ میں نے دانت برش کئے بنا' شیو کئے بنا شاور لئے' روم سروس والا چائے' ناشتے کو پوچھنے کے لئے آیا میں نے منع کر دیا۔ ہوٹل کاؤنٹر پر بل ادا کر کے روم سروس اور واش روم سروس کے بندوں کو مناسب ٹپ دیکر میں باہر نکل تو گیا لیکن گاڑی میں بیٹھنے تک یہ فیصلہ نہ کر سکا کہ مجھے آگے کیا کرنا تھا۔؟ گھر جاؤں اور میڈیا سے یہ امید کروں کہ مجھے گھر بیٹھے خبر دے دیں۔ کم از کم اس کی گمشدگی کی خبر تو آئی ہی ہوگی یا ایک بار پھر ہسپتال جاؤں اور ادھر اُدھر معلوم کروں لیکن گاڑی نے خود ہی یہ فیصلہ کر ڈالا کہ گھر کے راستے پر نہیں پڑی۔ اس کے بعد اسٹیرنگ نے گاڑی کو ہسپتال کے گیٹ کے اندر داخل کروا دیا۔ گاڑی پارک کر کے میں انکوائری اور ایمرجنسی کاؤنٹروں کے سامنے بے مقصد چکر لگانے لگا۔

وہاں رونق تھی۔ میں نے لوگوں پر بھی نظر ڈالی لیکن کسی پر بھی نظر نہیں رُکی بلکہ سچّی بات تو یہ ہے کہ میں شاید دیکھنے سے قاصر رہا اور جلد ہی وہاں سے نکل گیا۔ آئی سی یو وارڈس میں ایک دو نرسوں اور گارڈوں سے سر کھپا کر یہ معلوم کرنے کی کوشش کی کہ اس کی شباہت رکھنے والی کوئی مریضہ آئی سی یو (I.C.U) میں تو نہیں داخل تھی۔ لیکن ناکام رہا۔ نیچے اتر کر میں نے وہ فیصلہ لیا جو میں لینا نہیں چاہتا تھا۔ ہسپتال کے قبرستان جانے کا فیصلہ۔ اس فیصلے نے ایک بار پھر میری دونوں آنکھوں کو رواں کر دیا۔ میرے اندر کا سب کچھ پانی ہونے لگا۔ میرے لئے بہتر طریقۂ کار یہ تھا کہ ہسپتال کے تیسرے گیٹ سے اندر داخل ہوں اور بیرونی دیوار کے آخری سرے پر جھاڑوں سے بنائی ہوئی ایک باڑھ کے پیچھے پہنچ جاؤں اور میں نے ایسا ہی کیا۔ لاوارثوں کے اس قبرستان میں داخل ہو کر میں نے چاروں اور نظر ڈالی۔ اسلام علیک یا اہل القبور (تم پر سلامتی ہو اے قبر والو) میں نے اپنی دین کی شریعت پر عمل کرتے ہوئے ہلکی لیکن صاف آواز میں کہا۔ اس دوران ایک جوان آدمی' دو دس بارہ سالہ لڑکوں کے ساتھ نہ جانے کہاں سے برآمد ہو گیا۔ اس نے مجھے سلام کیا اور بولا'' آپ کا کوئی بندہ۔؟'' میں نے اس کو اوران لڑکوں کو نہ دیکھتے ہوئے دیکھا اور اپنی بہ سبب گریہ بھرّائی ہوئی آواز پر قابو پا کر پوچھا۔ ''کسی مائی کی قبر۔ کل رات یا آج فجر والی'' ''آپ کی کون۔؟'' اس نے الٹا مجھ سے سوال کیا۔ مجھے اس کے اس سوال پر غصہ آ گیا۔ ''عجیب دنیا ہے۔'' میں نے سوچا۔ ''یہاں قبروں پر بھی رشتے داروں کا اجارا ہے۔'' اپنی مجبوری پر خود مجھے بھی ترس آنے لگا تھا۔ میں نے اپنے آپ سے یہی سوال دہرایا۔ ''آپ کی کون۔؟'' اور خود ہی جواب دیا۔ ''میری سب کچھ۔'' یہ جواب میں اس قبرستان کے مجاور نما آدمی کو نہیں دے سکتا تھا سو خاموش رہا۔

''کس کا کون۔؟'' میرے لاجواب ہو جانے کے فوراً بعد کسی نے میرے عقب سے سوال کیا۔ یہ وہی درویش تھا جس نے مجھے ''قبرستان'' کا اشارہ دیا تھا۔ اُس وقت جب میں ہسپتال میں چھت سے گرنے والی کے بارے میں پوچھتا پھر رہا تھا۔ میں نے پلٹ کر اس کو دیکھا۔ اس مرتبہ اس کے بال کھل کر' دونوں شانوں اور پیٹھ پر لہرا رہے تھے اور اس کے روشن چہرے کو اپنے احاطے میں لیکر روشن تر بنا رہے تھے۔ اس روشنی نے میری آنکھوں میں چکا چوند سی پیدا کر دی اور میری نگاہیں آپ ہی آپ جھک گئیں۔ میں نے دیکھا یا محسوس کیا اس مجاور نما شخص نے اپنے دونوں ہاتھ' ادب سے پیٹ پر ناف کے قریب باندھ لئے تھے دونوں لڑکے بھی ادب کے انداز میں آ گئے اگرچہ انہوں نے آنکھیں نہیں جھکائیں۔ وہ ٹکٹکی باندھے اس درویش کو دیکھ رہے تھے۔

''اسلام علیکم سائیں۔ یا علی مدد'' مجاور نما آدمی نے درویش کو سلام کیا۔

''یا علی مدد۔ وقت شاہ بابا'' لڑکوں نے بلند آواز میں کہا۔

''کوئی کسی کا نہیں۔ سب وقت کے ہیں۔۔۔۔ وہ۔۔۔۔ وہ

اپنا وقت بسر کر گئی۔۔۔آگے اس جھاڑ کے نیچے۔۔۔مٹی اوڑھے۔"

درویش کے الفاظ نے میرے پیروں کو متحرک کر دیا اور میرا بدن اپنے آپ ہی ادھر بڑھا جدھر درویش نے اشارہ کیا تھا۔ میں نے محسوس کیا کہ مجھ سے قدرے فاصلہ رکھ کر وہ سب میرے پیچھے آ رہے تھے۔

اس نئی بنی ہوئی لحد پر پھول بھی تھے۔ "ہسپتال کی انتظامیہ کی ہدایات میں قبر پر پھول ڈالنا بھی شامل ہوگا" میں نے سوچا۔ میرے اندر سے یقین کی ایک لہر اٹھی اور میرے ذہن کے صفِ اوّل میں پہنچ کر رک گئی۔ میں اس نئی بنائی ہوئی، مٹی کی کچی قبر کی پائنتی کھڑا ہو گیا اور بولا۔ "تم ہی ہونا۔ تم نے مذہب کی بنیاد پر شادی کی درخواست (Proposal) ٹھکرا دی تھی۔ یاد ہے نا۔ میں نے تمہیں راضی کرنے کی پوری کوشش کی تھی۔ میں نے تم سے وعدہ بھی کیا تھا کہ تمہیں مذہب تبدیل کرنے کے لئے کبھی مجبور نہیں کروں گا لیکن تم نے ہر مرتبہ ہنسی میں ٹال دیا تھا۔ میں نے بچوں کو مذہب اختیار کرنے کی آزادی دینے کا بھی وعدہ کیا تھا لیکن تم نہیں مانیں اور ہنستی رہیں۔ دیکھو۔ اب تم میرے مذہب کے طریقے پر دفن ہوئی ہو۔ دیکھ رہی ہو۔"

"دیکھ رہی ہوں۔ لیکن میں میری ہوں اپنے مذہب پر اور اس سے بھی ہنس رہی ہوں۔" وہ بولی۔ میں نے دیکھا اور میرے سامنے کھڑی ہنس رہی تھی۔ میں نے پلٹ کر دیکھا۔ میرے پیچھے آنے والوں کا کہیں بھی پتہ نہیں تھا۔ مجاور نما آدمی۔ اس کے دونوں لڑکے غائب ہو گئے تھے البتہ وقت شاہ فقیر کا پرچھاواں سا کھڑا تھا اور آہستہ آہستہ فضا میں تحلیل ہوتا جا رہا تھا۔

پیچھے بہت پیچھے ماورائی افق پر۔ وقت کی سُرنگ سے خلق برآمد ہوتی جا رہی تھی۔ وقت کی سُرنگ میں خلق داخل ہو کر نظروں سے غائب ہو جا رہی تھی۔ ایک نہ ختم ہونے والا سلسلہ جاری تھا۔ برآمد ہونے کا اور غائب ہونے کا۔ وہ ہنسے جا رہی تھی اور اس کا انگ انگ، رُواں رُواں ہنس رہا تھا۔ یہ اس کے ہنسنے کا انداز تھا۔

میں اس کے ساتھ قدم بہ قدم چل رہا تھا۔ سُرنگ کے داخلی راستے کی جانب۔ آہستہ آہستہ۔۔۔آہستہ آہستہ۔۔۔!!

☆

سن ۲۰۰۹

پروین عاطف

بیٹے کی پیدائش کا سن کر صبا گل کی آنکھوں سے تو آنسو ہی نہ رکتے تھے۔ اُن کی خاندانی دائی رضیہ ماسی نے جب اُسے بتایا خدا نے تمہیں بیٹے سے نوازا ہے تو اسے بالکل یقین نہیں آیا اور اس نے بدن پہ چادر اوڑھتے ہی رضیہ ماسی سے درخواست کی کہ وہ اسے ابھی ابھی دنیا میں آنے والے بچے کی جھلک دکھا دے تا کہ اُسے یقین آ سکے کہ اوپر تلے آنے والی تین بیٹیوں کے بعد وہ واقعی برکت اللہ کو اولادِ نرینہ دے سکی ہے۔ صحتمند بیٹے کی جھلک دیکھنے کے بعد اُس کا جی چاہتا تھا کہ رات بھر کی دردِ زہ سے نڈھال ہونے کے باوجود وہ اچھل کر بستر سے اُٹھے اور باہر گلی میں کھڑے محلے داروں کی مبارکبادیاں وصولتے اپنے شوہر برکت اللہ کے ساتھ جا کھڑی ہو اور اپنی ساس کی آنکھوں میں آنکھیں ڈال کر پوچھے آپ کے پسندیدہ قاری فضل حسین نے کونسے استخارے کے بعد اعلان کیا تھا کہ صبا گل کے بدن میں رب نے وہ قوت یا ہنرمندی ہی پیدا نہیں کی جو بیٹے کی پیدائش کا باعث بنتی ہے اور صبا کی تیسری گلاب کی کلی سی بیٹی زرگل کے بعد تو برکت اللہ کی ماں نے بانگ دُہل اعلان کر دیا تھا کہ وہ اپنے بیٹے کی دوسری شادی کرے گی تا کہ اولادِ نرینہ ایک دن اس کی زندگی کا سہارا بن سکے۔ لیکن پرانی پشتون روایات کے خلاف جن میں ملک کے باقی پس ماندہ سماجوں کی طرح عورت کو محض مرد کی جنسی تسکین یا بچے پیدا کرنے کی مشین کے علاوہ کچھ نہیں سمجھا جاتا تھا۔ برکت اللہ اپنے علاقے کے مردوں کی روایتی انا کے باوجود لمبے بالوں اور چمکیلی آنکھوں والی اپنی بیوی صبا گل سہاگ رات ہی دل کو بری طرح بھا گئی تھی۔ بار بار بیٹیوں کی ماں بننے پر گھر بھر کی لعن طعن کا نشانہ بننے اور برکت اللہ کی دوسری شادی کے اعلانات کے باوجود وہ صبا گل کی محبت سے آزاد نہ ہو سکا تھا۔ اور ایک بیٹے کی خواہش میں پیروں فقیروں کی دہلیزوں میں بیٹھا رہتا تھا۔ اور اب جو تین بیٹیوں کی پیدائش کی لعن طعن کے بعد صبا گل نے اُسے ایک بیٹے کا باپ بنا دیا تو وہ خوشی سے پھولا نہیں سماتا تھا۔ تتلیوں جیسی اڑانیں بھرتی بیٹیاں بھی اب اُسے باعث برکت لگنے لگی تھیں۔ بیٹے کی پیدائش پر اُس نے نہ صرف پورے محلے میں مٹھائی بانٹی بلکہ صبا گل کے لئے بھی خاص چاندی کا ہار اور جھمکے بطورِ تحفہ خرید کر لایا۔

میرا بیٹا شہر کا سب سے بڑا ڈاکٹر بنے گا، اس کا نام نہ صرف پشاور شہر میں گونجے گا بلکہ پورے صوبے کے لوگ اس کے گن گایا کریں گے۔ وہ صبا سے کہتا۔

پر برکت اللہ محض ایک محنتی ڈرائیور تھا۔ مہنگائی کے عفریت نے لوگوں کا جینا حرام کر رکھا تھا اور برکت اللہ کی آمدن اسقدر محدود تھی کہ وہ اپنی لڑکیوں کو گلی کے کونے کے بغیر چھت اور غسلخانے والے سکول کے علاوہ کہیں اور تعلیم نہیں دلوا سکتا تھا۔ لیکن ایمان اللہ! ایمان اللہ کے لئے پیدا ہوتے ہی اُسنے بڑے بڑے خواب دیکھنا شروع کر دیئے تھے۔ کسی بھی قیمت پر اکلوتے بیٹے کو بڑا آدمی بنا کر چھوڑے گا وہ ارادے باندھتا۔ وہ اس کے خاندان کا روشن چراغ تھا۔ اس کی روشنی سے آبادیوں کی تاریکی دور ہوگی، وہ اپنی بیوی سے کہتا۔ ایمان اللہ کی پیدائش کے بعد اُس نے دن کے علاوہ رات کے بھی کئی گھنٹے کی محنت شروع کر دی تھی لیکن جس رفتار سے اس کی آمدن بڑھتی اس کی تین گُنا رفتار سے مہنگائی کی سونامی چلنے لگتی پھر وطن دشمن عناصر کی روز بروز بڑھتی دہشت گردی اور بدامنی۔ اپنے خاندان کے روشن اور آسودہ مستقبل کا فکر برکت اللہ کو مضطرب رکھتا۔ صبا گل کہتی، جب سے ایمان اللہ آیا ہے تم پریشان رہنے لگے ہو، مجھے وجہ کیوں نہیں بتاتے۔ لیکن برکت اللہ اس کی بات ہنس کے ٹال دیتا اور اُسے کہتا وہ غلط سمجھ رہی تھی۔ وہ خدا کی مہربانیوں کا پوری طرح شکریہ نہیں ادا کر سکتا جس نے مجھے تم جیسی صابر بیوی اور چار خوبصورت بچوں سے نوازا ہے۔

لیکن ایمان اللہ کی بہترین تعلیم اور پرورش کی فکر اسے جینے نہ دیتی۔

بستیوں کو اچانک بھسم کر دینے کا رواج روز بروز بڑھتا جا رہا تھا۔ سڑکیں اور راستے غیر محفوظ ہوتے جا رہے تھے لیکن برکت اللہ بغیر سوچے سمجھے اپنی ویگن چلاتا رہتا تھا اور رزق وسیع کرنے کی فکر میں گم رہتا تھا یا پھر کبھی تھک ہار کر وہ قصہ خوانی بازار کے ایک تاریخی قہوہ خانے میں دھیان بٹانے کیلئے اپنے دوستوں کے پاس جا بیٹھتا اور اِدھر اُدھر کی باتیں کرنے لگتا۔ لوگوں کو رقم کے عوض ملازمتوں کے لئے غیر قانونی طور پر دوسرے ممالک بھجوانے والا ایجنٹ نصر اللہ شاہ بھی اکثر اوقات اس قہوہ خانے میں آتا۔ اُس نے برکت اللہ کی پریشانی دیکھ کر اس سے کہا کہ اگر وہ اسے تین لاکھ روپیہ دے دے تو وہ اسے کسی ایسے مغربی ملک بھجوا دے گا جہاں جاتے ہی اس کی قسمت بدلنا شروع ہو جائے گی اور روزگار کی تمام پریشانیاں دُور ہو جائینگی۔ برکت اللہ کا ایک محلے دار اسی طرح زیرِز میں انگلستان سمگل کیا گیا تھا، اور اب چند ہی برسوں میں اُس کے گھر والوں نے نیا گھر تعمیر کر لیا ہے۔ اور گھر میں فرج اور ٹی وی سجا دیئے گئے ہیں۔

ایک دو ملاقاتوں میں ہی نصر اللہ شاہ نے برکت اللہ کے دل میں خواہشوں کی نئی فلیتی سلگا دی تھی۔ اچھی ڈرائیوری کا ہنر تو اس کے ہاتھ میں تھا ہی لیکن کسی ایسے ملک جا کر تو اسے روڑی کوٹنا، گھاس کاٹنا یا سڑکیں صاف کرنا بھی منظور تھا جہاں اس کی کمائی میں اضافہ ہو سکے اور اس کے بیٹے کو ایک قابلِ فخر مستقبل میسر ہو۔ نصر اللہ شاہ ایک کائیاں اور لالچی ایجنٹ تھا برکت اللہ کو مل کر اسے احساس ہو گیا تھا کہ زمین زرخیز ہے۔ اُس نے اچانک ایک روز اُس سے مل کر کہا کہ اُس نے انگلستان میں دس لوگوں کی ملازمتوں کا انتظام کر لیا ہے وہ جلد از جلد پیسوں کا انتظام کر لے تا کہ وہ اسے دس لوگوں کے جتھے میں شامل کر کے انگلینڈ بھجوا سکے۔ اپنے خاندان کے روشن مستقبل کے لئے یہ کوئی بڑی رقم نہیں ہے۔۔ برکت اللہ رات بھر بے چینی سے چارپائی پہ پہلو بدلتا رہا۔ بڑا ڈاکٹر بننے کے بعد ایمان اللہ جب اپنے بچوں سے کہے گا تمہارے دادا نے ہم سب کی بہتری کی

خاطر اپنی پوری جوانی داؤ پر لگا دی تو میرا سر فخر سے تن جائے گا۔ صبا گل کی خدمت کے لئے اپنی ذاتی ملازمہ ہوگی۔ ہم سب کی زندگی بھر کی دیکھ بھال کی مشقت نے اُسے تھکا دیا ہوگا۔ ہم دونوں ایمان اللہ کے آرام دہ گھر میں اپنے پوتے پوتیوں سے کھیل کر اپنی آخری عمر سنواریں گے۔ لیکن اپنے ان پیاروں سے، برسوں کی دوری، اور ان جانی زمینوں کے جبر؟؟ رات بھر ایسی ہی ہونے نہ ہونے کی کیفیت میں پڑے پڑے اُس نے فیصلہ کر لیا کہ وہ اپنا مارکیٹ کے پچھواڑے بنا دو چار مرلے کا گھر گروی رکھ کر انگلینڈ جانے کے لیے تین لاکھ روپیہ حاصل کرے گا پھر پتہ نہیں کونسی چھٹی حس کے تحت سوئی سوئی صبا گل نے برکت اللہ کا ہاتھ پکڑ کر اپنے سینے پر رکھ لیا۔ جیسے اُسے برکت کے تحفظ کی ضرورت ہو۔ چار بچوں کی ماں بننے کے بعد بھی صبا گل کے بھرے بھرے بدن میں پتا نہیں کیا تھا اُس کے قریب جاتے ہی برکت اللہ کے بدن میں پارہ سا گھلنے لگتا اور وہ جب تک اپنے جلتے بھڑکتے سانسوں، اور خواہش سے تنے بدن کے ذریعے صبا گل پر اپنا آپ نچھاور نہ کر لیتا اُسے چین نہ ملتا۔ اُس روز صبا گل کے سینے پر سر رکھے رکھے صبح ہونے سے پہلے اُسے بتا رہا تھا کہ وہ زندگی کے اتھاہ سمندر میں ایک بڑی ڈُبکی لگانے جا رہا تھا اور سارے امتحان میں اس کی پیاری بیوی کو مردانہ وار اس کا ساتھ دینا ہوگا۔ صبا بنیادی طور پر ایک حوصلہ مند صابرہ، شاکرہ عورت تھی، لیکن اُس کے یہ سارے جذبے صرف اور صرف برکت اللہ کی محبت اور اعتماد سے سیراب ہوتے تھے۔ برکت اللہ کا فیصلہ سُن کر اسے لگا وہ پل بھر میں ٹوٹے ہوئے کانچ کی طرح بکھر جائے گی۔ لیکن ایمان اللہ۔۔۔؟؟ ایمان اللہ اور لڑکیوں کے روشن مستقبل کے خواب اُسے بھی اتنے ہی دلربا اور سنہری دکھنے لگے جتنے اُس کے شوہر کو۔ ''میں تمہاری تابعدار ہوں برکت، میں یہ تمہارا گھر بار ایک امانت کے طور پر سنبھالوں گی۔''

گلیوں بازاروں کے رنگ پُر اسرار طریقے سے بدل رہتے تھے، اِدھر سے اُدھر تیز تیز چلتے نقابوں میں چھپے اسلحہ بردار مرد، جگہ جگہ دیواروں پہ لکھے قتال کے پیغامات، سکولوں اور محافظوں پر برسائے جانے والے ہلاکت خیز بم۔ اپنے مستقبل کی سوچوں میں ڈوبے برکت اللہ کو ارد گرد پھیلتی سونامی کی کچھ سمجھ نہیں آ رہی تھی۔ ایسی ہی سوچوں میں ڈوبا وہ ایکدن بارات سے بھری ویگن لے کر پشاور سے کوہاٹ کی طرف جا رہا تھا ساتھ والی فرنٹ سیٹ پر بیٹھا اونچا لمبا دولھا، تلے کا سہرا پگڑی پہ دھرے بیٹھا مسکرا رہا تھا۔ باراتی تالیاں بجا بجا کر پشتو میں شادی کے لوک گیت گاتے جا رہے تھے۔ درہ کے اسلحہ بازار کے دونوں طرف چھوٹی چھوٹی بے آب و گیاہ پہاڑیاں تھیں۔ برکت اللہ اسلحہ بازار پار کر کے کوہاٹ روڈ پر پڑا تو ڈھاٹوں والے بندوق برداروں نے اس کا راستہ روک لیا اور برکت اللہ کے سر پر بندوق رکھ کر اُسے ویگن سے باہر آنے کو کہا۔ برکت اللہ نیچے اترا تو دونوں بندوق بردار بھری بھرائی ویگن کو لے کر جنگل کی طرف روانہ ہوگئے، باراتیوں کی چیخ و پکار اور نقاب پوشوں کی ہوائی فائرنگ برکت اللہ کو دیر تک سنائی دیتی رہی۔ دو تین روز تک برکت اللہ پشاور کے کسی تھانے میں بند رہا، پولیس نے دورانِ تفتیش اُسے تشدد کا نشانہ بھی بنایا، جب انہیں اچھی طرح یقین ہو گیا کہ برکت اللہ بے گناہ ہے تو کمر پر لات مار کر اُسے گھر واپس جانے کی اجازت دے دی گئی۔ اُس روز برکت اللہ نے گھر آتے ہی صبا کو ملک چھوڑ کر بہتر کمائی کی خاطر کسی دُور دیس جانے کا فیصلہ سُنا دیا۔

مکان گروی رکھنے کے بعد برکت اللہ نے جب تین لاکھ نصر اللہ شاہ کے حوالے کئے تو اس نے اس کے گھر کئی کئی پھیرے ڈالنے شروع کر دیئے، صبا اور بچوں کو ایک سگے بھائی کی دیکھ بھائی کا یقین دلایا۔

صبا نے صرف برکت اللہ کے جانے کی آخری رات، اُس کے بدن کا تحفظ اپنے اوپر اوڑھتے ہوئے کہا۔ ''تین لاکھ شاہ سے واپس لے لو برکت، ہم جیسے ہیں ٹھیک ہیں، یہ کئی دنیاؤں کی دوری ہم سے برداشت نہ ہوگی۔ مجھے ڈر لگ رہا ہے، برکت تمہارے بنا جینے کے تصور سے تنِ تنہا، پورے خاندان کو سنبھالنے کی ذمہ داری سے۔''

لیکن صبا کو اس نے یہ کہہ کر تسلی دی کہ وہ چند ماہ میں ان سے ملنے واپس آئے گا اور نصر اللہ شاہ اُن کے ہر مسئلے میں ان کا مددگار ثابت ہوگا۔

پھر صبا گل کو برکت اللہ کی خیریت کی آخری خبر کوئٹہ سے موصول ہوئی۔ وہ ٹیلیفون پر اُسے اور بچوں کو خدا حافظ کہہ رہا تھا اُس کی آواز پُر عزم اور پُر امید تھی۔ پھر وہ دس کے دس لوگ کسی اچھے کل کی تلاش میں بارڈر پار چلے گئے تھے۔ اور نصر اللہ شاہ ان کے خاندانوں کو ہر تیسرے چوتھے دن ان کے بحفاظت سفر کی خیر خیریت پہنچاتا رہا تھا۔ پھر آہستہ آہستہ اُس نے خاموشی اختیار کرنا شروع کر دی تھی اور صبا کو اس سے رابطہ قائم کرنے کا کوئی طریقہ سمجھ میں نہیں آ رہا تھا۔ پھر دن ہفتوں اور ہفتے مہینوں میں بدلنے لگے تھے۔ لیکن برکت اللہ اور اسکے ساتھیوں کو جیسے زمین نگل گئی تھی۔ نصر اللہ شاہ نے برکت اللہ کے جانے سے پہلے جو فون صبا گل کو دیا تھا اب وہاں سے کوئی جواب نہ آتا تھا۔ پھر پوچھتی پچھاتی اپنی بوڑھی ماسی کے ساتھ صبا گل شاہ کا پتا معلوم کرنے قصہ خوانی کے اس قہوہ خانے بھی جا پہنچی تھی۔ جہاں نصر اللہ شاہ بیٹھتا تھا، لیکن وہاں بھی اس کے بارے میں کسی کو کچھ معلوم نہ تھا۔ قہوہ خانے کا مالک برکت اللہ کا دوست تو برکت اللہ کے بارے میں خود بھی پریشان تھا لیکن وہ صبا گل کی پوچھ تاچھ کے بارے میں اس کی کچھ بھی مدد نہ کر سکا۔ اپنی اور بچوں کے سانس کی ڈوری قائم رکھنے کی خاطر صبا کے پاس برکت اللہ کے دادا کی مینا بازار پشاور میں کرائے پہ اُٹھی دو دکانوں کے علاوہ کوئی بھی ذریعہ آمدن نہ تھا۔ اُس نے دکانداروں سے اُون حاصل کر کے چھوٹے بچوں کے سویٹر بُننے کا کام شروع کر دیا۔ لیکن مہنگائی کی تیز چلتی بادِ سموم نے لوگوں کے لئے نمک کے ساتھ روٹی کھانا بھی محال کر دیا تھا۔

سنگلاخ پہاڑوں اور وادیوں میں پھوٹے منافرت اور بہمیت کے لاوے نے اب روشن شہروں کا رخ کر لیا تھا۔ انسانیت اور انسانی تہذیب کے دشمنوں نے بستیوں پر آگ برسانا شروع کر دی تھی۔ گلیاں کوچے بے گناہ انسانی

بدنوں کے چیتھڑوں سے بھر گئے تھے۔ موت سے ڈرے لوگ گھروں میں چھپ کر زندگی بسر کر رہے تھے۔ برکت اللہ جس دھند میں غائب ہوا تھا، وہ روز بروز مزید گہری ہوتی جا رہی تھی۔ دن بھر محنت مشقت کے بعد جب صبا تھکن سے چور بستر میں گرتی تو برکت اللہ کی گمشدگی اُسے کانٹوں پر لوٹاتی۔ وہ گھٹنوں میں قد نکالتے ایمان اللہ کو دیکھتی جو ڈاکٹری کی تعلیم تو کیا ایک عام سکول کی فیس بھی ادا کرنے سے قاصر تھا۔ لڑکیوں کا سکول تو بم سے مسمار ہونے کے بعد یونہی گھر بیٹھ گئی تھیں۔ قاری فضل حسین محلے کا پرانا امام مسجد اور بچوں کو قرآن پڑھانے والا تھا۔ دوسرے، بہت سے گھروں کی طرح برکت اللہ کے خاندان میں بھی اس کا آنا جانا تھا۔ اور ان لوگوں کے حالات سے اچھی طرح واقف تھا۔ عیدالضحیٰ سے کچھ پہلے اُس نے صبا اور اس کی بوڑھی ساس کو آ کر بتایا کہ نصر اللہ شاہ غریبوں سے جھوٹ بول کر رقم ہتھیانے اور انہیں غیر قانونی طور پر ملک سے باہر بھجوانے کے جرم میں گرفتار کر لیا گیا ہے، کیونکہ اس کے بھیجے ہوئے جتھوں میں سے بہت سے لوگ دوسرے ممالک کی جیلوں میں سڑ رہے ہیں یا ان کی گولیوں کا نشانہ بن چکے ہیں۔ صبا کو لگا قاری فضل حسین نے اس کے گھر کی کڑ کڑ کرتی چھت کو آگ لگا دی ہے اور اب کچھ ہی منٹوں میں برکت اللہ کا جدی پشتی گھر اُن کے سروں پہ آن رہے گا۔ برکت اللہ کی ماں کے دلدوز بینوں نے سارا محلہ سر پہ اُٹھا لیا اور وہ سب لوگ اُسے جھوٹی تسلیاں دینے کے لئے کئی دن تک اُس کے ارد گرد بیٹھے رہے۔ پھر صبا گل نے اپنے آپ کو خود ہی حوصلہ دے دیا وہ یہ ماننے پر کسی طرح تیار نہیں تھی کہ اُس کا سرو کے بوٹے جیسا لمبا اونچا برکت اللہ کسی فنا کا شکار ہو سکتا ہے۔ شدید عذاب میں گھر جانے کے بعد اس کے اندر کی چھٹی حس اُسے زندگی سے لڑنے کی ہمت اسی طرح دے دیا کرتی تھی۔

دکانداروں سے اُس نے روزانہ محنتانے پر سلائی کڑھائی کے چھوٹے چھوٹے کام لینا شروع کر دیئے۔ اور برکت اللہ کی واپسی کی آس لگائے زندگی کا سرا ایک نئی ہمت سے پکڑ لیا۔

وحشت اور بربریت کا طوفان گھروں میں گھسنے لگا تھا۔ تعلیمی اداروں کو بچوں کی اجتماعی قبروں میں تبدیل کیا جا رہا تھا۔

قاری فضل حسین ایک مدت سے محلے کی چھوٹی مسجد میں دو ہزار مہینے پر پیش امام کی ملازمت کرتا تھا۔ اس کا باقی خاندان بارڈر کے کسی سنگلاخ پہاڑی گاؤں میں رہتا تھا۔ بار ہا محلے کے لوگ اس کی مذہبی خدمات کے عوض اُسے ایک وقت کی روٹی بھیج دیا کرتے تھے۔ صبا گل کے پاس اس کے سوا کوئی راستہ نہ تھا کہ ایمان اللہ کو وہ قرآن پڑھانے اور مفت میں کھانے پینے کے لیے قاری فضل حسین کے مدرسے میں چھوڑ دے۔ برکت اللہ کا اپنے بیٹے کو ڈاکٹر بنانے کا خواب کہیں اس کے وجود کے ساتھ ہی دفن ہو گیا تھا۔

صبا گل جب ایمان اللہ کو انگلی لگا کر قاری فضل حسین کے مدرسے چھوڑنے گئی تو کچھ دیر اسے یقین ہی نہ آیا کہ سنگِ مرمر کی اونچے برجوں والی خوبصورت عمارت قاضی فضل حسین کا مدرسہ تھی۔ مدرسے کے صاف ستھرے کشادہ صحن میں مختلف عمروں کے بچے سیپاروں کا ایک ہی ردھم میں ہل ہل کر رٹا لگا رہے تھے۔ رٹا لگاتے لگاتے وہ بوریت سے کبھی ایک دوسرے کے ساتھ دھکم پیل کرنے لگتے، کبھی منہ چھپا چھپا کر ہنستے۔ ایمان اللہ کو قاری نے انتہائی شفقت اور اپنائیت سے خوش آمدید کہا۔ اور صبا سے کہا اتوار کے دن وہ اُسے خود لے کر گھر آئے گا۔ وہ اطمینان سے گھر چلی جائے۔ صبا ایمان اللہ کو قاری کے حوالے کر کے مدرسے سے باہر نکل رہی تھی تو اس نے دیکھا، قاری کی رہائش کی طرف اوپر جانے والی سیڑھیوں سے دو داو نچے لمبے نقاب پوش بندوقیں لٹکائے نیچے اتر رہے تھے۔ چادر میں لپٹی صبا کو دیکھ کر وہ ایک پل رکے اور انتہائی غصے میں اُسے کہا کہ مسلمان عورت کا گھر سے باہر نکلنا گناہ ہے۔ تم یقیناً دوزخ کی خوراک ہو۔ آئندہ ہمیں کہیں دکھائی دی تو گولیوں سے چھلنی کر دی جاؤ گی۔ برکت اللہ کے بعد گھر میں کوئی دوسرا مرد موجود نہ تھا۔ صبا گل کے سر پر پورے گھر کی ذمہ داری تھی۔ گھر میں قید ہو کر بیٹھنا اُس کے بس میں نہ تھا۔ اُس پر ایسی درشتی سے گرجنے والے نقاب پوش کون تھے۔ وہ کچھ نہیں جانتی تھی۔ برکت اللہ ہوتا تو اُن سے اچھی طرح پوچھتا غیر عورتوں پر اپنی حاکمیت جتانے والے وہ کون ہوتے ہیں۔ لیکن اب اپنے تمام مصائب پر چپکے چپکے آنسو بہانے کے سوا اس کے پاس کوئی چارہ نہ تھا۔ بیٹیاں بھی گندل قد ایک ساتھ جوان ہوتی جا رہی تھیں۔ برکت اللہ کے بارے میں اب اس کے انتظار کی شمعیں ایک ایک کر کے بجھتی جا رہی تھیں۔ اب وہ بچوں کو روٹی صرف آدھی آدھی بانٹ کر دیتی تھی۔ قتل و غارت اور مہنگائی سر چڑھ کر بولنے لگے تھے۔

ایک برس میں ایمان اللہ نے پورا پہلا سیپارہ حفظ کر لیا تھا۔ تھوڑے بہت اردو کے الفاظ سے بھی اس کی شناسائی ہو چکی تھی۔ پشاور کے موسمِ سرما میں اس سے پہلے کبھی ایسی گھنی اور سیاہ دھند نہ پھیلی تھی۔ دن کے دوران بھی لوگ ہاتھوں میں ٹارچیں لئے پھرتے تھے۔ ایمان اللہ کو گھر آئے بہت دن گذر چکے۔ قاری فضل حسین آٹھ دس روز کے بعد اُسے خود ہی ساتھ لے کر آ جایا کرتے تھے۔ تیز موسمی بخار نے صبا کو گھر سنبھالنے جوگا بھی نہ چھوڑا تھا۔ بخار کی تندی میں اُسے کئی بار لگا برکت اللہ کے صحتمند سانس اُس کے چہرے کو چھو رہے تھے۔ بستر کے اندر اس کے بدن کی مہک تھی لیکن جب نیم بے ہوشی کے عالم میں اپنا ہاتھ برکت اللہ کی چوڑی چھاتی پہ رکھتی تو اسے اپنے مہربان شوہر کا کہیں ہیولہ بھی محسوس نہ ہوتا۔ پھر سائیں سائیں کرتی تنہائی اور تھکن اس کی آنکھوں سے تیزاب بن کر برسنے لگتی۔

قتل و غارت کی کہانیاں اب بستی بستی بھڑکنے لگی تھیں۔ خوف سے سمٹی زندگی گھروں میں چھپ کر بیٹھ گئی تھی۔ بیس روز بعد صبا گل بستر سے اُٹھی تو علی الصبح اپنے بیٹے ایمان اللہ کی خیریت معلوم کرنے مدرسے جا پہنچی۔ کپڑے کی مذہبی ٹوپیوں والے بچے صحن میں بیٹھے بدستور ہل ہل کر قرآن حفظ کر رہے تھے۔ برآمدے میں ایک طرف کارتوسوں کی پیٹیاں اور بندوقیں رکھی تھیں اور بے ہنگم سیاہ ڈاڑھیوں اور لمبے لمبے بالوں والے جنگلی نوجوان ادھر اُدھر گھوم رہے تھے۔

''نکل جاؤ باہر، مدرسے میں عورت نہیں آسکتی۔ یہ ایک پاکیزہ جگہ ہے۔'' ایک ڈاڑھی والا صبا پر گرجا۔

''دوزخی بے حیا۔ چہرہ ننگا کر کے گھوم رہی ہے۔'' دوسرا پختہ عمر آگے بڑھ کر صبا پر چیخا۔

''چادر! میں ہمیشہ چادر لیتی ہوں۔ مجھے قاری فضل حسین سے ملنا ہے یہاں میرا بیٹا ایمان اللہ پڑھتا ہے۔'' صبا گل نے خوفزدہ ہو کر کہا۔

لے جاؤ یہاں سے اپنا ناپاک وجود، یہاں نہ کوئی قاری فضل حسین ہے نہ ایمان اللہ۔ دفعہ ہو جاؤ۔ پہلے نے صبا گل کو تقریباً باہر کی طرف دھکیلتے ہوئے کہا۔

''یوں نہیں ہو سکتا، میں ایسا نہیں ہونے دونگی میں پولیس کے پاس جاؤنگی مجھے میرا بیٹا چاہیے۔'' کئی گھنٹے مدرسے کے باہر بیٹھی وہ سینہ کوبی کرتی رہی، مدرسے والوں کو تبرے بولتی رہی لیکن سہمے سہمے لوگ اس کے قریب کھڑے ہونے سے بھی گریز کر رہے تھے۔ تھانے والوں نے اُس سے کہا بیٹا گم ہو جانے کا کوئی پکا ثبوت لاؤ۔ اگر تم نے اسے مدرسے میں چھوڑا تھا تو ممکن ہے وہ اپنی مرضی سے کہیں چلا گیا ہو۔''

ایسا نہیں ہو سکتا کہ میرا اور میری بیٹیوں یا ان کی دادی کا کوئی خدا ہی نہ ہو اور وہ ہماری ہڈیوں کے گودے کو چاٹتے ہمارے دکھوں کا کوئی مداوا نہ کر سکے۔ اوپر والے کو ایمان اللہ کی تلاش میں میری مدد کرنا ہوگی میں اُسے گھر واپس لا کر اپنے گھر بار کا والی وارث بناؤنگی وہ اپنی بہنوں کی ڈولیاں اپنے ہاتھوں سے رخصت کرے گا۔ اُس نے قاضی فضل حسین کے پرانے گھر کی طرف جاتے ہوئے ارادہ باندھا۔ شدید مشکلات میں زندگی کے سامنے ڈٹ جانے کی صبا گل کی اسی عادت نے برکت اللہ کو وطن چھوڑنے کا حوصلہ دیا تھا۔

قاری فضل حسین کے گھر میں نئے کرائے دار آ چکے تھے۔ اور قاری کے غائب ہو جانے کے بارے میں وہ کچھ نہیں جانتے تھے۔ مدرسے کے اردگرد پھر پھر کر وہ بے حال ہو چکی تھی۔ نئے سے نئے اسلحہ بردار صبا کے ایمان اللہ کے بارے میں سوالات پر اُسے مغلظات سے نوازتے اور خون کے آنسو بہاتی وہ گھر واپس لوٹ آتی۔

ایمان اللہ کا بارھواں جنم دن قریب آ رہا تھا اور صبا گل کی عادت تھی کہ ایمان اللہ کی سالگرہ سے پہلے محلے کی بیبیوں میں قرآن کے سیپارے بانٹ کر وہ اپنے بیٹے کی خیر و برکت کی خاطر قرآن ختم کرایا کرتی تھی۔ بیوہ ماسی خدیجہ پورے محلے کی ماں تھی۔ اُس کے بدن میں خون صرف دوسروں کے دُکھ درد کی سانجھ سے گردش کرتا تھا۔ ایمان اللہ کے ہر جنم دن پہ قرآن ختم کرانے اور خیر و برکت کی دعا کرانے کی ذمہ داری ماسی ہمیشہ اپنے سر لیتی تھی۔ زندگی کی بندگلی میں پل پل بڑھتی تاریکی نے صبا کے دعاؤں کے جذبے کو بھی متزلزل کر دیا تھا۔ خدیجہ ماسی نے گھر آ کر صبا کو اُٹھایا ''مینا بازار کی مسجد سے سیپارے مانگنے جانا ہے۔ ایمان اللہ کی سالگرہ میں صرف تین دن باقی ہیں۔ ہم لوگ روز کا ایک قرآن پڑھیں گے۔ خدا اسے خود گھر لے آئے گا چلو میرے ساتھ اور ان بے چاری لڑکیوں کو بھی ساتھ لے لو، بازار سے میں انہیں کوئی گاجر مولی لے دونگی، باہر کی ہوا کو ترس گئی ہیں بے چاری۔''

شہروں میں بارود تو برس رہا تھا لیکن لوگ سمجھتے تھے بے ضرر، پرانی غیر اہم بستیوں سے انہیں کوئی دلچسپی نہ تھی۔ دھند بہت دنوں بعد چھٹی تھی۔ روشنی اور دھوپ نے بازاروں اور سڑکوں پر لوگوں کے ٹھٹھ کے ٹھٹھ لگا دیئے تھے۔ ماسی خدیجہ نے کہا پہلے وہ لڑکیوں کو بازار سے کھانے پینے کی کوئی چیز لے کر دے گی واپسی پر مسجد سے سیپارے حاصل کریں گے۔

مینا بازار میں تل دھرنے کی کوئی جگہ نہ تھی۔ شادیوں کے موسم کی وجہ سے دکانیں زرق برق لباسوں، جوتوں، مہندی، چوڑیوں سے لبالب بھری تھیں۔ رش کی وجہ سے کھوے سے کھوا اچھل رہا تھا۔ خدیجہ ماسی لڑکیوں کو لے کر چوڑیوں کی دکان پہ کھڑی تھی۔ صبا گل چادر لپیٹ کر چاٹ والی ریڑھی کے ساتھ پڑی ٹوٹی پھوٹی کرسی پہ بیٹھ گئی۔ منہ پہ ڈھاٹا باندھے بھاری شال میں لپٹا، وہ صبا گل سے کچھ فاصلے پر آن کھڑا ہوا۔ اُس کی آنکھوں میں غصے اور تحیر کے ملے جلے جذبات تھے۔ لمبی لمبی پلکوں والی وہی سیاہ چمکیلی آنکھیں تھیں جو صبا کی چھاتی کا دودھ گلے میں اتارتے وقت مسلسل اُس کے چہرے پہ ٹکی رہتی تھیں۔ دودھ سے نہائے لمبے لمبے ہاتھ بھی اُس کے بیٹے ایمان اللہ کے تھے اور اس کے ہاتھ کی پشت پہ پھیلا سیاہ تل بھی وہی، جسے پیدائش کے وقت دیکھ کر برکت اللہ نے کہا تھا ''ایسے تل والوں کے ہاتھ ہمیشہ دوسروں کی مدد کرتے رہتے ہیں۔'' ایمان اللہ ماں کو دیکھ کر ایک لمحے کے لئے جامد ہو گیا تھا۔ اس کے ماتھے پر اللہ اکبر کی سبز پٹی بندھی تھی۔ ''ایمانے'' صبا گل چیخی میرے پیارے بیٹے اور جھپٹ کر اُس نے ایمان اللہ کو اپنی چھاتی سے لگا لیا۔

پھر کسی نے اچانک سارے میں صور پھونک دیا۔ جہنم کی آگ کے سارے ستون ایک ساتھ بھڑک اُٹھے۔ لڑکیوں، عورتوں، دکانداروں کے چیتھڑا چیتھڑا بدن ہوا میں اچھلنے لگے۔ انسانی چیخوں اور کراہوں کی آواز عرش کے پائے ہلانے والی تھی۔ چوڑیوں اور مہندیوں والے بچیوں کے کٹے ہوئے بازو سوختہ شاخوں کی طرح جگہ جگہ بکھرے سلگ رہے تھے۔ مینا بازار کی صدیوں پرانی ثقافت اُسی محلے کے اپنے بیٹے کے ہاتھوں نیست و نابود ہو چکی تھی۔ صبا نے آخری سانس لیتے ہوئے اپنے پہلو میں پڑے ایمان اللہ کے بدن سے کٹے چہرے کو دیکھا اس کے چہرے کی معصومیت اس وقت بھی فرشتوں کو مات کر رہی تھی۔ صبا گل کو لگا وہ انسانوں کے اس بے ہنگم شور میں بھی اُسے کہہ رہا تھا ''امی میں بے گناہ ہوں۔ وہ لوگ کہتے تھے جنت میں داخل ہونے کے لئے غافلوں اور بے خبروں کو راستے سے ہٹانا پڑتا ہے وہ بے شک اپنے ہوں یا بیگانے۔'' ''ڈاکٹر ایمان اللہ'' لوگوں کی آہوں اور کراہوں میں ایک سرگوشی گونجی۔ اور شعلے آسمان سے باتیں کرنے لگے۔

بے منزل

محمد سعید شیخ

سو روپے کی مسافت تھی' جلد ہی کٹ گئی۔ ابھی کوئی منزل بھی نہیں آئی تھی۔ کوئی منزل تھی بھی نہیں۔

ڈرائیور نے سڑک کے کنارے رکشہ کھڑا کیا اور پیچھے گردن موڑ کر سواری سے کہنے لگا۔ ''لو بزرگو۔ آپ کے سو روپے ختم ہو گئے' اِدھر ہی اتر جاؤ۔'' اور وہ خاموشی سے رکشہ سے اترا' بغیر کچھ کہے سڑک کے کنارے فٹ پاتھ پر لگے کمزور سی روشنی والے لیمپ پوسٹ کے سائے میں کھڑا ہو گیا۔

رات کا وقت گہرا ہوتا جا رہا تھا۔ اِکا دُکا لوگ اس کے پاس سے گزرتے رہے بغیر اس کے اس طرح سے کھڑے ہونے پر توجہ دیئے۔ اور وہ سوچتا رہا میں کہاں سے آیا ہوں، میں نے کدھر جانا ہے۔ کہیں بھی پہنچنے کی اُسے کوئی جلدی نہیں تھی۔ دو ایک دفعہ اس نے اپنے دائیں بائیں دیکھا' کوئی راستہ مانوس دکھائی نہیں دیتا تھا۔ اس کے سامنے دو رویہ سڑک خالی پڑی تھی جسے پار کرنے کی اُسے کوئی خواہش محسوس نہیں ہو رہی تھی۔ اسے ابھی تک یاد تھا کہ ایک رکشہ والے نے اُسے یہاں اتارا تھا یہ کہتے ہوئے ''لو بزرگو۔ آپ کے سو روپے ختم ہو گئے' اِدھر ہی اتر جاؤ۔'' رکشے والے کو یہ سو روپے شاید اس کے بیٹے نے دیئے تھے بغیر اسے کچھ بتائے کہ وہ اُسے کہاں بھیج رہا ہے۔ اب وہ اپنے بیٹے کے پاس واپس جانے جوگا بھی نہیں تھا۔ واپسی کے سو روپے اس کے پاس نہیں تھے اور نہ ہی اُسے یہ یاد تھا کہ اس کا بیٹا کہاں رہتا تھا۔ اس بیٹے کی شبیہہ سی اس کے دماغ میں رہ گئی تھی جسے جب وہ یاد کرنے کی کوشش کرتا تو وہ مزید دھندلانے لگتی۔

پھر اچانک ایک شخص اس کے پاس سے گزرتا ہوا اس کی جسمانی زبان کی بے بسی دیکھ کر اس کے پاس کھڑا ہو کر پوچھنے لگا۔

''کہاں جانا ہے آپ نے؟''

''کہیں بھی۔ کہیں بھی جہاں مجھے سر چھپانے کو جگہ مل جائے۔''

''کوئی تو ہو گا آپ کا اس شہر میں؟''

''نہیں۔ کوئی نہیں۔'' جواب کے لئے اُسے کچھ بھی سوچنا نہیں پڑا۔ تو اس شخص نے اس کا ہاتھ پکڑا سامنے والی سڑک پار کرائی اور بائیں جانب تھوڑی دیر چلے اور پھر دائیں جانب چھوٹی سڑک پر مڑ گئے۔ نئی آبادی شروع ہو گئی۔

''ادھر لاوارث بوڑھوں کے لئے گورنمنٹ نے ایک ادارہ قائم کیا ہے، میں آپ کو وہاں لے چلتا ہوں۔''

وہ خاموش رہا۔

یہ ''عافیت خانہ'' تھا۔ وہ وہاں پہنچ گیا۔

ادارہ کی انچارج ایک خاتون تھی جسے بوڑھے لاوارث لوگوں سے ہمدردی تھی۔ اُس کے پوچھنے پر وہ بمشکل اپنا نام بتا سکا۔ جمیل بٹ۔

اس وقت۔ بس مجھے سونے کے لئے تھوڑی سی جگہ چاہیے اور کچھ نہیں۔ باقی کچھ نہ پوچھیں۔ اور۔

''اور کیا؟'' انچارج نے پوچھا۔

علیحدہ کمرہ۔ جہاں سے رات کو کوئی بھی میری چیخیں نہ سن سکے۔ میں رات کو شاید اونچی اونچی آواز میں چیختا ہوں۔ میرے گھر والے میری اس عادت سے بہت تنگ تھے۔

''گھر والے۔؟'' عافیت کی انچارج چونک پڑی۔

''تم تو کہتے تھے میرا کوئی نہیں۔ کوئی گھر نہیں۔''

اور وہ گھبرایا نہیں۔ ''اب نہیں ہیں۔ انہوں نے گھر سے نکال جو دیا۔ اب وہ میرا گھر نہیں کوئی بیٹا بھی نہیں۔

انچارج چپ ہو گئی۔

''کچھ کھاؤ گے؟ تمہیں بھوک تو لگی ہو گی۔''

وہ خاموش رہا۔ اُسے یاد نہیں تھا اس نے آخری کھانا کب کھایا تھا۔

''نہیں۔ مجھے بھوک نہیں۔'' ایک لمحہ پہلے تک وہ بھوکا۔ اب جو کہا بھوک نہیں' تو اس کی بھوک غائب ہو گئی۔ عجیب سی خوشی کا احساس ہوا اُسے۔ ایک طرح کی ایکسائٹمنٹ جیسے اب بھی اس ہاری ہوئی حالت میں بھی اس کے اختیار میں کچھ تو تھا۔ وہ خود کو بھوکا رکھنا چاہتا تھا یہ جاننے کے لئے کہ بھوک کیا ہوتی ہے۔

''ایک مکین کا کھانا بچا ہوا ہے۔ اتفاق سے ویسے تو ہمیں ہر مکین کے تین وقت کے کھانوں کے لئے چوبیس روپے ملتے ہیں۔ مشکل ہوتی ہے پھر بھی پورا کر ہی لیتی ہوں۔ آج تو ایک مکین کا کھانا بچا رکھا ہے۔ چاہو تو منگوا دوں۔''

''نہیں جی۔ شکریہ۔ مجھے بھوک نہیں۔'' وہ اپنی انچارج کے سامنے سے اٹھ گیا۔ اُسے کمرہ مل گیا۔ بستر مل گیا۔

اُسے پتا تھا اس کے دشمنوں نے نیند میں اس کا پیچھا کرنا تھا اور اس نے اپنی جان بچانے کے لئے چیختے ہوئے ان کے آگے آگے بھاگنا تھا۔ وہ روز بچ جاتا تھا۔ جب وہ اس کے سر پر آ پہنچتے تھے خوف سے اس کی آنکھ کھل جاتی تھی۔

وہ سمجھتا تھا انہیں اب بدلہ لینے کا کوئی حق نہیں۔ وہ اس دوہرے قتل کی سزا بھگت چکا تھا۔ عدالت نے اسے پھانسی کی سزا دی تھی جس کے خلاف ان کی اپیل بھی مسترد ہو گئی تھی اور پھر جب وہ جیل کی کال کوٹھری میں بلیک وارنٹ کا انتظار کر رہا تھا تو وہ خود کو مردہ تصور کرنے لگا تھا صرف مرنے کی پھانسی کی رسم ادا کی جانا باقی تھی۔

مقتول کے وارث مطمئن ہو گئے تھے کہ ان کا مجرم اب کسی روز پھانسی پر لٹک جائے گا۔ اس کی مدت یقینی ہو چکی تھی۔

پھر اُس مرے ہوئے قیدی کو برٹش گورنمنٹ نے خرید لیا۔ انڈیا پر

حکومت تو ان کی ہی تھی پھر بھی اس کی زندگی کا سودا ہوا۔ غلام قوم کے اس پھانسی کے جرم کی قیمت ہی کیا تھی وہ بہت ہی سستے داموں بک گیا۔ خفیہ سودا ہوا۔ اس وقت میڈیا نہ ہونے کے برابر تھا۔ کوئی نہ جان پایا کہ وہ کس قیمت پر بکا اور قیمت کس کرنسی میں ادا کی گئی۔

برطانیہ کے سائنس دانوں اور ڈاکٹروں کو ایسے کسی انسان کی ضرورت تھی جسے وہ ہیروشیما کی بستی میں بھیج کر دیکھنا چاہتے تھے کہ امریکی ایٹم بم نے جو وہاں تباہی مچائی تھی اس کے انسانی جسم پر کیا اثرات مرتب ہوتے ہیں۔

اس کے لئے جمیل بٹ کا انتخاب ہوا تھا۔

اور جمیل بٹ جو خود کو مردہ سمجھ چکا تھا خود کو زندہ پا کر حیران رہ گیا اس کی حیرت ایک خوشی سے زیادہ صدمہ کی کیفیت تھی اور اُسے اندازہ نہیں تھا کہ زندگی یوں بھی اپنے رنگ بدل سکتی تھی۔ وہ اس کے لئے ایک طرح سے نئی زندگی کے لیے تیار نہیں تھا۔ وہ تو مرنے کے متعلق سوچا کرتا تھا۔ کال کوٹھری کا ایک ایک دن، ایک ایک رات اس کے وجود اس کے احساس پر پاؤں رکھ کر گزرتا تھا۔ اور کبھی کبھی یہ وقت ٹھہر جاتا تھا۔ رات اتنی لمبی ہو جاتی تھی کہ گزرے نہیں گزرتی تھی۔ صبح تھی کہ ہونے کو ہی نہیں آتی تھی۔ زندگی سے عدم کی مسافت کتنی ہوگی اس کے ساتھ کیا ہوگا' مرنے کے بعد کیا وہ بالکل ختم ہو جائے گا؟ یا وہ کسی نئی حالت میں منتقل ہو جائے گا، وہ سوچتا تھا اور خوف کی ایک تیز لہر اس کی پشت میں دوڑ جاتی تھی۔ جیل کے سپاہی' وارڈن اُسے رحم کی نظروں سے دیکھتے تھے' یوں جیسے اس کی خلقت میں کوئی خاص تبدیلی ہو رہی ہو۔ اس کی کوٹھری کے پاس سے گزرتے سپاہیوں کے قدم مدہم ہو جاتے تھے خود بخود جیسے وہ موت کا احترام کر رہے ہوں۔ کوئی اُسے دُکھ نہیں پہنچانا چاہتا تھا، کوئی اُس کی دل شکنی نہیں کرنا چاہتا تھا۔ وہ اس کی اتنی ہی دیکھ بھال کرنے لگے تھے جیسے کسی مہمان کی کی جاتی ہے۔

اور اب اچانک اُسے زندگی بخش دی گئی تھی اور مری ہوئی حالت سے زندہ حالت میں آنے کے لئے اُسے شعوری کوشش کی ضرورت محسوس ہو رہی تھی۔ جس حالت کو وہ قبول کر چکا تھا جس کے سپرد وہ خود کو کر چکا تھا اب اسے اس سے نکلنے کے لیے نئی قوت' نئی توانائی کی ضرورت پڑ رہی تھی۔

وہ تو جیسے اپنی مسافت طے کر کے اپنی منزل پر پہنچ چکا تھا۔ مگر اب اسے نئے راستے پر ڈال دیا گیا تھا۔ ایک نئی مسافت اُسے نظر آ رہی تھی۔

اُسے تو بعد میں بتایا گیا کہ اس کی زندگی کس مقصد کے لئے بچائی گئی تھی۔ یہ اس کا مقصد نہیں تھا' اس کا تو اب کوئی بھی مقصد نہیں تھا وہ تو جیسے دوسروں کی خاطر زندہ رہ رہا تھا۔ اپنی زندگی تو وہ پہلے ہی گزار آیا تھا اس لئے اسے اس بات کی زیادہ پرواہ نہیں تھی کہ کوئی اس کی زندگی سے کیا مقصد حاصل کرنا چاہتا ہے۔

اُسے ایک ماہ کی ٹریننگ دی گئی۔ یہ ایک طرح کی فوجی ٹریننگ تھی جیسے اسے کسی مہم پر بھیجا جا رہا ہو۔ اس عرصہ میں اس کی صحت کا خاص خیال رکھا گیا اور کسی حد تک اس کی وہ توانائیاں بحال کرنے کی کوشش کی گئی جو جیل میں رہ کر ضائع ہو گئی تھیں۔

اور پھر تمام تیاریوں کے بعد جن کی تفصیل اس کے علم میں نہیں تھی اُسے جہاز میں ایک مقام تک لے جایا گیا جس کے متعلق اُسے نہیں بتایا گیا اور وہاں ایک دن کے قیام سے اُسے بتایا گیا کہ اُسے ہیروشیما کے اس شہر میں اتارا جائے گا وہاں وہ اُتنی دیر رہے گا جتنی دیر وہ برداشت کر سکے گا اور پھر جب وہ کہے گا وائرلیس کے ذریعہ اس کے پیغام پر اُسے وہاں سے اٹھا لیا جائے گا۔ اور واپس برطانیہ لیجا کر اس کے جسم کو زیرِ مشاہدہ رکھا جائے گا یہ جاننے کے لئے کہ اس کے جسم پر اس ماحول کے کیا اثرات مرتب ہوئے ہیں۔ یہ بڑی ترقی پسند قوم تھی وہ اپنے اس تجربے سے جاننا چاہتے تھے کہ تابکاری اثرات انسانی جسم پر کیا اثر چھوڑتے ہیں۔ وہ اپنے اور دنیا کے علم میں اضافہ کرنا چاہتے تھے۔ اس تجربہ کے لئے انہیں چوہے نہیں انسان چاہیے تھے ایسے انسان جو چوہوں کی جگہ ان ہی مقاصد کے لئے استعمال ہو سکیں۔ ایسے انسان انہیں چوہوں کی قیمت پر کہیں نہ کہیں سے مل جاتے تھے۔

وہ اکیلا نہیں تھا، دو تین تھے۔ ایسے ہی کم قیمتے جو کسی نہ کسی وجہ سے کسی نہ کسی بشری قصور یا کمزوری کی وجہ سے انسان کے درجہ سے گر چکے تھے۔ ان تینوں کو ہیلی کاپٹر سے پیراشوٹوں سے ہیروشیما کی بستی پر گرایا گیا۔ دوسرے دو تو کسی پہاڑ سے ٹکرا کر مر گئے۔ صرف وہ بچا۔ کسی مکان کی چھت پر گرا جو اس کے بوجھ سے زمین بوس ہو گیا۔ کسی نہ کسی طرح وہ ہمت کر کے ملبے سے نکل آیا۔ مگر یہ جانداروں کی بستی نظر نہیں آتی تھی۔ وحشت اور دہشت کی دُھول تھی ہر طرف سیاہی کی صورت بکھری ہوئی۔ جلد ہی اس کی جلد کٹنے اور جلنے لگی۔ آنکھیں کھولنا مشکل ہو گیا۔ اس کا سانس بار بار ناہموار ہو جاتا تھا۔

پھر اس نے وائرلیس پر پیغام دیا۔ انہیں اس کے مالکوں نے اوپر آسمان سے سیڑھی گرا کے بچا لیا، وہ اسے بچا کے لے گئے۔ انگلینڈ کے کسی ہسپتال میں وہ ایک سال تک موت و حیات کی کشمکش میں مبتلا رہا۔ ڈاکٹرز اور سائنس دان اس کی کشمکش کا جائزہ لیتے رہے۔ اپنے نتائج اخذ کرتے رہے۔

سال بعد جمیل بٹ یہ دیکھ کر حیران رہ گیا کہ وہ آہستہ آہستہ صحت یاب ہونے لگا۔ اور پھر اس نے واپس اپنے وطن جانے کی خواہش کی۔ برطانوی سرکار نے اسے بڑے اعزاز سے رخصت کیا اور اتنی دولت بھی اس کے ساتھ کر دی کہ باقی عمر وہ سہولت سے بسر کر سکے۔

ایک قتل کی سزا بھگتنے اور دوسرے قتل کے ارتکاب کے درمیان اس کی زندگی میں جو وقفہ تھا اس میں اس نے اپنی فیملی میں شادی کر لی تھی جس سے اس کی ایک بیٹی اور ایک بیٹا تھے، جو اس کی واپسی کے انتظار میں جوان ہونے والے تھے مگر جب وہ واپس آیا تو وہ ان کے پاس نہیں گیا۔

وہ اپنے ایک دوست کے پاس ٹھہر گیا۔لیکن وہ رات کو جاگ جاتا تھا پھر اسے نیند نہیں آتی تھی۔ صبح تک سگریٹ پھونکتا تھا اور بے چینی سے اِدھر اُدھر یوں پھرتا رہتا تھا جیسے اُسے کسی کھوئی ہوئی شے کی تلاش ہو اور وہ تلاش اُسے پاگل کیئے دیتی ہو۔

گھر سے باہر نکلتا تھا تو حیرت سے ہر چیز کو، ہر چہرے کو، ہر منظر کو گھورتا تھا جیسے اُسے پہچاننے کی کوشش کرتا ہو۔ اُسے لگتا تھا کہیں بھی کسی بھی وقت کچھ بھی تبدیل ہوسکتا ہو۔شاید اس کی وجہ یہ تھی کہ وہ اپنی مختصر سی زندگی میں اتنے واقعات کا سامنا کر چکا تھا کہ زندگی اُسے تماشا لگنے لگی تھی۔ وہ خود کو تماشبین سمجھنے لگتا ہو۔

جب وہ جوان تھا اور اس سے دوسرے قتل کا ارتکاب نہیں ہوا تھا تو اس نے شہر کی ایک طوائف کا نام سُنا تھا اور ساتھ ہی اس کی تعریف بھی کہ وہ اتنی خوبصورت ہے کہ دیکھنے سے میلی ہوتی ہے۔لوگ اسے چاندنی کہتے تھے۔اس وقت اسے اس چاندنی کو دیکھنے کی شدید خواہش محسوس ہوا کرتی تھی مگر اس کے دربار میں تو کوئی دولت مند نواب ہی پہنچ سکتے تھے۔اور اب وہ بھی دولت مند تھا اور اس چاندنی تک پہنچنے کی استطاعت اس میں آ گئی تھی۔

وہ ہر شام اس کے پاس گزار سکتا تھا۔وہ اس وقت اس کے پاس جاتا تھا جب اس کے سارے عاشق اس کا گانا سُن کر واپس جا چکے ہوتے تھے۔ وہ لباس بدل کر، تھک کر، اپنی اصل میں واپس آنے کے عمل میں ہوتی تھی۔ وہ اب بھی اتنی ہی خوبصورت تھی جتنی کہ اس کی جوانی کے دنوں ہوا کرتی تھی جب اس نے اسے دیکھا بھی نہیں تھا۔ وہ اس کی ہر خواہش پوری کرتا تھا، ہر خوشی اسے خرید کے لادیتا تھا اور وہ حیران ہوتی تھی کہ صلے میں وہ اس سے کچھ نہیں مانگتا تھا۔

وہ حیرت سے پوچھتی ’’تمہیں کیا میری چاہت کی، میری محبت کی خواہش نہیں ہوتی۔تم اپنی مہربانیوں کا صلہ نہیں مانگتے۔‘‘

’’کیا مانگوں تم سے۔؟ تمہارے پاس ہے ہی کیا؟ چاندنی۔ چار دن کی چاندنی۔؟‘‘

اُسے دھچکا لگا۔’’یہ شخص کیا سمجھتا ہے۔؟‘‘

’’تو پھر میرے پاس کیا لینے آتے ہو۔؟‘‘ وہ چمک کر بولی۔

’’دھوکہ کھانے۔ کیوں کہ تم صرف دھوکہ دے سکتی ہو۔‘‘

وہ حیران رہ گئی۔ وہ تو اُسے جانتا تھا۔اندر تک اس کی اصلیت تک۔

’’پھر بھی تمہیں میرے جسم کی خواہش تو ہوتی ہوگی۔ آخر لوگ مجھے دیکھنے کے لئے، ایک جھلک دیکھنے کے لیے دُور دُور سے آتے ہیں۔‘‘ وہ بھی اسے سمجھنا چاہتی تھی۔

’’نہیں۔شاید اس لئے کہ میں نے دیکھا ہے یہ جسم جس میں انسان رہتا ہے کتنا کچا ٹھکانا ہے۔ مجھے تمہارے جسم کو دیکھ کر حیرت ضرور ہوتی ہے۔ خوشگوار حیرت۔ ہاں یہ ضرور ہے کہ میں تمہیں چھونا چاہتا ہوں، محسوس کرنا چاہتا ہوں، یہ جاننے کے لئے کہ کیا تم اصلی ہو۔‘‘ یہ کہتے ہوئے اس نے اپنا دایاں بازو اٹھایا، اس کے چہرے کی طرف بڑھا دیا۔ وہ پیچھے نہیں ہٹی اور نہ ہی اس نے اس کے بڑھتے ہوئے ہاتھ کی مزاحمت کی۔

اس نے اس کے گال چھوئے، پھر اس کی ناک اور پھر اس کے ہونٹوں پر انگلی پھیرنے لگا۔ عین اُسی لمحے جیسے اندھیرے میں، تصور میں کوئی روشنی پھوٹی، اس نے دیکھا جہاں وہ گرا تھا نیچے کسی مکان کے کمرے میں وہاں ایک بھُر بھری کالی سی فضا میں دیوار کے ساتھ ایک ڈھانچہ پڑا تھا جس کا چہرہ، جسم جلا ہوا تھا۔ آنکھیں بجھی ہوئی تھیں جو وحشت سے کھلی رہ گئی تھیں ہونٹ سلامت تھے جو سیاہ مٹی میں تبدیل ہو چکے تھے اور ان ہونٹوں سے نکلتی ہوئی چیخ فضا میں ساکت لمحہ بنی ایسے نظر آتی تھی۔ اس نے ہوش سنبھالتے ہوئے ہاتھ سے اس چہرے کو چھوا تھا اور ہونٹوں پر انگلی رکھی تھی اور اس کے انگلی کے لمس سے وہ ہونٹ ٹوٹ کر گر پڑا تھا۔ اُس نے اپنا ہاتھ کھینچ لیا یُوں جیسے کسی بچھو نے اُسے ڈنک مارا ہو۔ وہ گھبرا کر چاندنی کی طرف دیکھنے لگا۔

’’عجیب شخص ہو تم۔‘‘ وہ کہے بغیر نہ رہ سکی کیوں کہ اس کے چہرے پر خوشی کی بجائے درد کی کیفیت تھی۔

’’ہاں۔‘‘ اس نے اپنی یاد کی گرفت سے نکلنے کی کوشش کرتے ہوئے کہا ’’میں تو تمہارے پاس اس لئے آتا ہوں کہ تم بھی زندگی کا مذاق اڑاتی ہو، اُسے حقیر سمجھتی ہو اسی لئے خود کو اتنا گرا لیتی ہو۔‘‘ وہ چپ ہوگئی۔ جمیل کی بات اس کے دل میں ترازو ہوگئی۔ فوراً اس کا دھیان اس غم کے احساس کے علاج کی طرف مڑ گیا۔ وہ کوشش سے مسکرائی یوں جیسے کسی تکلیف دہ احساس کو ضبط سے چھپاتی ہو۔ پھر اُٹھی اور دوسرے کمرے سے شراب کے دو پیانے بھر لائی، ایک جمیل کے لئے اور دوسرا اپنے لئے۔ وہ خود بہت کم پیتی تھی۔ آج جمیل نے جیسا اس کا سویا درد جگا دیا تھا جسے بھلانے کے لئے اسے بھی کسی نشے کی ضرورت محسوس ہوتی تھی۔ وہ ایسی ہی تکلیف دہ اور المناک کیفیت سے بچنے کے لیے کبھی کبھی پیتی تھی اور پینے کے بعد جب اکیلی رہ جاتی تھی تو روتی تھی اور روتے روتے سو جاتی تھی۔

پیانے خالی ہو گئے تو وہ کچھ دیر خاموش بیٹھا رہا، شراب کی تاثیر کو اپنے جسم کے ایک ایک ریشے، ایک ایک روئیں میں اُترتے محسوس کرتا رہا اور وہ اسے دیکھتی رہی۔ پھر اس نے اپنا جھکا ہوا سر اٹھایا اور درد بھری آواز میں بولا۔

’’میں بھی اس حقیر زندگی کا مذاق اڑانے تمہارے پاس آتا ہوں۔ اس مقصد کے لئے اس سے بہتر اور کوئی طریقہ نہیں۔ لوگ پاگل ہیں جو یہ سمجھتے ہیں کہ میں یہاں عیاشی کے لئے آتا ہوں۔‘‘ پھر وہ ہچکی لینے کے لیے رکا۔

’’یہاں آ کر مجھے سکون ملتا ہے۔ میری بے چینی کم ہوجاتی ہے۔ تم مجھ پر احسان جو کرتی ہو۔‘‘

چاندنی کی آنکھیں نشے سے بھر جاتی تھیں اور اس کا دل رونے کو

مچلنے لگتا تھا۔ وہ چاہنے لگتی تھی کہ اب جمیل وہاں سے چلا جائے، اُسے اکیلا چھوڑ دے کھل کر رونے کے لئے۔

اور جمیل وہاں سے چلا گیا پھر لوٹ کے نہیں آیا اور چاندنی وہیں رہ گئی ہندوستان میں۔ وہ شاید اُسے بہت یاد کرتا اگر اُسے خاک وخون کے دریا سے نہیں گزرنا ہ پڑتا جو اس کے راستے میں پڑا جس راستے سے وہ پاکستان آیا۔ اُس نے ایک دفعہ پھر زندگی کی تذلیل کے بے پناہ مناظر دیکھے' انسانی لاشے جن کے اعضاء کٹے پھٹے تھے، جن کی آنکھیں وحشت سے پھٹی ہوئی تھیں، جن کی حرمتیں ادھڑی ہوئی تھیں۔ اُسے ایک دفعہ پھر ہیروشیما کی سڑکیں، گلیاں یاد آ گئیں جہاں زندہ انسان راکھ میں تبدیل ہو کر وقت کے گزران میں ٹھہرے ہوئے تھے حیرت اور وحشت اور بربریت کے ہاتھوں زندگی کی حقارت کا منہ بولتا ثبوت۔ یہ منظر جو انسانیت کا منہ چڑا رہے تھے اس کے حافظے میں نقش ہوتے گئے تھے۔ اور یہ نقش مٹتے نہیں تھے۔ پرانے زخموں کی طرح اُن کے منہ کھلنے لگتے تھے۔

وہ جس قافلے کے ساتھ چلا تھا راستے میں اس پر بلوائیوں نے نیزوں' کرپانوں سے حملہ کر دیا تو وہ اپنے ایک ساتھی کے ہمراہ جان بچانے کے لیے وہاں سے بھاگا تھا۔ وہ دونوں قریبی جنگل میں گھُس گئے تھے۔ دشمنوں سے بچنے کے لئے وہ دو راتیں وہاں چھپے رہے۔ دوسری رات کے اندھیرے میں اس کے ساتھی نے اس کی تلاشی لینا شروع کر دی۔ اسے شک تھا کہ اس کے پاس دولت ہے' روپے ہیں۔

میرے پاس کچھ دولت تھی جو میں نے ایک کپڑے میں باندھ کر اپنی کمر کے گرد لپیٹ رکھی تھی اور میرے ساتھی نے اسی پر ہاتھ ڈالا تھا۔ وہ میرے اوپر چڑھ کر دونوں ہاتھوں سے میرا گلا دبا رہا تھا کیوں کہ وہ جان چکا تھا مجھے مارے بغیر وہ میری پیٹی نہیں چھین سکتا۔ اس کے ہاتھوں کا دباؤ بڑھتا جا رہا تھا۔ میرا سانس لینا مشکل ہو رہا تھا۔ تب میں نے اپنے دائیں ہاتھ سے اپنے دائیں بوٹ کی جراب سے پتلا' لمبے پھل والا چھوٹا تیز چاقو نکالا جو ایسے ہی کسی وقت میں نے چھپایا ہوا تھا اور اسے کھول کر اس کے پہلو میں گھونپ دیا۔ میرا وہ ساتھی ہائے کر کے میرے اوپر سے الٹ گیا اور میں اس کی گرفت سے آزاد ہو کر بے تحاشا بغیر کسی سمت کے تعین کے بھاگ اُٹھا۔ اور ساری رات بھاگتا رہا۔ گرتا پڑتا، خستہ حالوں وہ کسی نہ کسی طرح لاہور پہنچ گیا۔ مہاجر کیمپ میں ایک سماجی کارکن سے اس کی شناسائی ہو گئی جو اپنی کسی بچی کھچی خوبی کی وجہ سے اس پر مہربان ہو گیا اور اس نے اُسے شہر میں انارکلی کے گرد و نواح میں ایک ٹھکانا دلا دیا جہاں وہ مقیم ہو گیا۔ اور اسی مہربان نے اُسے انارکلی میں ایک چھوٹی سی دکان پر قبضہ کرا دیا جس میں اس نے کھلونے بیچنے کا کاروبار شروع کر دیا۔

اصل میں یہ کاروبار نہیں تھا اور نہ ہی اُسے مال وزر کی خواہش تھی یہ تو ایک طرح کی دل لگی تھی، وقت گزارنے کا ذریعہ تھا۔

دشتِ ماضی کی وحشتوں سے بچ نکلنے کی سعیِ ناکام تھی۔ میں زندگی کو پھر سے نئے رنگ میں جینے کا آرزومند تھا میں نے کھلونوں کی دکان کھول لی تھی کہ یہ بچوں کے شوق کو پورا کرتی تھی۔ بچے اپنے والدین کے ساتھ میری دکان پر آتے تھے، کھلونوں کو دیکھ کر ان کی آنکھیں چمک سے' خوشی سے بھر جاتی تھیں اور میں ان آنکھوں کو دیکھ کر خوش ہوتا تھا۔ میں بڑوں سے چھپتا تھا، کھلونوں اور بچوں کی آڑ میں رہ کر میں اپنی کمی' اپنی بدصورتی سے بچنا چاہتا تھا۔ میں خود کو دوسرے درجے بلکہ کم تر درجے کی مخلوق سمجھتا تھا۔ میں دنیا کا سامنا کرنے سے گھبراتا تھا۔ خود کو دیکھنے کی' خود کو سمجھنے کی اور خود سے محبت کرنے کی مجھ میں کوئی خواہش نہیں تھی۔ میں بچوں کو خوش دیکھ کر ہی خوش ہو جاتا تھا یہ کافی تھا۔''

اپنی کہانی سُناتے سُناتے وہ تھک جاتا تو چند لمحوں کے لئے خاموش ہو جاتا۔ ''مجھے لگتا ہے میری کہانی بہت لمبی ہو گئی ہے۔ ختم ہونے کو ہی نہیں آتی' آپ اُکتاتی نہیں۔'' وہ عافیت خانہ کی میڈم کو حیرت سے تکتے ہوئے پوچھتا۔ ''نہیں۔ میں تو آپ کی ہمت کی داد دیتی ہوں کہ آپ نے کتنے واقعات جھیلے ہیں۔''

''اور پھر بھی میں زندہ ہوں۔ ہے نا!'' وہ المنا کی سے مسکرایا۔

عافیت خانہ کی انچارج کے لئے جس کا اصل نام مسز صالحہ نصیب تھا اور جسے سب لوگ میڈم کہتے تھے جمیل بٹ کی کہانی بڑی دلچسپ تھی اور دردناک بھی وہ ہر دوسرے تیسرے روز جب اُسے اپنے کام سے کچھ فراغت ملتی تو وہ جمیل بٹ کے پاس آ بیٹھتی۔ نشست در نشست وہ اس کی کہانی سنتی جا رہی تھی اور جمع کرتی جا رہی تھی۔ اور جمیل بٹ کی کہانی اُسے کبھی کبھی کسی خیالی کردار کی کہانی سُنائی دیتی تھی جسے کسی کہانی کار نے اپنے تخیل کی مدد سے تخلیق کیا ہو۔

اپنی کہانی سناتے ہوئے جمیل بٹ کی آنکھوں پر موٹے شیشوں کی عینک کے اندر سے اس کی آنکھیں گزرتے وقت کو دیکھتی تھیں اور وہیں وہ ماضی کے دھندلکوں میں دیکھتے ہوئے بولتا تھا۔

''میری کھلونوں کی دکان پر دو بچے آتے تھے اپنی ماں کے ساتھ' ہر دو چار دن بعد نئے کھلونے خریدنے کیونکہ ان کے پرانے کھلونے ٹوٹ جاتے تھے۔ آہستہ آہستہ میری ان بچوں سے دوستی ہو گئی اور ان کے واسطہ سے میں ان کی ماں کے بھی نزدیک آ گیا اگرچہ وہ کوشش اور ارادے سے مجھے اپنے نزدیک آنے سے روکتی تھی۔ وہ اپنے بچوں کے ساتھ کسی حاجی ذوالفقار صاحب کے گھر ان کے مکان کے حصے میں رہتی تھی۔ حاجی صاحب اُسے مہاجر کیمپ سے اپنے گھر لے آئے تھے جہاں وہ لاوارث تھی کیوں کہ اس کے تمام گھر والے ہجرت کے دوران مارے گئے تھے۔ اور اُسے کسی جائے پناہ کی تلاش تھی۔

اُس کے بچے اُسے میری دوکان پر کھینچ لاتے تھے اور کبھی کبھی اس کے پاس کھلونوں کی قیمت ادا کرنے کے لئے پیسے نہیں ہوتے تھے تو میں بچوں کو تحفۃً کھلونے دے دیتا تھا۔ جب وہ کچھ دن میری دوکان پر نہیں آتے تھے تو مجھے

بے چینی ہونے لگتی تھی۔ مجھے ان کی عادت ہوتی جارہی تھی اور میں محسوس کر رہا تھا ان بچوں کی وجہ سے میں زندگی میں کچھ دلچسپی لینے لگا تھا۔

''ایک روز میں نے چابی والی ایک گڑیا اس بچی کے ہاتھ میں دیتے ہوئے کہا تھا ہم بھی فطرت کی اندھی طاقتوں کے ہاتھوں میں کھلونوں کی طرح ہیں کہ وہ طاقتیں ہم سے کھیلتی رہتی ہیں اور پھر کسی روز اُکتا کر ہمیں توڑ ڈالتی ہیں۔''

اب کی دفعہ سلطانہ میری دکان پر آئی تو اکیلی تھی بچے ساتھ نہیں تھے۔ اس نے بادامی رنگ کی چادر میں خود کو لپیٹا ہوا تھا۔ میری دکان پر آ کر اس نے اپنا چہرہ کھولا۔ میں حیران ہو رہا تھا کہ وہ بول پڑی۔

''آج میں بچوں کے کھلونے لینے نہیں آئی۔ اپنا مسئلہ لے کے آئی ہوں۔'' وہ کچھ دیر خاموش رہی،یوں جیسے سوچتی ہو کہ وہ کیسے بات کرے۔ پھر بولی۔

''وہ حاجی ذوالفقار جنہوں نے مجھے اپنے مکان میں رہنے کی جگہ دے رکھی ہے اور جن کے لئے میرے دل میں بڑا احترام تھا، عجیب سے مطالبہ پر اتر آئے ہیں۔ اچانک ان کا رویہ بدل گیا ہے ان کی نظریں بدل گئی ہیں۔''

''کیا کہتے ہیں وہ۔؟''

''وہ کہتے ہیں مجھ سے نکاح کر لو۔ میں اور برداشت نہیں کر سکتا۔''

''اچھا۔۔۔!''میں حیران رہ گیا۔

''اب تک تو برداشت کرتے رہے ہیں۔''

''وہ تو مجھے بیٹیوں کی طرح سمجھتے تھے۔ پتا ہی نہیں چلا کیسے ان کی نظریں بدل گئیں۔ میں اب یہ گھر چھوڑ کر کہیں اور جا بھی تو نہیں سکتی۔''

تم فکر نہ کرو۔ ان سے ایک ہفتہ کی مہلت حاصل کرو۔ میں اتنی دیر میں کچھ انتظام کرتا ہوں۔ اور دھیان رہے کہ تم نے پریشان نہیں ہونا۔ تمہارا یہ مسئلہ میری ذمہ داری ہے۔

حاجی صاحب نے سلطانہ کو مہلت دے دی اس امید میں کہ اس کے ختم ہونے پر ان کے حق میں فیصلہ ہوگا۔

اور میں نے ایک شخص کا پتہ چلایا جو محکمہ بحالیات کا اہلکار تھا اور اس کی مدد سے وہ مکان اپنے نام الاٹ کرا لیا جسے خالی پا کر حاجی صاحب نے اس پر اپنا قبضہ کر لیا تھا۔ مجھے بس تھوڑی سی رقم خرچ کرنا پڑی جس کی میرے پاس کوئی کمی نہیں تھی۔

تیسرے دن حاجی صاحب کو وہ مکان خالی کرنے کا نوٹس مل چکا تھا اور چوتھے دن میں ان کے گھر پہنچ گیا اور میں نے انہیں صاف صاف بتا دیا کہ یہ مکان مجھے الاٹ ہو چکا ہے اور وہ اس پر ناجائز قابض ہیں اُسے فوراً خالی کر دیں۔

انہوں نے مجھ سے مہلت مانگی۔ اور میں نے انہیں دو دن کی مہلت دے دی اور ساتھ ہی ان کو اتنی ہی رقم بھی دے دی جس کی کہ وہ خواہش کر سکتے تھے۔

اور ساتویں دن حاجی صاحب وہ مکان چھوڑ کر چلے گئے۔ اور میں نے بڑی خوشی سے سلطانہ کو بتایا کہ اب وہ اس گھر کی مالک ہے۔

''نہیں۔ آپ اس گھر کے مالک ہیں۔ میں اس گھر میں اکیلی نہیں رہ سکتی۔ بہتر ہوگا کہ آپ بھی یہاں آ جائیں، ویسے بھی آپ جہاں رہتے ہیں وہ کوئی گھر تو نہیں۔ وہاں آپ اکیلے ہی رہتے ہیں۔''

میں سوچ میں پڑ گیا۔

''میں آپ سے نکاح کرنے کو تیار ہوں۔''اس نے مجھے سوچتے ہوئے دیکھ کر کہا اگر آپ کو کوئی اعتراض نہ ہو تو۔''

''کیا میں پوچھ سکتا ہوں تم نے کیا سوچ کر یہ فیصلہ کیا ہے۔؟'' میں نے اپنے تعجب کا اظہار کرنا ضروری خیال کیا۔

''بس آپ مجھے اچھے لگے ہیں۔ اور پھر مجھے آپ جیسے کسی مرد کی پناہ کی بھی ضرورت ہے۔ میرے بچوں کو بھی ایک باپ کی شفقت مل جائے۔ وہ ویسے بھی آپ سے بہت مانوس ہو چکے ہیں۔

میرے لئے انکار کی کوئی گنجائش نہیں تھی۔ میں تو خود کسی ایسے سہارے کی تلاش میں تھا جو مجھ میں پھر سے زندگی کا شوق جگا دے، میری سوئی ہوئی مایوس قوتوں کو زندہ کر دے، مجھے میرا اعتبار واپس دے دے جو زندگی کے حادثات نے مجھ سے چھین لیا تھا۔

اس طرح میں نے سلطانہ سے شادی کر لی، اس کے دو پیارے پیارے بچوں کا باپ بن گیا۔

میں ان بچوں اور ان کی ماں کی مدد سے نئے سرے سے زندگی شروع کرنا چاہتا تھا، میں چاہتا تھا وہ میری مدد کریں، زندگی پر میرا اعتماد بحال کرنے میں میرا ساتھ دیں اور اس کے لئے میں نے اپنی محبت، اپنی دولت اُن پر نچھاور کرنا شروع کر دی۔ انہیں اچھی سے اچھی تعلیم کے لئے سہولتیں فراہم کیں اور میں بھول ہی گیا کہ وہ میری اولاد نہیں ہیں۔ جب میں نے ان کی ماں کو اپنا لیا تھا تو ان بچوں کو بھی اپنی اولاد بنا لیا وار سب لوگ یہی سمجھنے لگے۔ بچے بڑے ہوتے گئے لیکن خلاف توقع ان کی ماں بوڑھی نہیں ہوئی۔ زندگی کی سہولتوں کی فراوانی نے اس کے کمزور، سوکھے جسم میں نئی تازگی بھر دی۔ ایک نیا نکھار اس کے جسم پر' اس کے چہرے پر پھیلتا گیا۔ میں جانتا تھا یہ سب اس خوشحالی کی وجہ سے تھا جو اُسے میسر آ گئی تھی مگر وہ اس کا اظہار نہیں کرتی تھی۔ وہ خوش تھی لیکن وہ اس خوشی کے لئے میری شکر گزار نہیں تھی۔

اس نے نئے دوست بنا لئے تھے اور امیر گھرانوں کی عورتوں کے گھروں کی محفلوں میں شرکت اس کا نیا شوق بن گیا تھا۔

بچے بڑے ہوتے ہی اپنے رویے اور اپنے طرزِ زندگی میں کافی آزاد ہو گئے تھے۔ بیٹی کی تو میں نے شادی کر دی مگر بیٹا ابھی آزاد رہنا چاہتا تھا۔ اس نے ریڈی میڈ گارمنٹس کی فیکٹری لگا لی جس کے لئے میں نے اپنی

کھلونوں کی دکان بیچ دی۔ ''میں تم لوگوں کو خوش دیکھنا چاہتا ہوں۔'' اس نے ان تینوں کو کہا تھا۔ وہ ان کی خوشی کے ذریعہ اپنی بازیافت کرنا چاہتا تھا۔

عجیب بات یہ تھی کہ وہ تو خوش تھے مگر انہیں یہ جاننے کی فرصت نہیں تھی کہ وہ کیا محسوس کر رہا تھا۔ اور وہ تھا کہ اس کی تنہائی کا احساس اب بھی اس پر محیط رہتا تھا یہاں تک کہ وہ راتوں کو اچانک چیخ مار کر بیدار ہو جاتا تھا ''وہ مجھے مارنا چاہتے ہیں۔'' وہ سلطانہ کو بتاتا۔

''تمہیں تو وہم ہو گیا ہے جمیل۔ نہ خود سوتے ہو نہ مجھے سونے دیتے ہو۔''

وہ اسے ڈانٹ دیتی جب کہ اس کی خواہش ہوتی کہ وہ اُسے اپنے سینے سے لگا کر تسلی دے' اسے تھپک کر سُلائے۔ وہ تو سو جاتی پہلو بدل کر مگر وہ جاگتا رہتا کسمساتا رہتا۔ اور سونے سے ڈرتا رہتا کہ خواب میں اس کے دشمن پھر اس کے پیچھے بھاگنے لگیں گے۔

اُس شام بھی وہ اپنے بستر پر لیٹا اپنی زندگی کے بارے میں سوچ رہا تھا جب ''عافیت خانہ'' کی میڈم اپنے کام کاج سے وقت نکال کر اس کے پاس آ گئی۔ وہ اسے دیکھ کر اُٹھ کر بستر پر بیٹھ گیا۔ اُسے پتا تھا اب اُسے پھر سے اپنی بقیہ کہانی بیان کرنا پڑے گی۔ اس نے اپنی عینک اتاری' اپنی قمیض کے دامن سے اسے صاف کیا اور اپنی آنکھوں پر پہن لی' دو چار لمحوں کے لئے اپنی آنکھیں بند کر لیں۔ اس نے دیکھا وہ اپنی بیوی سلطانہ اور اپنے بیٹے کے ساتھ بیٹھا ہوا تھا اور تصور کی آنکھ سے انہیں دیکھتے ہوئے کہنے لگا۔

مجھے ان سے کوئی شکایت نہیں تھی۔ میں نے ان کی زندگی بدل دی تھی اپنا سب کچھ اُن پر نثار کر دیا تھا۔ انہیں زندگی میں بحال کر دیا تھا۔ یہاں تک کہ بیٹے کی شادی بھی کر دی تھی' اس کی اور اس کی ماں کی مرضی کے مطابق۔ وہ خوش تھے کوئی وجہ نہیں تھی کہ وہ اپنے حال پر خوش نہ ہوتے۔ مگر وہ میری خوشی' غمی سے غافل ہو چکے تھے۔ یوں جیسے میرا کام ختم ہو چکا تھا جیسے میرا رول بس اتنا ہی تھا۔ انہیں ایک اچھی زندگی مہیا کر دینا۔ لیکن میں خود تو تہی دست ہو گیا تھا۔ خالی ہو گیا تھا۔ اور ہر نئے دن کے ساتھ مجھے یہ محسوس ہونے لگا تھا کہ یہ گھر میرا نہیں تھا۔ اس گھر کو اور اس گھر والوں کو میری ضرورت نہیں تھی۔

اگر یہ بھی میری دنیا نہیں تھی تو پھر مجھے کہاں جانا تھا۔ میں سوچتا رہتا تھا۔

اور پھر رات آتی تھی اور وہ مجھے میرے ڈراؤنے خوابوں کے ساتھ میرے کمرے میں اکیلا چھوڑ دیتے تھے۔ سلطانہ نے اپنا کمرہ علیحدہ کر لیا تھا۔ رات کو جو میں چیخیں مارتا اُٹھ جاتا تھا' اس سے اُس کی نیند میں خلل پڑتا تھا۔

پھر وہ عورت جو میری محبت' میری توجہ سے یوں پھلی پھولی تھی جیسے مردہ مٹی بارشوں سے زندہ ہوتی ہے اور بارآور ہو جاتی ہے' اُسے کینسر ہو گیا۔ اچانک ہی۔ جگر کا کینسر۔ میں نے اس کا علاج کرایا' اپنا سارا وقت اپنی بچی کھچی دولت اس کے علاوج پر صرف کر دی مگر وہ صحت یاب نہیں ہوئی۔ وہ میری نظروں کے سامنے ایک بے بس مخلوق کی طرح' ایک عام جاندار کی طرح مر گئی۔ یہ جاننے کے باوجود کہ وہ میری نہیں تھی، وہ مجھے محروم کر گئی۔ آخری دنوں میں موت کے خوف سے روتی تھی اور میں اسے اپنے سینے سے چمٹا چمٹا کر اسے تسلیاں دیتا تھا۔ زندہ رہنے کی پوری خواہش کے باوجود وہ مر گئی۔ میں صدمہ کے بوجھ تلے کئی دن سسکتا رہا۔ مگر ان دونوں نے' میرے بیٹے اور میری بیٹی مجھے حوصلہ دینے نہیں آئے۔

اور تب سے میں نے جینا چھوڑ دیا۔ میری زندگی میں کچھ بھی ایسا نہ رہا جو مجھے زندہ لوگوں میں شمار ہونے کے قابل چھوڑ دے۔ اور پھر میں راتوں کو چیختا تھا۔ خواب میں چیخنا شروع کرتا تھا' جاگ جاتا تب بھی چیختا رہتا۔ بھاگتا رہتا اپنے دشمنوں سے۔ بچاؤ کی خاطر' اپنی مرضی' اپنی خواہش کے بغیر۔

اور پھر ایک رات میرے بیٹے نے مجھے میرے بستر سے اُٹھایا' وہ جیسے مجھے دھکیلتا ہوا گھر سے باہر لایا۔ دروازے پر رکشہ کھڑا تھا، اس میں مجھے بٹھایا، ڈرائیور کو ایک سو روپے کا نوٹ دیا اور اُسے میں نے کہتے سُنا ''جہاں یہ پیسے ختم ہو جائیں وہیں انہیں اُتار دینا۔

اور میں چپ بیٹھا رہا۔ چیخا نہ چلایا اور رکشہ چل پڑا۔

سو روپے کی مسافت تھی ہی کتنی' وہ مجھے بڑی سڑک کے کنارے اتار کر چلا گیا' جہاں سے ایک راہ گیر مجھے انگلی لگا کر یہاں لے آیا، اس عافیت خانہ میں۔ اور بس۔

اس کی نظر کی موٹی عینک کے پیچھے اس کی دھندلائی ہوئی آنکھیں آنسوؤں میں بھیگ رہی تھیں۔

اور صالحہ نصیب۔ عافیت خانہ کی انچارج نہیں جانتی تھی کہ وہ کن الفاظ میں اُسے تسلی دے۔

''تو بٹ صاحب۔ آپ کا سفر اس طرح کٹ گیا۔ مکمل ہو گیا۔''

صالحہ اس سے پوچھنا چاہتی تھی مگر وہ اپنے الفاظ کو سوالیہ انداز میں نہیں ڈھال سکی۔ جمیل بٹ نے چند لمحے غور سے اپنی اس محسن کو دیکھا اور پھر کہا۔ کٹنے کو تو میرا سفر کٹ گیا ہے۔ مگر۔ مگر۔۔۔'' وہ کچھ سوچنے کے لئے رکا۔ ''میری منزل ابھی نہیں آئی۔'' پھر جیسے وہ چپ ہو گیا۔ اس کی سانس ہی رُک گئی۔ کسی خیال کی پھانس اٹک گئی اس کے دماغ میں۔

''یا ہو سکتا ہے میری کوئی منزل ہی نہ ہو۔ سب سفر ہی ہو۔ مسلسل سفر جس سے اب میں تھک گیا ہوں۔ اور اب میں سونا چاہتا ہوں۔ آپ جاؤ۔ آپ کی بڑی مہربانی۔''

یہ کہہ کر وہ اپنے بستر پر چت لیٹ گیا۔ آنکھیں بند کر لیں' خاموش ہو گیا یوں جیسے اب کبھی نہیں جاگے گا۔

☆

پانچ بجکر بیالیس منٹ

فیروز عالم

شاید کسی آواز سے میری آنکھ کھلی تھی۔ میں نے اٹھ کر دبے پاؤں جا کر برابر والے کمرے میں جھانک کر دیکھا۔ بھائی صاحب ابھی تک جاگ رہے تھے اور لیمپ کی بہت ہی مدھم روشنی میں میز پر جھکے ہوئے کچھ لکھ رہے تھے۔ انکے سامنے ایک لفافہ اور کچھ تصویریں بکھری پڑی تھیں۔ یہ شاید انہی کی دبی دبی سسکی تھی جس سے میری نیند کا سلسلہ ٹوٹا تھا۔ میں کچھ دیر کے لئے جیسے ساکت سا ہو گیا۔ چاروں طرف ایک بیحد دلدوز ویرانی چھائی تھی اور ماحول بہت ہی یاس انگیز تھا۔ دور دور تک ایک روح فرسا سناٹا تھا۔ میرے اپارٹمنٹ کے باہر چیڑھ کے اونچے اونچے اور گھنے درخت مشگین کے شدید موسم سرما میں پتوں سے محروم ہو کر جیسے تنہا اور اداس کھڑے تھے۔ کبھی کبھی ہوا کا ایک تیز اور تند جھونکا میری کھڑکی کے بند شیشوں سے ٹکراتا اور پھر یہ کھڑکی دیر تک لرزتی رہتی۔ میں نے باہر جھانکا۔ برفباری تھم چکی تھی اور فضا پر ایک چمکیلا اندھیرا مسلط تھا۔

ہم دونوں تنہا تھے اور اپنے وطن کی رونقوں سے ہزراوں میل دور۔۔ کہاں رہ گئیں وہ با رونق شامیں اور وہ منور راتیں جب زندگی مسکراتی تھی۔ میں نے بڑے دکھ سے سوچا۔۔ کہیں یہ فیصلہ غلط تو نہیں تھا!!

مجھے معلوم تھا بھائی صاحب کیا لکھ رہے ہیں اور کسے لکھ رہے ہیں مگر مجھے یہ بھی معلوم تھا کہ میں انکی کوئی مدد نہیں کر سکتا۔ بلکہ مجھے تو ان کے سلسلے میں ایک شدید احساس ندامت اور احساس جرم تھا کہ انکی اس حالت کا شاید میں ہی ذمہ دار ہوں۔

۱۹۷۰ء کے اوائل میں، میں پاکستان میں کیمسٹری میں ایم ایس سی کرنے کے بعد ایک مقامی کالج میں لیکچرر کی ملازمت کر رہا تھا جب میرے کسی دوست نے مجھے یہ نوید سنائی کہ وہ امریکہ جا رہا ہے۔ ''امریکہ۔۔؟؟'' مجھے شدید حیرت ہوئی۔ امریکہ تو کائنات کے کسی اور ہی ستارے کی بستی ہے۔ وہاں تو کسی دوسری دنیا کی مخلوق رہتی ہے۔ اس جادونگری کی جو داستانیں ہم نے سنی تھیں اسکی وجہ سے یہی کچھ خیالات امریکہ کے متعلق ہم تیسری دنیا کے باسیوں کے تھے۔ پھر یہ کہ کسی بیحد معمولی حیثیت کے انسان کا امریکہ جانا تو بالکل ہی ناممکن خیال کیا جاتا تھا۔ اس نے یہ کہہ کر مجھے ایک خوشگوار حیرت میں مبتلا کر دیا کہ آج کل ''ضرورت'' کے تحت سائنس اور ایسے ہی دوسرے مضامین میں گریجویشن کرنے والے افراد کو فوراً امریکہ کا ویزا مل رہا ہے۔ میں نے ایک لمحہ ذائع کئے بنا کراچی میں فریئر ہال کے عقب میں واقع امریکی ایمبسی میں ویزے کی درخواست دیدی جو جلد ہی منظور ہو گئی۔ میرے راستے میں امریکہ آنے میں کوئی رکاوٹیں بھی نہیں تھیں۔ میں نوجوان تھا اور ابھی میری شادی بھی نہیں ہوئی تھی۔ اماں سے اجازت لینے میں ذرا مشکل ہوئی پھر انہوں نے بھی میرے اچھے مستقبل کی خاطر دل پر پتھر رکھ لیا اور اس طرح میں بھی ان لاتعداد لوگوں کی طرح جو اپنی قسمت آزمانے امریکہ کے خواب دیکھتے تھے ڈیٹرائٹ پہنچ گیا۔

اگر چہ شروع میں مجھے بھی تنہائی، اپنوں سے دوری، دوستوں سے محرومی اور ایک انجانے کلچر کی وجہ سے سخت مشکلات کا سامنا کرنا پڑا اور میں بھی شدید ذہنی الجھن اور ڈپریشن کا شکار ہوا تھا مگر جلد ہی مجھے فورڈ موٹر کمپنی میں پٹرولیم کی تحقیق پر ملازمت مل گئی۔ اور نہ صرف اس سے میرا ذہن بٹ گیا بلکہ اس کے ساتھ ہی جب مالی فراغت بھی حاصل ہوئی تو مجھے بہتر لگنے لگا۔ یہ تو نہیں کہہ سکتا کہ مجھے اچھا لگنے لگا تھا یا گذرے وقت اور کراچی کی رونقیں یاد نہ آتی تھیں مگر وقت کے ساتھ ساتھ میں امریکہ کے ماحول کا عادی ہو گیا اور کچھ نئے پاکستانی دوست بھی بن گئے۔

میں پھر بھی اکیلا تھا اور میرا دل چاہتا تھا کہ میرے گھر والے بھی یہاں آجائیں۔ میں نے یہ بھی دیکھا تھا کہ بہت سے گھرانے ایسے تھے کہ کئی لوگ یہاں ساتھ ساتھ آئے تھے۔ اس سے ان لوگوں کو بڑی تقویت محسوس ہوتی تھی اور تنہائی اور وطن سے دوری کا احساس بڑی حد تک مٹ گیا تھا۔ میرے بڑے بھائی بی اے کر کے کسی سرکاری محکمے میں کلرکی کر رہے تھے۔ مشکل سے گذارا ہوتا تھا۔ انکا ایک پیارا پیارا بیٹا بھی تھا جس سے وہ اس قدر پیار کرتے تھے کہ وہ انکی ساری کائنات اور انکا مقصد حیات تھا۔ ان کے گھر آتے ہی وہ انکے پیروں سے لپٹ جاتا اور وہ کتنے بھی تھکے ہوتے وہ اسے گود میں اٹھا کر سینے سے لگاتے اور کبھی کندھے اور کبھی پیٹھ پر بٹھا کر سواری کراتے۔ میں بھی نہ صرف بھائی جان سے بلکہ ثریا بھابی سے بھی ذہنی طور پر بہت قریب تھا اور مجھے انکی کمی بہت محسوس ہوتی تھی۔ پھر میں یہ بھی سوچتا تھا کہ انکے آنے سے بھائی صاحب کے حالات میں بھی ایک خوشگوار تبدیلی آئیگی اور میری بھی تنہائی مٹ جائیگی۔ میں نے بڑی کوششیں کیں مگر آرٹس کے بی اے کے لئے امریکہ کا ویزا ممکن نہیں تھا۔ ادھر میں خود ابھی عارضی ویزا یعنی گرین کارڈ پر تھا اور شہریت حاصل کئے بغیر بھائی بھاوج کو نہیں بلا سکتا تھا۔ ابھی میری شہریت میں ایک طویل عرصہ درکار تھا۔ ایسے میں کسی نے مجھے بتایا کہ ان دنوں اسٹوڈنٹ ویزا یا سیاحی کا ویزہ بہت آسان ہے اور ایک دفعہ وہ یہاں پہنچ جائیں تو پھر کوئی ترکیب کی جاسکتی ہے۔ سینکڑوں لوگ یہاں ایسے ویزہ پر آکر ''غائب'' ہو چکے ہیں اور سالوں سے آرام سے رہ رہے ہیں ''کوئی نہیں پوچھتا''۔

میں نے فوراً بھائی صاحب کے سیاحی کے ویزہ کے کاغذات تیار

کروائے اور کراچی بھیج دیے۔ بھائی صاحب کو ویزہ کی پیشکش تو فوراً ہو گئی مگر اس میں یہ مشکل تھی کہ ویزہ صرف تنہا انہیں ملنا تھا اور انہیں اپنے بیٹے اور بیوی کو چھوڑ کر امریکہ آنا تھا۔ مجھے معلوم تھا کہ وہ بھابی سے کس قدر پیار کرتے ہیں اور بھابی کیسے انکی زندگی میں ایک چھتنار درخت کی حیثیت رکھتی ہیں جو انہیں ہر دھوپ اور پریشانی سے بچائے رکھتا ہے۔ پھر اپنے بیٹے کو چھوڑنے کا تو وہ تصور بھی نہیں کر سکتے۔ مگر ڈیٹرائٹ میں پاکستانی کمیونٹی نے مجھے ایسی کئی مثالیں دیں کہ ایسے کتنے ہی لوگ یہاں پہلے آئے تھے پھر ذرا سیٹل ہو کر انکے کنبے کے آنے کا بھی بندو بست ہو گیا تھا۔ سبھی نے مجھے بہت شرمندہ کیا کہ ''ارے صاحب آپ ہاتھ میں آئی سونے کی چڑیا کو جانے دے رہے ہیں۔۔ بھائی! اپنے بھائی صاحب سے کہیں مرد بنیں۔ دیکھیں تو سہی کتنے لوگ مشرق وسطیٰ میں اکیلے ملازمتیں کرتے ہیں اور انکے بیوی بچے پاکستان میں ہوتے ہیں'' پھر ہر ایک نے یہی کہا کہ ایک دفعہ وہ یہاں آ تو جائیں پھر دیکھا جائیگا۔ میں نے بھی اس مسئلے پر سوچ بچار کے بعد یہی فیصلہ کیا کہ بھائی صاحب کو اسی بات پر راضی کروں کہ فی الحال بھابی اور ننھے ساجد کو چھوڑ کر ہی امریکہ آ جائیں۔ اس طرح بھائی صاحب بھی سیاحت کے ویزہ پر امریکہ آ گئے۔

شروع شروع میں تو امریکہ آنے اور نئی نئی جگہیں دیکھنے کی خوشی میں وہ کچھ دن پاکستان کو بھولے رہے۔ پھر انہیں بھی ایک مقامی کمپنی میں کوئی مشین چلانے کی رات کی نوکری مل گئی اور اسکے ساتھ ایک اچھی تنخواہ، جسے پاکستانی کرنسی میں تبدیل کرنے سے چودہ طبق روشن ہو جاتے تھے، اس وجہ سے کچھ انکا دل بہل گیا۔ مگر ایک آدھ مہینے کے بعد پاکستان، بھابی اور ننھے کی یاد ایسی ادبدا کر آئی کہ ایک دن جب میں واپس اپنے اپارٹمنٹ آیا تو وہ اپنا کمرہ بند کیے زار زار رو رہے تھے۔ بڑی مشکل سے میں نے انہیں کھانا کھانے پر راضی کیا۔ انہیں ایک ہی رٹ تھی کہ ارشد مجھے اگلے ہفتے ہی واپس پاکستان بھیج دو۔ مجھے یہاں نہیں رہنا۔ بہت کوشش سے انکا دل بہلایا اور ان سے یہ وعدہ کر کے کہ اگلے ہفتے کچھ نہ کچھ کرنے کی کوشش کرونگا ان کو رات کی نوکری پر روانہ کیا۔ بھائی صاحب روتے پیٹتے تو رہے مگر رفتہ رفتہ انکے دل کو چین آتا گیا۔ یہ انسانی فطرت بھی ہے۔ کبھی جذبات کا چڑھا ہوا دریا اترتا تو خود ہی کہتے یہ بھی تو سوچو میں کتنی اچھی تنخواہ لے رہا ہوں۔ تمہاری بھابی کے کیسے ٹھاٹھ ہیں اور ننھا بھی کتنے اچھے اسکول میں پڑھ رہا ہے۔ اور ارشد اب تو میں نے انہیں ایک گاڑی بھی خرید دی ہے۔ بھلا سوچو تو سہی میں اپنی کلرکی کی نوکری میں یہ سب کر سکتا تھا۔ مگر ارشد اگر تمہاری بھابی ثریا اور ننھا ساجد بھی یہاں آ جائیں تو کیسا مزہ آئے۔ کتنا اچھا ملک ہے، صاف ستھرا، سرسبز پہاڑیاں، نیلی جھیلیں اونچے اونچے صنوبر کے درخت اور ہر چیز کی فراوانی۔ ہم دونوں سوچتے کہ کیسے بھابی اور ساجد کو یہاں لایا جائے۔ اب تو وہ خود بھی ''ال لیگل'' ہو چکے تھے۔ کوئی صورت نظر نہیں آتی تھی۔

شام کے کچھ گھنٹے جب ہم دونوں بھائی جمع ہوتے تو ہم پاکستان کی، کراچی کے ان محلوں کی جہاں کے چپے چپے پر ہماری یادوں کے نقوش ثبت تھے، اپنے گھر کی اور بھابی اور ننھے ساجد کی باتیں کرتے۔ دراصل میں بھی ان دونوں کو بہت ہی یاد کرتا تھا۔ بھابھی سے نہ صرف میری بہت ہی گہری دوستی تھی بلکہ میں ان سے ایک ایسی محبت کرتا تھا جسے کوئی نام دینا ممکن نہیں تھا اس میں انکے لئے پیار کے علاوہ ایک خاص قسم کا احترام بھی شامل تھا۔ اگرچہ ہماری عمروں میں زیادہ فرق نہ تھا مگر مجھے اسکا پورا احساس تھا کہ وہ میری بڑی بھابی ہیں۔ وہ ایک دراز قد، بادامی آنکھوں، زیتونی رنگت اور باغ و بہار فطرت کی حامل نہایت خوبصورت شخصیت تھیں۔ ایسا لگتا تھا کہ گھر کی ساری رونقیں صرف انکے دم قدم سے ہیں۔ یوں تو ہمارے درمیان دیور بھابی کی روائیتی نوک جھونک چلتی تھی مگر ہندو دیو مالائی عقیدے کی طرح، کہ جب کرشن جی سے کسی نے پوچھا کہ تم اپنی بھابی سیتا کو کیسے پہنچانو گے تو انہوں نے کہا کہ انکے پاؤں دیکھ کر، کہ اس سے اوپر میری نظریں کبھی نہیں اٹھیں،

میں انکا بیحد ادب کرتا تھا اور مجھے ان سے ایک والہانہ عقیدت تھی۔ گذرے دنوں کی ان باتوں سے ایک عجب ملی جلی کیفیت طاری ہو جاتی ایک انجانی خوشی کے ساتھ ساتھ ایک میٹھی سی کسک بھی دل میں اٹھتی کہ کاش سب یہاں یکجا ہوتے پھر بھائی صاحب مَرے دل سے اپنی رات کی نوکری پر چلے جاتے۔

اب ہمارا حلقہ کچھ وسیع ہو گیا تھا۔ پاکستانی کمیونٹی کی تقریبات میں آنے جانے سے ہماری بہت سے لوگوں سے ملاقات ہو گئی تھی یوں تو کئی مشہور اور باعزت افراد تھے مگر شیخ ضیاء الاسلام صاحب کے بڑے چرچے تھے۔ شیخ صاحب یہاں کوئی پندرہ سال سے تھے اور کئی قسم کے کاروباری معاملات میں انکی حصہ داری تھی۔ آسودہ حال تھے اور اسلام کے نام اور کام سے خاص نسبت رکھتے تھے۔ جہاں مذہب کا نام ہوتا وہاں شیخ صاحب پیش پیش ہوتے۔ نماز کا بڑا سا گٹہ ماتھے پر نمایاں تھا جسے دیکھ کر میں سوچا کرتا تھا کہ میرے بزرگوں نے مجھے بتایا ہے کہ یہ قیامت کے دن ستارے کی طرح چمکے گا۔ اچھی خاصی دلچسپ محفل میں جہاں خوش گپیاں ہو رہی ہوتیں اگر مغرب کا وقت آ جاتا تو سلسلہ کلام منقطع کر کے سب کو فوراً نماز پڑھنے کا حکم دے کر امامت کے لئے کھڑے ہو جاتے۔ دوسروں کو دین کی پیروی کی تلقین کا کوئی موقع ہاتھ سے نہ جانے دیتے۔ سنا تھا کہ ذبیحہ گوشت کھانے کے معاملے میں اس قدر پختہ تھے کہ چونکہ اس زمانے میں ایسی دکانیں ناپید تھیں جہاں ذبیحہ گوشت ملتا ہو تو خود کھیتوں میں جا کر جانور ذبح کرتے تھے۔ اس معاملے میں اس قدر سخت تھے کہ دوسروں پر اعتراض اور انہیں کڑوے انداز سے سخت سست کہنے سے کبھی نہیں چوکتے تھے۔ سب سے بڑھ کر یہ کہ انکے بارے میں یہ مشہور تھا کہ وہ بہت ہمدرد ہیں اور

ہر شخص کے کام آتے ہیں اور کیسا ہی پیچیدہ مسئلہ کیوں نہ ہو وہ اسکا بہت ہی جائز، قابل عمل اور قانونی حل نکال لاتے ہیں۔ میں نے اپنے ایک دوست سے جو یہاں انہی کی طرح کئی سال سے رہائش پذیر تھا جب انکی تعریف کی تو وہ دبی زبان سے کہنے لگا بھئی ارشد میں کسی کی غیبت نہیں کرنا چاہتا مگر شیخ صاحب کے متعلق لوگ معلوم نہیں کیا کیا کچھ کہتے ہیں۔ معلوم ہوا کہ شیخ صاحب کی وجہ شہرت یہ بھی ہے کہ انکا ذہن ایسا زرخیز ہے کہ انکے حل ایسے ہوتے ہیں کہ سانپ بھی مر جائے اور لاٹھی بھی نہ ٹوٹے۔

آج رات جب بھائی صاحب کی ہفتے وار چھٹی تھی وہ شام ہی سے بہت دل برداشتہ تھے۔ رہ رہ کر ننھا ساجد بہت ہی یاد آ رہا تھا۔ ادھر رمضان شروع ہو چکے تھے اور مشی گن میں تو یہ بھی معلوم نہیں ہو رہا تھا کہ ہماری روائیات اور عقیدے کے لحاظ سے کتنا مبارک اور خوشیوں بھرا مہینہ آ پہنچا ہے۔ پھر شام کی ڈاک سے بھابی کا عید کارڈ اور اس کے ساتھ کچھ تصویریں بھی آئی تھیں۔ بھابی خط بہت ہی دلآویز لکھتی تھیں۔ وہ کبھی ایسے جملے نہیں لکھتی تھیں جس سے بھائی صاحب کو مزید تکلیف یا احساس پشیمانی ہو مگر پھر بھی انکی تحریر سے انکی تنہائی اور بھائی صاحب کی جدائی میں گزرنے والے اوقات کا اندازہ لگانا مشکل نہیں تھا۔ شاید اسی خط اور عید کی قربت نے بھائی صاحب کے ضبط کے بندھن توڑ ڈالے تھے اور وہ رات کے اس سناٹے اور تنہائی میں بھابی کو خط لکھتے ہوئے انہیں اور ننھے ساجد کو یاد کر کے سسکیاں لے لے کر رو رہے تھے۔ مجھے ایسے میں شیخ ضیاء الاسلام یاد آئے۔ میں نے فیصلہ کیا کہ کل وقت ملتے ہی سب سے پہلے انہیں ہی فون کرونگا اور بھائی صاحب کے مسئلے کا حل ان سے طلب کرونگا۔ پوری رات نیند مشکل سے آئی کبھی سوتا کبھی جاگتا رہا۔

میں نے دوپہر کے کھانے کے وقفے میں انہیں فون کیا کیونکہ کمپنی میں اس وقت کے علاوہ ہمیں فون کی اجازت نہیں تھی۔ شیخ صاحب کو اپنا مسئلہ بتایا کہ بھائی صاحب تو غیر قانونی طور پر رہائش پذیر ہیں اور انکا سیاحت کا ویزہ ختم ہوئے بھی ایک سال ہونے کو آیا۔ وہ اپنی بیگم اور بچے کے بنا نہیں رہ سکتے مگر پاکستان جانا بھی نہیں چاہتے اگر کوئی ایسی قانونی صورت نکل آئے کہ انکا کنبہ یہاں آ جائے۔ میں نے یہ بھی سنا تھا کہ انہوں نے کئی پاکستانیوں کو جھوٹے سچے ویزہ پر امریکہ بلوایا ہے۔ مجھ سے پوری صورتحال پوچھی کچھ سوال بھی کئے اور کہنے لگے میاں ارشد آپ مجھے شام پانچ بج کر بیالیس منٹ پر فون کر لیں۔ میں نے کچھ کہنے کی کوشش کی تو ذرا سختی سے فرمایا کہہ تو دیا کہ پانچ بج کر بیالیس منٹ کے فوراً بعد فون کرنا۔ میں مزید کیا کر سکتا تھا؟ وقت کاٹنا مشکل ہو گیا۔

شام پانچ بج کر بیالیس منٹ کے تھوڑی ہی دیر بعد میں نے فون کیا کہنے لگے میں تمہارے فون کا انتظار ہی کر رہا تھا۔ پھر کہنے لگے بالکل صاف اور قانونی حل ہے۔

"میاں تمہارے پاس تو گرین کارڈ ہے اور آج کل گرین کارڈ والے تو اپنے متعلقین کو دو ہفتے میں امریکہ لا سکتے ہیں۔ آپ کے بھائی صاحب ثریا کو طلاق دیں۔۔ آپ ان سے شادی کر کے انہیں اور بچے کو امریکہ لائیں۔ جب انہیں گرین کارڈ مل جائے تو آپ پھر ثریا کو طلاق دیں اور آپ کے بھائی صاحب ان سے شادی کریں۔ اب ثریا کے گرین کارڈ کی وجہ سے آپ کے بھائی صاحب کو بھی گرین کارڈ مل جائیگا۔ دیکھیں شرعی اور قانونی لحاظ سے یہ حل بالکل جائز ہے" "کیا۔۔ میں اپنی بھابی جنکے پیروں کے اوپر سے میری نظریں نہیں اٹھتیں ان سے جعلسازی کے ارادے سے شادی کروں" میں تقریباً فون پر چیخ پڑا اور میں نے غم و غصے میں فون پٹخ دیا۔

مگر میرے ذہن میں یہ سوال گردش کرتا رہا "پانچ بج کر بیالیس منٹ" کیوں؟ انہوں نے فون کے لئے اتنا عجیب وقت اس قدر حتمی طور پر کیوں دیا تھا۔ میں نے کچھ دیر بعد اپنا غصہ ٹھنڈا ہونے کے بعد انہیں دوبارہ فون کیا "محترم ایک بات اور بتا دیجئے ورنہ قبر تک مجھے اس معاملے میں تجسس رہیگا، آپ نے پانچ بج کر بیالیس منٹ کے بعد فون کرنے کو کیوں کہا تھا" کہنے لگے "آپ کو کیسے معلوم ہوتا آپ دین کی پابندی کہاں کرتے ہیں۔۔ ارے بھئی آج روزہ پانچ بجکر بیالیس پر کھلنا تھا اور میں منہ میں روزہ رکھ کر آپکے مسئلے کا حل نہیں بتا سکتا تھا۔"

☆

بخشش

ڈاکٹر احسان احمد شیخ

توے پر روٹی پلٹتے ہوئے سُکھیا کی نظر اپنے ہاتھ پر پڑی انگلیوں کے بیچ لمبی خراش کے ایک سرے پر خون کی ننھی سی بوند خشک ہو کر کلیجی کے رنگ کی ہوگئی تھی۔ آٹے کی خشکی سے خراش میں جلن اور خارش بھی ہو رہی تھی اُس نے تکلیف سے دھیان ہٹانے کیلئے جُمّے کو آواز دی کہ روٹی کھالے۔

رات روٹی اور برتن سے فارغ ہو کر اُس نے جُمّے کو چائے کا پیالہ پکڑایا۔ وہ کتابیں، کاپیاں سمیٹ کر باہر چھپّر کے نیچے اپنی چارپائی پر چلا گیا تو سُکھیا نے آہستہ سے دروازہ بھیڑ کر اپنے ہاتھ پر ہلدی کا لیپ کیا اور بتّی بند کر کے اپنی کھٹیا پر جا لیٹی۔ آنکھیں بند کرتے ہی دوڑتی بھاگتی زندگی کا ہر مسئلہ اُس کے سر پر آن کھڑا ہوا۔ پہلے مجھے حل کرو۔ پہلے مجھے۔ نہیں پہلے مجھے۔ سُکھیا نے اپنا آپ بچاتے ہوئے دیوار کی طرف منہ کر کے کروٹ لے لی جیسے کبوتر بلّی کو اپنی طرف آتے دیکھ کر آنکھیں موند لے۔ مگر ہر مصیبت ہر مسئلہ اُس کے سر پر ہتھوڑے مار رہا تھا۔ کھولی کا کرایہ پانچ مہینے سے نہیں دیا تھا۔ کریانے والے کا حساب ساڑھے نو سو روپے تک جا پہنچا تھا۔ دودھ والے کو اب چاچا کہہ کر بلاؤ تو آگے سے گالی نکالتا تھا اور پھر سب سے بڑھ کر جُمّے کے امتحان میں بیٹھنے کی فیس۔ میٹرک کا امتحان تھا۔ سُکھیا گھبرا کر اٹھ بیٹھی۔ چارپائی سے پیر لٹکا کر اس نے اپنا سر دونوں ہاتھوں سے تھام لیا۔ آنکھیں بند کیں تو زندگی کے پچھلے دن ایک ایک کر کے سامنے آنے اور ناچتے ہوئے ایک دوسرے کے پیچھے چھپنے لگے۔

سُکھیا نے اپنی زندگی میں اگر کوئی خوشی دیکھی تھی تو اُس دن جب جُمّا پیدا ہوا تھا۔ اُسے لگتا تھا اُس دن سے پہلے اس کی زندگی کے جو دس برس گزرے تھے اُن کا نہ کوئی مقصد تھا نہ مطلب۔ بس صبح امّاں کی آواز۔ ''اُٹھ۔ کواڑ بند کر لے'' ساتھ ہی امّاں باوا ہاتھوں میں جھاڑو لئے کوٹھری سے باہر چلے جاتے۔ وہ ادھ کھلی آنکھیں لئے لڑکھڑاتے قدموں سے چارپائی سے اُٹھتی اور سوکھے بالوں سے بھرا سر کھجاتی دروازے تک پہنچتی اور زنجیر چڑھا کر واپس ڈھیلی ڈھالی چارپائی پر جا کر پھر سے لیٹ جاتی اور لیٹتے ہی سو جاتی۔ اُس کی آنکھ جب کھلتی جب سورج کوٹھری کی چھت پر چڑھ کر ٹین کی چھت کے سوراخ سے عین اس کے چہرے پر دھوپ کی لکیر ڈال رہا ہوتا اور اس کا بدن پسینے سے بھیگا ہوا ہوتا۔

کوٹھری کے ساتھ ہی ذرا سی جگہ میں چولہا لگا تھا جس کے آس پاس چند برتن بھانڈے بے ترتیب پڑے ہوتے۔ وہیں دوسری طرف کونے میں ذرا سی منڈیر بنا کر باوا نے غسل خانہ بنالیا تھا جہاں گھی کے خالی کنستر سے پانی لے کر دو چھپاکے اپنے منہ پر مار لیتی۔ امّاں رات کی روٹی اور دال ایک تام چینی کی پلیٹ میں چھوڑ جاتی وہی اس کا ناشتہ اور دوپہر کا کھانا ہوتا۔ سارا دن وہ کوٹھری کے باہر رہتی کبھی لڑکیوں کے ساتھ چھپن چھپائی کبھی لونڈوں کے ساتھ گلی ڈنڈا۔ سارے اپنے ہی جیسے تھے وہ کوٹھری میں اس وقت آتی جب چھت کے سوراخ سے آتی دھوپ کی لکیر کا چھوٹا سا گولا اُس کی چارپائی سے چلتے چلتے فرش پر آ جاتا اور پھر کوٹھری کے ایک کونے سے سفر کرتا کرتا سامنے کی دیوار پر جا چڑھتا اور پھر چھت کی طرف جاتے جاتے سفید سے نارنگی جیسا ہو کر غائب ہو جاتا۔ بس اُسی وقت سُکھیا اندر آتی اور دیکھتے ہی دیکھتے امّاں باوا سر پر آن موجود ہوتے۔

''تو کہیں باہر تو نہیں گئی تھی؟''

امّاں یہ سوال کوٹھری کا دروازہ کھولتے ہوئے روزانہ ایسے تواتر سے پوچھتی جیسے علی بابا والی کہانی میں چوروں کا سردار کُھل جا سم سم کہہ کر خزانے کا دروازہ کھول رہا ہو۔

''میں نے کہاں جانا تھا؟''

سُکھیا نچلا ہونٹ اور نیچے لٹکا کر آنکھیں پٹ پٹاتے ہوئے روٹھی روٹھی آواز میں جواب دیتی اور ساتھ ہی امّاں کے ہاتھ میں پکڑا اخبار میں لپٹا گولا پکڑ لیتی اور بغیر کسی توقف کے چولہے کے آگے رکھے لکڑی کے پِڑے پر جا بیٹھتی۔ پرانا اخبار کھولتے کھولتے ہی اسے اندازہ ہو جاتا کہ نان میں لپٹی پلیٹ میں سوکھی دال ہے یا پتلی والی دال اور بھجیا۔ کھانا ختم کرتے ہی باوا چلم بھر کر کوٹھری کے باہر چھپّر کے نیچے پڑی چارپائی پر دراز ہو جاتا اور سُکھیا امّاں کے ساتھ اپنی چارپائی پر۔

پھر یہ سارا کچھ اُس دن بالکل بدل گیا جب وہ اور باوا باہر چھپّر کے نیچے بیٹھے تھے اور اندر کوٹھری سے اماں کی چیخوں کی آوازیں آ رہی تھیں۔ باوا کے چہرے پر ہوائیاں اڑ رہی تھیں۔ سُکھیا کچھ سمجھ بھی رہی تھی اور کچھ نہیں بھی۔ پھر ایک دم امّاں کی چیخیں بند ہو گئیں اور اندر سے ان دو عورتوں کی آوازیں آنے لگیں جو امّاں کے ساتھ تھیں اور بغیر ایک دوسرے کی بات سُنے ایک ہی وقت میں بولے جا رہی تھیں۔ اُسی وقت ایک چھوٹے سے بچے کی بہت زور زور سے رونے کی آوازیں آئیں تو باوا جیسے چھلانگ لگا کر کھڑا ہو گیا اور ایسی تیزی سے دروازے کی طرف چلا جیسے ابھی کواڑ کھول کر کوٹھری کے اندر چلا جائے گا۔ سُکھیا بھی گھبرا کر کھڑی ہو گئی اُسے پوری بات کی سمجھ تو نہ تھی مگر اس کا دل کہتا تھا کہ اس وقت باوا کو اندر نہیں جانا چاہیے۔ وہ باوا کو آواز دے کر روکنے ہی لگی تھی کہ باوا خود ہی رُک گیا۔ اُس نے گردن موڑ کر سُکھیا کو ایسے دیکھا جیسے اس کی بیٹی نے اس کی چوری پکڑ لی ہو پھر سر جھکا کہ اپنی چارپائی پر آن بیٹھا۔ اُسی وقت دروازے کی زنجیر کا چھناکا ہوا اور دروازہ کھول کر دائی امّاں ہاتھوں میں کپڑے کا گولا سا لپیٹے باہر آئی اور سیدھی باوا کے سرہانے جا کھڑی ہوئی۔

یہ لے بھیّا۔ سنبھال اپنے بیٹے کو مگر زنانی کو اسپتال لے جانا ہوگا۔ حالت ٹھیک نہیں۔

سُکھیا نے دیکھا باوا کا کھچڑی داڑھی والا چہرہ رنگ بدل کر کالے سے سفید ہو گیا اُس نے بغیر کچھ کہنے سُنے اپنے ہاتھ میں پکڑا کپڑے کا گولا ایسی لا

پرواہی سے سُکھیا کو پکڑایا کہ اگر وہ ایک قدم بڑھا کر اُسے دونوں ہاتھ پھیلا کر سنبھال نہ لیتی تو اُس کا بھائی شاید زمین پر گر کر مر ہی جاتا۔ باوا بھاگ کر کوٹھری میں چلا گیا اور کپڑے کے بنڈل سے چیخ سی بلند ہوئی۔ سُکھیا گھبرا کر وہیں زمین پر بیٹھ گئی اُس نے ہمت کر کے روتے ہوئے بچے کے منہ سے کپڑا ہٹایا۔

''ہائے! کتنا چھوٹا ہے!'' سُکھیا نے دل ہی دل میں سوچا۔ اماں کا پیٹ کتنا بڑا تھا اور بچہ کتنا چھوٹا سا نکلا مگر وہ اس مسئلے پر زیادہ سوچ نہ سکی کیونکہ اُس کے بھائی نے پھر چیخنا شروع کر دیا تھا۔ بالکل انجانے میں سُکھیا کے دونوں بازو اوپر نیچے حرکت کرنے لگے جیسے بچے کو جھولا دے رہے ہوں اور بچہ چُپ بھی ہو گیا۔

وہ دن سُکھیا کی زندگی میں ایسا چڑھا کہ آج پندرہ سال گزرنے پر بھی اس کے دن رات پہلے جیسے نہ رہے تھے۔ امّاں تو بچہ پیدا کر کے دنیا سے ہی فارغ ہو گئی۔ باوا جو پہلے ہی کم منہ کھولتا تھا اب بالکل ہی گُم سم ہو گیا۔ اس کے دن رات کے معمولات میں بس یہ فرق آیا کہ اب شام کوٹھری میں گھُس کر اپنی بیوی کی جگہ اخبار میں لپٹا کھانے کا بنڈل وہ سُکھیا کو پکڑانے لگا۔ ہاں! اب کھانے کے ساتھ دودھ کا اضافہ ہو گیا تھا۔

دس سال کی سُکھیا جوان ہونے اور بیاہے جانے سے پہلے ہی جیسے ماں بن گئی۔ صبح اندھیرا چھٹنے سے پہلے ہی جمّے کی چیخ اسے جھنجوڑ ڈالتی۔ ٹین کے ڈبّے میں تھوڑا دودھ تھوڑا پانی ملا کر ہلکا سا گرم کرتی اور بوتل منہ سے لگا کر جمّے کو ہلکارے دیتی تو وہ اس کے سینے سے لگ کر بوتل ختم ہونے سے پہلے ہی سو جاتا۔ سارا دن دودھ کا حساب رکھنا ہوتا تھا کہ شام باوا کے آنے سے پہلے ہی نہ ختم ہو جائے۔ ساتھ پانی ملانے کا حساب کہ زیادہ مل جائے تو جمّا وقت سے پہلے شور مچا دیتا اور کم مل جائے تو گو موت کا کام جو پہلے ہی سُکھیا کو زہر لگتا تھا اور بڑھ جاتا تھا۔ جمّا سارا سارا دن سوتا اور وہ اس کے سرہانے بیٹھی اس کے منہ سے مکھیاں اڑاتی اور پنکھا جھلتی رہتی۔

آہستہ آہستہ سارے سنگھی ساتھی دوست سہیلیاں چھوٹتے گئے کوٹھری سے نکلتی تو سہیلیاں ہوتیں۔ دوست چھوٹے تو سارے دن کا ہنسی ٹھٹھا بھی چھٹ گیا۔ سُکھیا تو جانو ایک ہی دن میں بچپن کی منڈیر پھلانگ کر اُس پار ہو گئی۔ بدن تو بچی کا ہی رہا۔ دماغ پکّا ہو گیا۔ اکثر جب باوا کے شام گھر پلٹنے میں دیر ہو جاتی اور دودھ ختم ہو جاتا تو جمّا گلا پھاڑ پھاڑ کر ایسے روتا جیسے پھوڑ گیا ہو۔ ایسے میں جب سُکھیا چھوٹی سی کوٹھری میں جمّا کو دونوں ہاتھوں میں سمیٹے چھاتی سے چمٹائے اِدھر سے اُدھر ٹہل رہی ہوتی تو جانے کیوں اسے لگتا جمّا اس کا بھائی نہیں اُس کا بیٹا ہے۔ اُس کا دل کرتا کہ جیسے بھی ہو وہ اپنے ننھے سے بھائی کو کسی طرح کہیں سے دودھ لا کر چُپ کرا دے۔ کبھی کبھی تو اس کا دل کرتا کہ اُس کی چھاتیاں امّاں کی چھاتیوں کی جیسی ہو جائیں اور وہ اپنے ننھے، منّے سے بھائی کو اپنا ہی دودھ پلا کر چپ کرا دے۔ پھر وہ خود ہی گردن جھٹک کر اس خیال کو دل سے نکال دیتی۔

دن رات اسی طرح ایک ہی ڈھرّے پر چلتے رہے۔ جمّا سہارے سے بیٹھنے پھر کھڑا ہونے لگا۔ جس دن جمّے نے سُکھیا کا ہاتھ پکڑ کر پہلا قدم اُٹھایا سُکھیا کو احساس ہوا کہ اُس کے بھائی کے بڑھنے کے ساتھ ساتھ خود اس کے بدن میں بھی تبدیلیاں آ رہی ہیں کچھ باتیں تو ایسی تھیں جنہیں وہ کسی سے پوچھنا چاہتی تھی مگر یہاں بتانے والا کون تھا؟ باوا کے رات دن جھاڑو، چلم اور کھٹیا تک سکڑ کر رہ گئے تھے۔ نہ جانے کیسے مگر آہستہ آہستہ سُکھیا کے بدن اور ذہن کی گتھیاں اُس نے خود ہی سلجھانا سیکھ لیں۔

ایک رات سُکھیا کھانا گرم کر رہی تھی تو جمّا گھٹنے گھسیٹتے گھسیٹتے اس کے پاس آ گیا اور پھر زمین پر پڑے پرانے اخبار کو اٹھا کر منہ میں ڈالنے لگا۔ سُکھیا نے منع کیا تو وہ اخبار کا ٹکڑا منہ سے نکال کر اپنے منہ کے آگے ایسے کر کے بیٹھ گیا جیسے اخبار پڑھ رہا ہو۔ سُکھیا کو ہنسی آ گئی۔

''باوا۔ باوا۔ دیکھ جمّا اخبار پڑھ رہا ہے۔''

نہ ہوں نہ ہاں۔ باوا نے تو شاید اس کی آواز سنی ہی نہیں مگر اُس رات جب سُکھیا اپنی چارپائی پر جمّے کو لے کر سونے کے لئے لیٹی تو اس کے دل میں ایک عجیب سا خیال آیا۔ جب اُس کا بھائی تھوڑا بڑا ہو جائے تو کیوں نہ وہ اُسے اسکول میں بھرتی کرا دے۔ یہ خیال آتے ہی جیسے اسے بجلی کا جھٹکا سا لگا اور وہ چارپائی پر اٹھ کر بیٹھ گئی۔ ٹھیک تو ہے اس کا پیارا بھائی اپنے ماں باپ کی طرح کیوں ساری عمر جھاڑو پوچا کرے۔ وہ اسے پڑھائے گی، لکھائے گی بہت بڑا آدمی نہ بنا' میونسپلٹی کا بابو ہی بن جائے گا۔ اس رات اسے ٹھیک سے نیند بھی نہ آئی۔ صبح اٹھتے ہی اس نے باوا کو آن لیا۔

''مغز خراب ہے تیرا''

''کیوں باوا؟''

''پڑھائی لکھائی کے پیسے تیرا باپ دے گا؟''

''تو میں کون سا کہتی ہوں بڑے اسکول میں پڑھے۔ مدرسے میں پڑھ لے پھر گورنمنٹ کے اسکول میں پڑھ لے گا''

جمّا اُدھر پانچ سال کا ہوا نہیں کہ سُکھیا نے اسے بستی کے مدرسے میں جا بٹھایا۔ پہلے تو خود سارا وقت باہر مدرسے کے دروازے پر بیٹھی رہتی چھٹی ہوتی تو جمّے کا ہاتھ پکڑ کر گھر لاتی پھر اُس نے سڑک پر آنے جانے والوں کی نظریں اپنے بدن پر رینگتی محسوس کیں تو باہر بیٹھنا چھوڑ دیا۔ صبح مدرسے چھوڑ آتی چھٹی کے وقت لے آتی۔

جمّا چھٹی کلاس پاس کر کے ساتویں میں پہنچا تو باوا نے کھٹیا پکڑ لی۔ پچیس برس سے چلم کا جو دھواں وہ سُوں سُوں کر کے اپنے اندر اتار رہا تھا اب بلغم اور خون بن کے منہ سے باہر آنے لگا۔ گھر میں پہلے ہی کون سا دھن دبا ہوا تھا۔ باوا کے پیر چارپائی سے لگتے ہی سُکھیا کے قدم گھر کی چوکھٹ سے باہر آ گئے۔ اُس نے امّاں باوا کے ہاتھ سے چھوٹی جھاڑو تو نہیں اٹھائی کہ اس طرح جمّے کے بڑے ہونے اور بابو بننے کے بعد اُس کی بدنامی ہوتی۔ چھوٹی موٹی مزدوری شروع کر دی۔ اب جمّا خود ہی اسکول چلا جاتا اور آ جاتا تھا۔ سُکھیا روز صبح اٹھ کر

کتنی ہی دور پیدل چل کر شہر کے اس حصے میں جاتی جہاں روز ہی کوئی نہ کوئی نئی بلڈنگ، نیا مکان، نئی کوٹھی بن رہی ہوتی۔ سارا دن مزدوری کر کے شام کو لوٹتے ہوئے ٹاٹ والے ہوٹل سے روٹی سالن لے لیتی۔ خدا بھلا کرے امّاں کا۔ گھر میں کھانا پکانے کی ریت ہی نہیں تھی ورنہ یہ مصیبت بھی اس کے پلّے پڑتی۔

باوا چارپائی سے ایسا لگا کہ سال بھر بعد ہی اٹھا وہ بھی ایسے کہ کچّی بستی والے اُسے چارپائی پر ہی اٹھا کر گھر سے باہر لے گئے۔ باوا کے مرنے کے بعد جُمے نے کتنی ہی بار کہا کہ اب وہ بھی پڑھنا چھوڑ کر مزدوری کرے گا مگر شکھیا ہر بار اُسے گلے سے لگا کر چپ کر دیتی۔

''اپنے ہاتھ دیکھے ہیں تُو نے؟ کیسے نرم نرم ہیں۔ ان سے مزدوری کرے گا؟''

جُما شرمندہ ہو کر بہن سے ہاتھ چھڑا لیتا۔

''تُو دسویں پاس کر لے۔ پھر بابو بن کر نوکری کرنا''

باوا کے جانے کے بعد اور کچھ بدلا نہ بدلا ہو خود شکھیا کے اندر اتنا کچھ بدل گیا کہ اسے اپنے آپے سے گھبراہٹ ہونے لگی۔ اُس نے جُمے کو ایک ایک پل بڑھتے ہوئے دیکھا تھا۔ پندرہ سال لگے تھے اُسے کپڑے میں لپٹے گوشت کے لوتھڑے سے جوانی میں قدم رکھتے ہوئے مگر اب پچھلے کچھ مہینوں سے شکھیا کو لگتا تھا اُس کا اپنا بدن کپڑے پھاڑ کر باہر آ جائے گا۔ مزدوری کرنا روز بروز مشکل ہوتا جا رہا تھا۔ جھک کر گارے کا تھال اٹھانے لگتی تو دوسرے مزدوروں کی آنکھیں اُس کی کمر میں تیر کی طرح لگتیں۔ آگ میں بجھے ہوئے تیر۔ تھال اٹھا کر سر پر رکھتی تو انگیا کے سامنے اٹکا ہوا کپڑا اپھسل کر نیچے گر جاتا۔ تھال سر پر رکھ کر سیڑھی چڑھنے لگتی تو ٹھیکیدار بہانے بہانے سے سیڑھی کے ساتھ آ کھڑا ہوتا۔ ٹھیکیدار کتنی ہی بار اُسے باتوں باتوں میں امیر بنانے کی پیشکش کر چکا تھا۔ شکھیا کے جھڑکنے کے باوجود اُس کی ہمت بڑھتی جا رہی تھی۔ آج جب وہ ٹھیکیدار کے کمرے میں دِہاڑی لینے گئی تو ٹھیکیدار نے اسے پکڑنے کی کوشش کی اور ٹھیکیدار سے ہاتھ چھڑاتے ہوئے شکھیا کو خراش آ گئی۔

کھڑ، کھڑ، کھڑ۔

کوئی دروازے کی زنجیر بجا رہا تھا۔ شکھیا کے خیالات کا سلسلہ بھک سے اڑ گیا۔ وہ تیزی سے اپنی دنیا میں واپس آ گئی۔

''کون ہے؟''

''دیدی میں ہوں''

شکھیا نے بھاگ کر کنڈی کھول دی۔

''جُمے۔ کیا بات ہے' تیری طبیعت تو ٹھیک ہے نا؟''

''ہاں، ہاں میری طبیعت ٹھیک ہے۔ میں تجھے یاد دلانا بھول گیا تھا۔ اب پڑھائی ختم کر کے سونے جا رہا تھا تو یاد آیا۔''

''کیا یاد آیا؟''

''دیدی! تجھے بھول گیا۔ میرے امتحان کی فیس نہیں گئی ہے اب تو لیٹ فیس کی آخری تاریخ میں بھی چار دن رہ گئے ہیں۔''

''ہاں، ہاں۔ مجھے یاد ہے تو فکر نہ کر۔''

شکھیا نے جُمے سے آنکھیں بچاتے ہوئے کہا۔ اسے شرمندگی ہو رہی تھی اگر جُما دسویں کے امتحان میں نہ بیٹھ سکا تو میں اُسے کیا منہ دکھاؤں گی؟

''اور ہاں!'' جُما پھر بولا۔ ''تو مزدوری کو گئی تھی تو کوٹھری کا مالک آیا تھا جگہ خالی کرانے کا کہہ گیا ہے۔''

''ٹھیک ہے۔ ٹھیک ہے۔ سب ہو جائے گا۔ تُو بس اپنی پڑھائی کی فکر کر۔'' جُما سر جھکا کر پلٹ گیا اور جا کر چھپّر کے نیچے چارپائی پر لیٹ گیا۔ شکھیا نے آہستہ سے کواڑ بند کیے اور پھر اپنی کھاٹ پر آ رہی۔ کوٹھری کا کرایہ، دودھ والے کا حساب، ٹاٹ والے ہوٹل کا اُدھار اور کریانے والے کے صابن تیل منجن کے پیسے اور سب سے بڑھ کر جُمے کے امتحان کی فیس موٹا موٹا بھی حساب لگاؤ تو پانچ ہزار کا ادھار بنتا تھا۔ کوٹھری والا جگہ خالی کرنے کا کہہ گیا ہے۔ دکان دار نے گلی سے گزرنا مشکل کر رکھا تھا۔ ہیر پھیر کے شکھیا کو اس کا ایک ہی حل نظر آتا تھا وہ بات جس کو وہ ہر بار اپنے ذہن میں جھٹک کر نکال پھینکتی تھی مگر اب وہ شاید ایسا نہ کر سکے کہ جُمے کی پوری زندگی کا سوال تھا اور خود شکھیا کی پچھلے پندرہ سال کی محنت داؤ پر لگی ہوئی تھی۔ کیا جُما دسویں کا امتحان نہ دے سکے گا؟ کیا جُمے کی قسمت میں وہی جھاڑو یا پھر اینٹ گارے کی مزدوری لکھی ہے؟ جُما جو اس بھری پُری دنیا میں اُس نے اپنے ہاتھوں میں پل پل بڑا ہوتا دیکھا ہے جس کو اپنی بانہوں میں لے کر اُس کی ممتا اس وقت جاگ پڑی تھی جب وہ خود ابھی محض دس سال کی بچّی تھی۔ شکھیا ساری رات اپنی کھرّی چارپائی پر بن جل مچھلی کی طرح تڑپتی رہی۔ آنکھیں بند کرتی تو جُما، ٹھیکیدار، جھاڑو، پوچا، اینٹ، گارہ سب گڈمڈ ہو جاتے اور وہ گھبرا کر آنکھیں کھول دیتی۔ صبح پڑوس کے مرغے نے بانگ دی تو وہ فیصلہ کر چکی تھی۔

اُس دن جب سارے دن کی محنت کے بعد مزدور ٹھیکیدار کے مُنشی کے کچے کمرے میں جا جا کر مزدوری لینے لگے تو شکھیا نئی کھڑی ہونے والی بلڈنگ کے زینوں کے نیچے جا بیٹھی اور وہاں سے منشی کے کمرے کی طرف دیکھتی رہی جب سارے مزدور جا چکے اور سورج لال پیلا ہوتا اپنی آخری چھب دکھا کر چھپ گیا تو شام کے جھٹ پٹے میں وہ بلڈنگ سے نکلی اور منشی کے کمرے کی طرف چل پڑی۔

''آؤ۔ آؤ شکھیا۔ کہاں رہ گئی تھیں؟''

ٹھیکیدار نے اپنی بھدّی آواز میں پوچھا۔

شکھیا چپ رہی اور چل کر منشی کی میز کے پاس آ کر رک گئی۔ یہ عارضی کمرہ بلڈنگ کے احاطے میں ٹھیکیدار کا مال رکھنے کے لئے بنایا گیا تھا جس کے ایک کونے میں منشی نے اپنی میز کرسی اور چارپائی لگا رکھی تھی۔ منشی نے دِہاڑی کے پیسے شکھیا کو دینے چاہے تو ٹھیکیدار نے ہاتھ آگے بڑھا کر اُس سے لے لئے اور خود شکھیا کی طرف بڑھائے شکھیا نے نوٹ پکڑے تو ٹھیکیدار نے اس کا ہاتھ

آہستہ سے دبایا۔ سُکھیا نے نظریں نیچی کئے اپنا نچلا ہونٹ دبالیا۔ مُنشی خاموشی سے اٹھا اور کمرے سے باہر نکل کر آہستہ سے دروازہ بند کر دیا۔ سُکھیا اسی طرح سر جھکائے کھڑی رہی۔ ٹھیکیدار نے آہستہ سے کرسی پیچھے سرکائی اور اٹھ کر سُکھیا کے سامنے جا کھڑا ہوا اور اس کے دونوں کاندھوں پر اپنے ہاتھ رکھ دیئے۔ سُکھیا ابھی بھی سر جھکائے زمین پر نظریں گاڑے کھڑی تھی۔ ٹھیکیدار نے آہستہ سے اُس کی ٹھوڑی اوپر اٹھائی۔

''پہلے۔۔۔۔پیسے دے''

سُکھیا نے کانپتی ہوئی آواز میں مشکل سے اپنا مطلب ادا کیا۔ سُکھیا کو اپنی ہمت پر خود بھی تعجب ہو رہا تھا۔

ٹھیکیدار نے مسکراتے ہوئے قمیض کی جیب میں ہاتھ ڈالا اور سو کا نوٹ نکال کر سُکھیا کے چہرے کے سامنے ہلایا۔

سُکھیا جھٹکے سے ایک قدم پیچھے ہٹ گئی۔

''کیوں۔۔۔۔کیا ہوا؟''

ٹھیکیدار نے حیرت سے پوچھا۔

''تُو تُو۔۔۔۔تُو تو کہتا تھا بہت پیسے دے گا۔۔۔۔دو ہجار روپے دے گا''

''ہاں۔ ہاں تو دو ہزار روپے دے چکا ہوں۔ دماغ خراب ہے تیرا۔''

ٹھیکیدار۔ غصے سے چلّایا اور سُکھیا کا ہاتھ پکڑنے کیلئے اس نے ہاتھ بڑھایا۔ سُکھیا اور پیچھے ہٹ گئی اور اُس نے بھی اسی تیزی سے چلّا کر کہا۔

''کس کو دیئے ہیں دو ہجار روپے۔۔۔۔یہ۔۔۔۔یہ تو سو روپے ہیں''

اتنی بھولی نہ بن، حرام زادی!'' تیرے بھڑوے کو دیئے ہیں پورے دو ہزار''، ٹھیکیدار پھر دھاڑا۔

''یہ سو روپے تو تیری بخشش ہے''

''کون بھڑوا؟ بکواس کرتا ہے تُو''۔ سُکھیا برابر کی اونچی آواز میں چیخی۔

''تیرا بھائی بُدھا اور کون؟ پورے دو ہزار لئے ہیں اُس نے۔''

ٹھیکیدار نے گرجدار آواز میں چلّا کر کہا۔

''تیرا کیا خیال ہے! میں مفت میں تیرے پیچھے لگا ہوا ہوں۔''

سُکھیا کے کانوں میں آوازیں آنا بند ہوگئیں اس کے کان شائیں شائیں کرنے لگے کمرے میں رکھی سیمنٹ کی بوریاں، لکڑی کے تختے، منشی کی میز کرسی اور چارپائی سب ایک دوسرے کے پیچھے گول گول چکر میں بھاگنے لگے۔ اُس نے اپنے آپ کو گرنے سے بچانے کیلئے جھک کر چارپائی کی پٹی اپنے ٹھنڈے ٹھار ہاتھوں میں پکڑی تو سو روپے کا نوٹ اس کے ہاتھ سے چھوٹ کر زمین آ رہا۔ ٹھیکیدار نے مسکراتے ہوئے جھک کر اپنی دی ہوئی بخشش کا نوٹ اٹھا کر جیب میں واپس رکھ لیا اور مڑ کر دروازے کی چٹخنی اوپر چڑھا دی۔